BASTEI
LÜBBE
TASCHENBUCH

Weitere Titel der Autorin:

In Ketten

Nina Hunter

Vom Feind verführt

Erotischer Roman

BASTEI LÜBBE TASCHENBUCH

BASTEI LÜBBE TASCHENBUCH
Band 17 577

Dieser Titel ist auch als E-Book erschienen

MIX
Papier aus verantwortungsvollen Quellen
FSC® C083411

Originalausgabe
Ein Projekt der AVA international GmbH
Autoren- und Verlagsagentur
www.ava-international.de

Titelillustration:
© shutterstock/Kozyrina Olga; © shutterstock/Little Moon
Umschlaggestaltung: Thomas Krämer
Satz: Urban SatzKonzept, Düsseldorf
Gesetzt aus der Palatino
Druck und Verarbeitung: CPI books GmbH, Leck
Printed in Germany
ISBN 978-3-404-17577-2

1 3 5 4 2

Sie finden uns im Internet unter www.luebbe.de
Bitte beachten Sie auch: www.lesejury.de

Kapitel 1

Es dauerte keine fünf Minuten, bis Matt ein Paar Brüste im Gesicht hatte. Eigentlich hatte er gedacht, dass in einem so teuren und vor allem exklusiven Klub wie dem *Original Sin* ein wenig mehr Stil herrschen würde. Aber wahrscheinlich bezahlten die Männer und Frauen, die hier Gäste waren, deshalb so viel Eintritt: damit es gleich zur Sache gehen konnte.

Matt schob die junge Frau, die insgesamt wahrscheinlich nicht mehr als fünf Quadratzentimeter Stoff auf der Haut trug, mit einem entschuldigenden Lächeln von sich und richtete sich die schmale, nachtschwarze Krawatte. Das Mädchen zog einen Schmollmund, der aber nicht lange vorhielt, weil sie sich schon an den nächsten Gast des *Original Sin* schmiegte. Matt räusperte sich leise und ging rasch weiter. »Was war das für ein Geräusch?«, hörte er eine weibliche Stimme in seinem Ohr, und er kratzte sich unauffällig am Ohrläppchen, um den Sitz des Mikros darin zu überprüfen. Für einen Moment hatte er vergessen, dass Mia auf der anderen Seite des Atlantischen Ozeans alles mithörte. »Nur das Begrüßungskomitee«, murmelte er und ließ den Blick durch den Klub gleiten. Das *Sin* hatte mehr mit einer Cocktaillounge gemein als mit einem erotischen Klub, aber die Atmosphäre war stimmig. Die Wände waren mit tiefschwarzem Plastik verkleidet, und überall hingen ebenso schwarze und dunkelviolette Vorhänge an den Wänden, gepaart mit Kristallverzierungen und Ketten in den gleichen Farben. Selbst die Lüster an den Decken waren in Schwarz und Violett gehalten. Halb nackte und auch ganz nackte Frauen – wie das Mädchen am Empfang – liefen umher. Sie alle trugen hauchdünne Spitze und Halbmasken über den Augen. Einige hatten sich bei Männern eingehakt, die rein äußerlich wie Matt aussahen: teurer Anzug, teure Uhr, teure Lederschuhe. Ein paar konnten es sogar mit seiner breitschultrigen Statur aufnehmen. Er fiel nicht auf.

Unauffällig schob er die Manschette seines Hemdes zurück und bewegte den Arm, als wollte er etwas aus seiner Hosentasche nehmen. In Wahrheit gewährte er Mia auf diese Weise einen Überblick über das Innere des *Sin.* Die Stimme in seinem Ohr schnaubte leise. »Netter Laden.«

Er bemühte sich, nicht mit den Schultern zu zucken, und ging durch den kurzen, schwarzen Tunnel, der zum Hauptraum des Klubs führte. Eine Treppe führte hinunter zu einem Bereich mit runden Tischen, jeder Tisch durch natürliche Barrieren wie Blumen und Ziervasen von dem anderen getrennt. Man hatte sein eigenes Separee und war doch mitten im Geschehen. Was viele der Gäste nicht daran hinderte, sich ungehemmt mit ihren Gespielinnen oder Gespielen auszutoben. Während Matt den Raum durchquerte, hörte er aus mehr als einer Ecke lautes Stöhnen und Ächzen.

Er ließ sich an einem der kleineren Tische nieder und versank ein wenig in den weichen Polstern. Eine Frau kam auf ihn zu, aber sie fragte ihn nur leise, was er trinken wollte. »Single Malt. Ohne Eis«, antwortete er knapp. Die Frau mit den langen, offenen blonden Haaren zwinkerte ihm zu. Sie trug eine enge violette Korsage und eine dezente schwarze Strumpfhose, die sich wie eine zweite Haut an ihre runden Hüften schmiegte. Ihre Brüste, die von der Korsage angehoben wurden, standen ihren prallen Hüften in nichts nach. Sie war sexy und auf eine unschuldige Art schön. Ihr Aussehen und besonders das Gesicht mit den herzförmigen Wangen und dem kleinen, vollen Mund erinnerte ihn ein wenig an eine kostbare Porzellanpuppe. Als sie sich vom Tisch entfernte, war er überrascht, wie elegant und scheinbar mühelos sie sich auf den hohen Absätzen bewegte. Sie wirkte zierlich und nicht besonders groß, trotz der Schuhe. Wenn sie ohne die Absätze vor ihm stünde, würde sie ihm sicherlich kaum bis zur Schulter reichen.

Er lehnte sich zurück und legte den linken Arm über die Lehne seiner Bank. In dieser Position hatte er einen guten Blick auf den Tisch schräg gegenüber. Dort saß ein Mann, der im Gegensatz zu Matt keine Krawatte trug. Er war blond, kräftig gebaut, und sein Kinn wirkte, als wäre es aus einem Block Granit gemeißelt. Mit einer knappen Handbewegung winkte er eine Frau in einem hauchdünnen Spitzenkostüm heran und dirigierte sie neben sich auf den weich gepolsterten Sitz. Matt wollte wegsehen, aber offensichtlich genoss es der blonde Mann, Publikum zu haben. Während er seine Hand zwischen die Schenkel seiner Gespielin schob, wandte er den Kopf von einer Seite zur anderen, um sicherzugehen, dass ihm mindestens an drei Tischen die Blicke folgten.

Die Kellnerin kam und stellte ein bauchiges Glas vor Matt ab. Der nickte abwesend, und sie verschwand.

Die Frau neben dem blonden Mann war groß, alles an ihr war schlank. Der Spitzenstoff wand sich um ihren linken Oberschenkel ihre Hüfte hinauf bis zur rechten Brust. Der dünne Stoff bedeckte gerade so ihre rasierte Scham. Der Mann zog diesen Teil des Stoffes beiseite, und Matt erwartete halb, dass er seine Finger direkt zwischen die leicht pinkfarbenen Lippen schieben würde, aber er hatte sein Gegenüber unterschätzt. Der Mann bedeutete der Frau, sich auf den Sitz zu knien, und beugte sich vor, um ihre freiliegende Brustwarze zwischen seine Lippen zu nehmen. Der weiche Hügel wurde unter dem Sog nach vorne gezogen, und die Frau stieß einen leisen, erregten Schrei aus. Sie klammerte sich an die Schultern ihres Liebhabers und spreizte instinktiv die Beine ein wenig weiter, bis Matt die feucht glänzende Spalte sehen konnte. Er meinte sogar, ihren herben, schweren Duft wahrzunehmen, aber auf diese Entfernung konnte das auch nur Einbildung sein.

Ihr Spielpartner löste sich von ihrer Brust und legte seine Hand auf ihre Scham. Mit Mittel- und Ringfinger spreizte er ihre Spalte, und ein dünner, zähflüssiger Faden tropfte auf sein Hosenbein. Er sah zu ihr auf, und als sie leicht nickte, schob er drei Finger seiner anderen Hand mit einem Ruck tief in sie hinein. Sie riss den Mund auf, als wollte sie schreien, aber der Schrei blieb irgendwo in ihrer Kehle hängen. Ihre Augen weiteten sich, und ihr Becken zuckte, bewegte sich auf seinen Fingern, ohne dass er auch nur einen Finger rühren musste.

Matt wusste nicht, wie viel davon gespielte und wie viel echte Lust war, aber er musste zugeben, dass das Schauspiel mehr als nur ... anregend war. Sein Schwanz drückte sich gegen die Innenseite seines Schenkels und bäumte sich wütend gegen den engen Stoff seiner Hose auf. Eigentlich hielt Matt sich nicht für einen Voyeur, aber wer konnte bei diesem Anblick schon kalt bleiben?

Jetzt riss die Frau die Hose ihres Gespielen auf, hockte sich über ihn und dirigierte seinen harten Schwanz zwischen ihre Schenkel. Mit einem kehligen Stöhnen ließ sie sich darauf sinken, hielt sich an seinen Schultern fest und begann, ihn hart und kompromisslos zu reiten. Matt konnte nichts mehr sehen, nur ihren Rücken, der sich immer schneller auf und ab bewegte, und ihr Haar, das wie Gras im Wind schwankte, während sie den Kopf von einer Seite auf die andere warf und ihrem Orgasmus – echt oder nicht – entgegenritt.

Das Finale endete in einem Stöhnfeuerwerk, bei dem Matt sich endgültig sicher war, dass sie ihrem Kunden etwas vormachte.

Aber aus dem zufriedenen Grinsen, das sich in seinem Gesicht abzeichnete, als sie von ihm herunterstieg, schloss er, dass das den Mann nicht im Geringsten störte.

Matt schlug die Beine übereinander und nahm einen Schluck von dem torfigen Single Malt. Es würde eine Weile dauern, bis seine Erektion sich wieder beruhigt hatte. »Na, das war mal eine heiße Show.«

Matt hätte sich fast an seinem Whisky verschluckt und schluckte sein Husten hinunter. Mia hatte er fast vergessen. »Du sollst keine Sexshows ansehen, sondern die Nachricht entschlüsseln«, knurrte er gereizt und möglichst leise. »Ich will hier möglichst schnell wieder verschwinden.«

Mia lachte leise. »Keine Sorge, ich hole dich da schon bald heraus. Hera hat eine Weile gebraucht, bis sie mir den Code für die Nachricht ausgespuckt hat, aber ich habe ihn.« Hera war ein Programm, das es Mia ermöglichte, auf nahezu jede Art von Informationen oder Netzwerk zuzugreifen.

»Und was sagt die Nachricht?«

»Unser Zielobjekt wird sich mit dem Kunden in genau zehn Minuten treffen. Geplant ist das Treffen in einem der Separees – man kommt nur mit einer Schlüsselkarte hinein. Ich schicke dir den Plan.«

Das Display seiner Uhr veränderte sich, und das Bild eines Lageplans leuchtete auf. Er nahm den Arm von der Lehne herunter und legte ihn unauffällig auf seine übereinander geschlagenen Beine, um sich den Plan einzuprägen. Einige Sekunden später war das Bild verschwunden. Matt nahm noch einen Schluck aus seinem Glas, und sein Blick wanderte über den Rand hinweg zu dem Mann am Tisch gegenüber. Er hatte die Frau wieder weggeschickt und nippte unbehelligt an seinem Drink.

»Zehn Minuten sind verdammt knapp«, brummte Matt in das Glas hinein.

»Tut mir leid, früher ging es nicht – die genauen Daten sind erst vor zwanzig Minuten eingetroffen, und es hat ein wenig gedauert, bis ich den passenden Code gefunden hatte«, verteidigte Mia sich.

»Schon gut. Ich kriege das schon hin«, sagte Matt und behielt sein Ziel im Auge. Es dauerte nicht lange, und der blonde Mann kippte den Rest seines Drinks hinunter, zog sich das Jackett zurecht und stand auf. Matt wartete, bis er fast außer Sichtweite war, und folgte ihm dann. Er behielt den Abstand zwischen ihnen bei, bis der Mann in einen schmalen Flur einbog. Die Beleuchtung war hier schwächer, und der Flur war vom Hauptraum aus nicht einzusehen. Ein sehr exklusives Separee, wie es aussah. Und perfekt für seine Zwecke.

Matt holte rasch auf. Als der Mann ihn bemerkte, war es schon zu spät. Matt schlang ihm leise und schnell den Arm um den Hals. Sein Opfer wehrte sich, wand sich, aber bald erschlaffte es in seinen Armen. Matt ließ den ohnmächtigen Mann zu Boden sinken und zog ihn in eine entlegene, dunkle Ecke, wo er nicht sofort auffallen würde. Nach einer kurzen Inspektion förderte er die Schlüsselkarte zutage. »Sorry, Kumpel«, murmelte Matt und beeilte sich, zum Separee zu kommen.

Die Tür war schlicht, aber der Raum dahinter war opulent. Auch hier herrschten die Farben des *Sin* vor, nur diesmal nicht auf Tischen und Stühlen, sondern auf einem riesigen Himmelbett, auf dem sich eine Frau rekelte. Auch sie trug die typische Kostümierung aus Spitze, und ihr Gesicht war mit einer Halbmaske bedeckt. Ihre Augen waren ebenso dunkel wie seine, auch wenn das kurze Haar eindeutig blond war.

Das also war Elaine DeLacroix. Die Frau, für die er von Deutschland bis nach Las Vegas geflogen war.

»Wie schön, Sie sind pünktlich«, schnurrte sie und setzte sich auf, als Matt den Raum betrat.

Er ließ seinen Blick deutlich sichtbar über ihren Körper schweifen. »Wie hätte ich so eine Schönheit warten lassen können?«, kam es ihm aalglatt über die Lippen, auch wenn er sich fragte, wer auf diesen Spruch hereinfallen sollte. Die Frau auf dem Bett war zumindest höflich genug, um schief zu lächeln. »Haben Sie den Code dabei?«

Matt hob den Arm – und in diesem Moment spürte er, dass etwas nicht stimmte. Elaines Blick glitt an ihm vorbei, auf etwas neben, nein, hinter ihm. Er wollte sich umdrehen, doch noch bevor er sich bewegen konnte, traf ihn etwas hart auf den Hinterkopf. Blitze explodierten vor seinen Augen, und dann wurde alles schwarz.

Als er die Augen öffnete, brannten sie und helles Licht blendete ihn. Matt kniff sie gleich wieder zu und legte seine Hand über die Augen, ehe er sie vorsichtig wieder öffnete. Es war die Sonne, die derart hell schien. Ihm war heiß, kein Wunder.

Im *Original Sin* hatte eindeutig keine Sonne geschienen. Also war er irgendwo vor dem Klub. »Ein echter Geniestreich«, hätte Mia gesagt, und er wunderte sich, warum sie das nicht schon längst getan hatte. Hastig tastete er zu seinem Ohr, aber es bestätigte sich nur, was er schon geahnt hatte. Das Mikro war verschwunden, ebenso wie seine Uhr. Und sein Jackett. Verdammt, seine ganzen Sachen waren weg. Sein Angreifer hatte ihm nicht mehr als einen Boxerslip gelassen.

Matt setzte sich auf, sah sich um und wünschte sich, er hätte es nicht getan. Er war nicht nur halb nackt. Er war halb nackt und befand sich inmitten von Felsen und auf viel zu heißem Sandboden. Diese verdammte Schlange hatte ihn mitten in der Wüste ausgesetzt.

Kapitel 2

Drei Tage zuvor

»Las Vegas?!« Der Aufschrei hallte in der gesamten International Crime Defence Berlin wider.

»Beruhige dich, Matt«, sagte Emilia, und Mia fügte hinzu: »Ich würde sofort mit dir tauschen.«

Matt Archer saß beiden Frauen gegenüber und fuhr sich mit der Hand über das Gesicht. Stoppeln kratzten über die harte Haut seiner Hand, und er konnte die dunklen Ringe unter seinen Augen förmlich spüren. »Ich bin gerade erst von einem Einsatz in Sydney zurückgekommen«, protestierte er schwach.

»Du kannst im Flugzeug schlafen«, schlug Emilia vor. Mia nickte. »Ganz abgesehen davon hast du in Las Vegas viel weniger Probleme, den Jetlag loszuwerden, als hier in Deutschland. Der Zeitunterschied ist viel kleiner.« Sie grinste. »Und wenn wir ehrlich sind, würdest du hier sowieso in deiner Wohnung versauern und nur noch an der Spielkonsole hängen.«

Matt verzog das Gesicht – natürlich musste Mia ausgerechnet das ausgraben. Das hatte man davon, wenn man mit seiner Exfreundin zusammenarbeitete. Dass sie recht hatte, machte seine schlechte Laune nicht besser. »Ich würde nicht ›versauern‹«, erwiderte er trocken, »ich würde ausspannen.«

Mia zwinkerte ihm zu. Sie wusste, dass er log, und er wusste, dass sie es wusste.

»Ich will Sonderurlaub«, brummte er und zog seine verknitterte Krawatte zurecht.

»Bekommst du!« Emilia strahlte. »Sobald du die Sache in Las Vegas abgewickelt hast.«

Matt seufzte. »Und was für eine Sache ist das?«

Mia fuhr sich mit der Hand durch die kurzen Haare und nahm einen Tablet-Computer zur Hand. »Ihr Name ist Elaine DeLacroix. Eher ein kleiner Fisch – sie ist eine spezialisierte Diebin.« Auf dem Fenster hinter ihnen erschien eine schwarze Fläche – Matt runzelte die Stirn. Normalerweise erschien dort ein Foto oder ein Video.

»Spezialisiert auf was?«

»Firmengeheimnisse. Industriespionage«, erklärte Emilia und schürzte den blutrot geschminkten Mund. Sie trug nie viel Make-up, aber Matt hatte sie, solange er hier arbeitete, noch nie ohne auffallende Lippenfarbe gesehen. Nicht einmal während der Spätschichten.

»Fällt Industriespionage in unsere Zuständigkeit?«, fragte er.

»In seltenen Fällen. DeLacroix ist nicht oft aktiv. In den letzten drei Jahren gab es nur zwei Diebstähle, die wir ihr sicher zuordnen können.«

Matt sah Mia an. »Wieso haben wir damit Schwierigkeiten?«

Sie rieb sich die Schläfe. »Elaine DeLacroix gehört zu der seltenen Spezies Diebe, über die wir so gut wie keine Daten haben. Sie verwischt ihre Spuren und ändert jedes Mal ihre Vorgehensweise. Es war eine Heidenarbeit, sie überhaupt zu entdecken – ich habe auf sämtliche Ressourcen von Hera zurückgreifen müssen, um überhaupt etwas über sie herauszufinden.«

»Ich dachte, du Technikgenie kannst mit Hera auf alle Netzwerke und Ressourcen weltweit zugreifen?«

Mia zuckte mit den Schultern. »Hera kann nur auf das zugreifen, was wirklich da ist. Es gibt weltweit kaum Informationen über DeLacroix. Keine Geburtsurkunde, keine Unterlagen von Ärzten, Kindergärten oder Schulen. Sie wird nie gesehen, und diese beiden Diebstähle konnten wir ihr auch nur zuordnen, weil sie beim Hacken des Computersystems einen Fehler gemacht hat. Beide Systeme wurden von der gleichen Firma zur Verfügung gestellt und hatten einen Glitch in die Firewall eingebaut, um potenzielle Hacker zu identifizieren. Eigentlich sollte die Falle die genaue IP-Adresse des Hackers speichern, aber DeLacroix hatte ein Programm installiert, das ihre Spuren verwischte. Das System hat nur die ersten drei Ziffern der IP-Adresse speichern können. Aber sie sind identisch.«

Matt musste unwillkürlich schmunzeln. »Sie hat also unabsichtlich eine virtuelle Visitenkarte hinterlassen? Stand keine Adresse drauf?« Er grinste.

Emilia schoss ihm einen eisigen Blick zu. »Sehr witzig«, murmelte sie und deutete mit einem Nicken auf die Bilder. »Wir haben eine verschlüsselte E-Mail abgefangen, die wohl an DeLacroix gerichtet war. Wir konnten bisher noch nicht herausfinden, von wem sie stammt«, Matt sah zu Mia, die nur entschuldigend die Hände hob, »aber immerhin haben wir eine Spur, auch wenn wir die Verschlüsselung noch nicht geknackt haben. Sonst hätten wir DeLacroix bereits geschnappt. Der Inhalt, den wir bisher entschlüsseln konnten, legt nahe, dass es sich diesmal um einen Fall für die ICD handelt.«

Die Fotos auf dem Fenster verschwanden und wurden von einer E-Mail verdrängt. *Der Bienenkorb ist reif. Der Flug der Sonnenblumen wird bald beginnen – Pollen werden fliegen. Honig ist die Belohnung. Das Alter wohnt in der Brutstätte der Sünde.*

»Seid ihr sicher, dass das nicht aus der Bibel stammt?«, konnte Matt sich nicht verkneifen. Emilias Augen verengten sich zu Schlitzen. »Warum war ich noch einmal davon überzeugt, dass es eine gute Idee ist, dich hinzuschicken?!«

Matt zuckte mit den Schultern. »Weil er als Amerikaner in Amerika weniger auffällt als einer unserer deutschen Agenten«, sprang Mia für ihn ein, ohne ihren Blick vom Tablet abzuwenden.

»Schön, wenn man weiß, wieso man geschätzt wird«, murmelte Matt.

»Wie bitte?«

»Oh, nichts, Chefin«, erwiderte er lammfromm und deutete mit dem Zeigefinger auf die Mail. »*Brutstätte der Sünde* bedeutet Las Vegas, nehme ich an.«

»Wir gehen davon aus. Warum wir überhaupt aufmerksam geworden sind, ist die Passage *Pollen werden fliegen*. Wir haben etwas Ähnliches bereits vor ein paar Jahren gefunden – Terroristen hatten das als Code benutzt, als sie einen Anschlag auf London planten.«

»Ein bisschen dünn als Ansatz«, erwiderte Matt und strich sich ein paar dunkle Haarsträhnen aus der Stirn, die ihm vor den Augen herumbaumelten.

»Dick genug, um dich in die Glitzerstadt zu schicken.« Mia grinste. »Wir möchten, dass du DeLacroix findest, sie festnimmst und herausbekommst, wer ihr Auftraggeber ist und was sie vorhat.«

»Na, wenn es sonst nichts ist«, sagte Matt und grinste schief.

Kapitel 3

Elaine stellte den Duschkopf aus und wickelte das Handtuch um sich. Nach einer Schicht als Kellnerin im *Original Sin* hatte sie immer das Gefühl nach billigem Parfüm und Zigarettenrauch zu stinken. Sie stand danach immer mindestens eine halbe Stunde unter der Dusche, um diesen Geruch wieder von ihrer Haut zu waschen. Zum Glück war es nur vorübergehend.

Sie trocknete sich die Haare, so gut es ging, mit einem zweiten Handtuch und kämmte sie mit den Fingern durch. Eigentlich hätte sie diesen Laden schon heute verlassen wollen, aber leider war der Deal mit ihrem Kunden geplatzt. Elaine seufzte schwer und massierte sich den Nacken. Es hätte so einfach sein können: Sie bekam den Code, den letzten Teil eines Passwortes, von ihrem Kunden, er bekam seine Million Dollar, und sie beide wären jeder ihrer Wege gegangen. Aber dann musste sich dieser verdammte Schnüffler einmischen. Er war ihr schon vorher aufgefallen, und ihr Bauchgefühl hatte sie gewarnt. Zum Glück. Nachdem sie gesehen hatte, wie er ihren Kunden ausgeschaltet hatte, war ihr klar gewesen, dass sie ihn loswerden musste.

Leider war in der Zwischenzeit auch ihr Kunde verschwunden – wahrscheinlich hatte er geglaubt, sie hätte ihn betäubt, um kostenlos an den Code zu kommen. Was bedeutete, dass sie mit leeren Händen dastand.

Elaine tötete nicht. Das war meist auch nicht nötig. Da der Schnüffler sie nicht gesehen hatte, sondern nur Jay, ihr Double, konnte sie ihn getrost nackt in der Wüste aussetzen. Er würde nie darauf kommen, dass sie ihn niedergeschlagen hatte, und Jay hätte Las Vegas schon längst verlassen, bis er die Stadt wieder erreicht hatte. Elaine schätzte, dass er etwa einen Tag Fußmarsch brauchen würde, um wieder zurückzukehren.

Bei dem Gedanken an ihn musste sie ein wenig schmunzeln. Er war kräftig gebaut – starke Schultern, eine breite Brust und Beine, die ihn sicher problemlos durch die Wüste bis in die Stadt tragen würden. Vielleicht bekam er einen Sonnenbrand ab, aber das würde seiner Haut bestimmt nicht sonderlich schaden. Irgendwann würde sie dadurch nur dunkler werden, die leichte Bräune würde sich in einen goldenen Schimmer verwandeln, überall auf seinem Körper, nur nicht auf seinem weißen Hintern und der delikaten, empfindlichen Stelle unterhalb seines Bauchnabels …

Elaine runzelte die Stirn und rieb sich mit beiden Händen über das Gesicht. Was sollten diese Gedanken denn? Sie schüttelte den Kopf und wickelte das Handtuch fester um sich. Die Frage war, was er gewollt hatte. Sie hätte warten sollen, bis er wach war, und ihn fragen, aber das Risiko, später von ihm erkannt zu werden, war ihr zu hoch. Sie hatte ihn und alle Spuren von ihm schnell loswerden wollen, also hatte sie ihn in der Wüste abgeladen und sein Mikro, sein Handy und die Armbanduhr mehrmals mit ihrem SUV überfahren.

Sie atmete tief ein und betrat ihr Schlafzimmer. Mit einem entsetzten Schrei prallte sie zurück, als sie sah, wer auf ihrem Bett saß – der Schnüffler!

Er trug nur eine ausgebeulte Stoffhose und ein Hemd, und tatsächlich glänzten seine Nasenspitze und seine Schultern rot. In seiner Hand hielt er eine kleine Kanone, eine Glock, wie sie meist von Polizisten benutzt wurde. Der Lauf war direkt auf sie gerichtet.

»Nehmen Sie, was immer Sie wollen, aber tun Sie mir nichts!«, quetschte Elaine hervor. Es war ein Klischeesatz, aus jeder Krimiserie, die im Fernsehen jemals gelaufen war, aber auf diese Weise glaubte er ihr womöglich, dass sie unschuldig war.

Sein Gesicht war ernst, und der Lauf blieb weiter genau auf sie gerichtet. »Wenn man jemanden niederschlägt und in der Wüste zurücklässt, ist man doch sicher per Du«, sagte er trocken.

Elaine verzog das Gesicht. »Woher willst du das wissen?«, fragte sie und ließ jede Höflichkeit fallen.

Diesmal lächelte er schief, weil ihre Antwort sie selbst verraten hatte. Elaine seufzte abermals und verschränkte die Arme vor der Brust. »Du wolltest bei meinem Deal dazwischenfunken«, versuchte sie, sich zu verteidigen. »Wie hast du mich überhaupt gefunden? Und wer bist du?«

Der Schnüffler antwortete nicht auf ihre Frage, sondern stand auf. Instinktiv wich sie zurück, aber er machte zwei Schritte zur Seite, und schon hatte er ihr den Weg zur Tür abgeschnitten. »Elaine DeLacroix«, sagte er ruhig, »ich nehme dich im Namen der ICD fest. Dir werden mehrere Fälle von Diebstahl und Industriespionage vorgeworfen.«

Vor Schreck hätte Elaine beinahe das Handtuch fallen lassen. »Die ICD?«, stieß sie überrascht aus. »Was will die Crime Defence denn von mir? Ich bin ein kleiner Fisch. Wahrscheinlich bin ich nicht einmal für die Polizei interessant.«

»Stell dein Licht nicht unter den Scheffel«, erwiderte er und trat so nah an sie heran, dass sie ihn riechen konnte. Er roch herb, nach Sand, Erde und Sonne. Sie schloss die Augen und versuchte, sich zu konzentrieren. »Es gibt keine Beweise gegen mich«, sagte sie.

Der Schnüffler antwortete nicht. Aus den Augenwinkeln sah sie, wie er die Pistole sinken ließ und mit der freien Hand in seine Hosentasche griff. Ein Kabelbinder kam zum Vorschein – er wollte sie allen Ernstes fesseln.

Elaine biss die Zähne zusammen und machte einen Sprung nach vorn. Eigentlich wollte sie ihm ihre Schulter in die Brust rammen, aber dieser verdammte ICD-Agent reagierte schnell, viel schneller, als sie es erwartet hatte. Er drehte den Oberkörper zur Seite, und ihre Schulter glitt an seiner Brust ab. Elaine verlor das Gleichgewicht, taumelte, aber seine Hände, die sich fest um ihre Oberarme schlossen, verhinderten, dass sie fiel. Etwas klapperte – die Waffe war ihm aus den Fingern gerutscht, als er Elaine aufgefangen hatte. Sie hob ruckartig den Kopf und begegnete seinem Blick. Er hielt sie noch immer fest, aber sie wehrte sich nicht mehr. Dort, wo ihre Blicke sich trafen, formte sich ein Knistern, ein Prickeln, das sich ausbreitete, immer größer wurde und langsam auch Elaines Körper erfasste. Es begann an der Stelle, wo seine Finger auf ihrer Haut lagen, und floss wie ein Tropfen Wasser ihren Arm entlang, schlüpfte unter den Frotteestoff ihres Handtuches und breitete sich auf ihren Brüsten aus. Ihre Nippel wurden hart, und Gänsehaut kroch über ihr Rückgrat und ihren Steiß. Elaines Körper wurde immer wärmer, eine Hitze, die dem Pfad des Prickelns folgte und weiter und tiefer ging, ihre Hüften hinab bis zu ihren Schenkeln. Und keine Sekunde lang trennten sich ihre Blicke.

Der Schnüffler öffnete den Mund, als wollte er etwas sagen, aber es kam kein Ton heraus, nur ein leises heiseres Einatmen, als er sie mit einem Ruck an sich presste und seine Lippen auf ihre legte. Elaine hatte das Gefühl, ihren Verstand zu verlieren – sie konnte kaum noch klar denken und spürte nur noch eines: das Verlangen, diesen Mann zu küssen, ihn zu berühren und sich berühren zu lassen. Sie erwiderte seinen Kuss. Er war nicht zärtlich, nicht sanft, sondern direkt und erfüllt mit einer Leidenschaft, die sie erschauern ließ. Elaine ließ jede Vorsicht und jeden Gedanken an Flucht fahren und gab sich dem Moment hin. Sie hob die Arme, schlang sie um seinen Nacken und presste sich an ihn. Er stöhnte in ihren Mund, und sie wusste auch wieso – durch den Stoff seiner Hose und sogar durch ihr Handtuch hindurch konnte sie spüren, wie hart er bereits war. Diese Berührung ließ einen Damm brechen, und zwischen ihren Schenkeln breiteten sich Hitze und erregende Feuchtigkeit aus. Sie saugte an seiner Unterlippe und biss ihn in die Zungenspitze. Er zuckte zusammen, packte als Revanche ihren Po und riss das Handtuch weg. Mit einem Mal wurde es kalt auf Elaines Körper, aber nicht einmal das konnte die Hitze lindern, die in ihr loderte. Sie beendete den Kuss und legte den Kopf in den Nacken. Ihr Haar, noch feucht von der Dusche, berührte ihren nackten Po und intensivierte die Gänsehaut auf ihrem Körper.

Er nahm ihre Einladung an, löste seinen Mund von ihrem und begann, an ihrem Hals zu knabbern und zu saugen. Elaine schloss die Augen, hielt sich an seinen breiten nackten Schultern fest und genoss den Kontrast ihrer ausgekühlten und seiner von der Sonne verbrannten Haut. Er gab ein leises Zischen von sich, als sie zu fest zudrückte, aber es wurde schnell wieder von ihren Zungen erstickt, die sich erneut in einem heißen, suchenden Tanz fanden.

Der Kuss dauerte nicht lange an – Matt stieß sie rücklings auf das Bett. Elaine keuchte und versuchte, sich wieder aufzusetzen, aber er kam ihr zuvor. Binnen eines Lidschlags kniete er vor ihr, drückte ihre Schenkel auseinander und vergrub seine Zunge tief zwischen ihren feuchten Lippen.

Elaine schrie vor Lust und Überraschung auf. Ungläubig sah sie auf den Mann zwischen ihren Beinen hinab, der sie leckte. Seine Zunge war weich und hart zugleich und schien an tausend Punkten zur selben Zeit zu sein. Er saugte an ihrer Klit, leckte an ihren Schamlippen und ließ seine Zunge schon einen Wimpernschlag später wieder in ihre Spalte tauchen. Elaine kam kaum zu Atem, er ließ ihr keine Chance, sich auf etwas anderes zu konzentrieren als auf seine Zunge und die empfindliche Stelle zwischen ihren Schenkeln, die sie immer höher trieb, bis ihre Knie zitterten und sie glaubte, bald ohnmächtig zu werden. »Wie heißt ... wie ist ... dein Name«, brachte sie atemlos hervor.

Er richtete sich auf, und sein Körper thronte über ihr, heiß, sinnlich und stark. Seine Hüften streiften die Innenseite ihrer Schenkel, und Elaine biss sich auf die Lippen, um nicht wieder zu schreien. Wann war sie das letzte Mal derart geil gewesen? Sie konnte an nichts anderes mehr denken als an seinen Schwanz.

»Matt«, murmelte er an ihrem Ohr, und eine Sekunde später drang er in sie ein.

Elaine hatte gar nicht gemerkt, dass er sich die Hose ausgezogen hatte, aber als sie sich in seinen Hintern krallte, spürte sie seine nackte Haut und das geschmeidige Fleisch darunter. Er bewegte sich hart, erbarmungslos und fickte sie tief. Elaine biss die Zähne zusammen – jeder Winkel ihrer Pussy war ausgefüllt, wurde gereizt und liebkost. Seine Bewegungen veränderten sich immer wieder, seine Stöße änderten den Winkel, wurden mal tiefer und härter, dann wieder langsamer, aber nie glitt er ganz aus ihr heraus. Er küsste sie unablässig dabei, seine Lippen wanderten über ihre Wange, streichelten ihr Kinn und tranken jeden ihrer Schreie, die sie ausstieß, wann immer sein Stoß sich wieder änderte.

Sie zeichnete ihn mit Striemen auf seinem Rücken, auf seinem Po. Ihre Schenkel hielten seine Hüften umklammert, als wollte sie ihn ewig dort einsperren – es war unbeschreiblich. Elaine warf den Kopf zurück, bäumte sich ihm entgegen, um ihn noch tiefer in sich aufzunehmen – sie wollte ihn noch bis in den letzten Winkel ihres Schoßes spüren, wollte, dass diese Ekstase niemals wieder aufhörte –, aber das Ende kam, es baute sich unaufhaltsam in ihr auf, eine Naturgewalt, der sich nichts und niemand in den Weg zu stellen vermochte.

»Matt!«, schrie sie, und ihre Lust brach sich Bahn, überwältigte sie, schüttelte sie, und Elaine spürte, wie Matt ihr kurz darauf folgte.

Sein Gewicht lag schwer und irgendwie tröstlich auf ihr. Elaine schlug die Augen auf, und in diesem Moment glitt Matt aus ihr heraus und rollte sich zur Seite, um sie nicht weiter mit seinem Gewicht zu belasten. Er hielt die Augen geschlossen und hatte einen Arm über die Stirn gelegt. Sein Atem ging schnell, und Schweiß glänzte auf seiner Haut, ebenso wie auf ihrer. Ein warmes Gefühl von Zärtlichkeit breitete sich in Elaine aus, und sie hob den Kopf, um ihn auf seine Brust zu legen – dabei fiel ihr Blick auf die Glock am Boden.

Es war, als hätte jemand einen Kübel Eiswasser über ihr ausgeschüttet. Mit einem Mal war Elaine wieder bei klarem Verstand – Matt war ein Agent der ICD, und er wollte sie einsperren. Ohne lange nachzudenken, sprang sie auf, nahm die Glock und richtete sie auf Matt. Der hatte ihr hastiges Aufstehen bemerkt und öffnete die Augen. Überrascht sah er auf die Waffe. »Elaine?«, fragte er.

Sie entsicherte die Glock und zog den Kabelbinder aus seiner Hose, die vor dem Bett lag. »Hand an den Bettpfosten«, sagte sie und wunderte sich, wie brüchig ihre Stimme klang.

»Mach das nicht«, sagte er, aber er klang nicht mehr wie ein ICD-Agent. Seine Worte waren sanft. »Lass uns reden.«

Reden. Sie hätte gerne mit ihm geredet. Wäre gerne wieder zu ihm ins Bett gekrochen, hätte sich neben ihn gelegt und geredet. Darüber, wer er war. Was er für ein Mensch war. Was …

Er ist ein ICD-Agent und will dich ins Gefängnis stecken. Fall nicht auf ihn herein. Du darfst jetzt nicht scheitern. Nicht, so kurz bevor du es zu Ende gebracht hast.

Die Stimme war so deutlich in ihrem Kopf, als stünde der Sprecher direkt neben ihr. Elaine biss die Zähne zusammen und richtete die Waffe auf Matts Kopf. »Ich kann nicht anders. Hand an den Bettpfosten.«

Matt sah wohl ein, dass weitere Worte keinen Sinn hatten. Mit gerunzelter Stirn hob er den Arm und drückte das Handgelenk gegen den frei stehenden Pfosten. Er sagte nichts mehr, aber Elaine konnte den Blick seiner dunklen Augen auf sich spüren, während sie seinen Arm mit dem Kabelbinder festschnürte, ohne dabei die Waffe zu senken. Als sie fertig war, wandte sie sich hastig ab und nahm ein paar Sachen aus dem Schrank. Sie zog sich schnell an, stopfte die Kleidung in einen Rucksack und warf ihn sich über die Schulter. Dann erst traute sie sich, wieder zum Bett zu sehen. Er war noch immer nackt, und er sah sie noch immer an. Aber nicht wütend, wie sie vermutet hatte, sondern ... bedauernd?

Elaine senkte hastig den Blick. »Es tut mir leid, Matt«, murmelte sie und verließ die Wohnung.

Kapitel 4

So ein verdammter, verfluchter Mist! Seit wann benahm er sich wie ein Anfänger?! Zweimal, zweimal hatte ihn diese kleine Schlange an einem einzigen Tag hereingelegt! Es hatte ihn eine ganze Stunde gekostet, bis er das Telefon auf dem Nachttisch erreicht hatte und Hilfe rufen konnte. Die Männer der Feuerwache lachten sich wahrscheinlich immer noch schlapp, weil sie ihn, nackt wie er war, vom Bett hatten losschneiden müssen.

Allein bei dem Gedanken daran kochte Matt immer noch vor Wut, und er hatte sich so schnell wie möglich zurück in sein Hotel fahren lassen. Er nahm sich nicht einmal Zeit zu duschen, sondern streifte nur eine frische Hose über und schaltete seinen Tablet-PC an. Mit einem Knopfdruck aktivierte er den Videochat. Es klingelte ein paarmal, und dann erschien Mias verschlafenes Gesicht auf dem Bildschirm. »Ich nehme nicht an, dass du weißt, wie spät es hier ist«, nuschelte sie, und jemand sagte etwas im Hintergrund, aber es ging im Rascheln von Bettzeug unter.

»Sie ist mir entwischt«, gab Matt nur zur Antwort. »Ich brauche deine Hilfe. Möglichst sofort.«

Mia setzte sich auf. Für einen Moment wurde der Bildschirm schwarz, dann wackelte das Bild hastig. Wie er sie kannte, war sie wahrscheinlich einfach aufgesprungen und an ihren Computer gerannt, ohne daran zu denken, dass der Videochat noch aktiv war. Matt wandte den Blick ab, weil ihm sonst durch das Gewackel schlecht geworden wäre. Kurz darauf beruhigte sich das Bild wieder. Für einen Moment wurde es schwarz, dann erschien es wieder. Sie hatte wohl von ihrem Handybildschirm auf den des Computers gewechselt. Im Hintergrund sah er Mias Arbeitszimmer. Sie selbst saß in einem viel zu großen T-Shirt und mit verwuschelten Haaren vor der Tastatur. »Was ist passiert?«, fragte sie.

»Erkläre ich dir später«, erwiderte Matt hastig. Sie würde es wahrscheinlich früher oder später von den Kollegen in Amerika erfahren, aber er wollte vorher zumindest Elaine gefangen haben, um die Schande ein bisschen abzumildern. »Ich brauche noch einmal deine Hilfe mit Hera. Du hast Elaine beim letzten Mal gefunden, und jetzt muss ich sie so schnell wie möglich wiederfinden, bevor sie aus Las Vegas verschwindet. Ich habe die ICD-Agenten in der Stadt bereits an Flughafen, Bahnhöfen und Autovermietungen postiert, aber ich will sie selbst kriegen.«

Mia legte den Kopf schief und musterte ihn, aber zum Glück sagte sie nichts. »Ich tue mein Bestes. Aber es wird ein bisschen dauern.«

Matt fuhr sich mit allen zehn Fingern durch die Haare. »Okay.«

Sie nickte. »Ich melde mich dann«, sagte sie und zögerte kurz. »Morgen will ich aber haargenau wissen, was passiert ist, dass Matt Archer, Mr Super-ICD-Agent, eine Verdächtige durch die Lappen gegangen ist«, fügte sie mit einem kaum unterdrückten Grinsen hinzu.

Matt knurrte etwas Unverständliches, aber bevor er die Verbindung unterbrechen konnte, hatte sie den Chat beendet. Er stand auf und ging ins Badezimmer. Solange er wartete, konnte er genauso gut auch endlich duschen. Der Marsch durch die Wüste war alles andere als ein Zuckerschlecken gewesen. Vor nicht einmal sechs Stunden hatte er sich schon einmal in genau der gleichen Situation befunden – erschöpft und müde vor dem Tablet im Gespräch mit Mia, die ihm helfen sollte. Zum Glück wusste Elaine nicht genau, was Matts Armbandkamera so alles konnte – nur deshalb war es möglich gewesen, die Diebin aufzuspüren. Die Kamera hatte Elaine aufgezeichnet, während sie Matt ausgezogen hatte, kurz bevor Elaine sie zerstört hatte, und das Material automatisch an das deutsche Büro der ICD geschickt. Mithilfe der Aufnahmen und mit Hera war es Mia gelungen, Elaine anhand eines Überwachungsvideos zu finden, das vor ihrer Wohnung aufgenommen worden war. Matt hoffte, dass es mit dem gleichen Trick jetzt noch einmal funktionieren würde, sie wiederzufinden.

Er stellte das Wasser der Dusche an. Es war kalt, aber nach der Hitze der Wüste war ihm das nur recht. Abwesend leckte er sich über die Lippen und zuckte zusammen. Sie schmeckten noch nach ihr. Nach Elaine.

Er schloss die Augen und hielt sich am Rand der Duschkabine fest. Was hatte er sich nur dabei gedacht, sich auf eine Verdächtige einzulassen? Noch dazu eine, die er nicht einmal eine Stunde kannte und die ihn wie einen Anfänger überrumpelt hatte?

Ihr Blick kam ihm wieder in den Sinn, dieser Blick, den sie ihm zugeworfen hatte, als sie versucht hatte zu fliehen. Darin hatte keine Angst gelegen, nicht einmal Wut oder Berechnung. Es war eine Mischung aus Unschuld und ungehemmtem, rohen Verlangen. Ihre Lust war wie ein Feuer gewesen, das ihn verbrannt hatte, noch bevor er reagieren konnte.

Er spürte, wie sich zwischen seinen Beinen etwas regte, und noch einmal kostete er ihren Geschmack, der noch auf seinen Lippen lag. Mit einem Ruck stieß er sich von der Duschkabine ab, stellte sich nackt unter den prasselnden Wasserstrahl und ließ ihn jede Erinnerung an Elaine DeLacroixs' Körper aus seinem Gedächtnis spülen.

Der Videochat meldete sich mit einem schrillen Klingeln, und Matt sprang vom Bett auf und drückte auf die grüne Taste. Zu seiner Überraschung sah er nicht Mias Gesicht vor sich, sondern Emilias. »Mit dir habe ich nicht gerechnet«, erwiderte er und strich sich das wirre, noch leicht feuchte Haar aus der Stirn. »Wo ist Mia?«

Hinter Emilia tauchte eine Hand auf und winkte frenetisch. »Bin da!«, rief seine Exfreundin.

Emilia verdrehte leicht die Augen und beugte sich vor. Ihr Gesicht füllte fast den gesamten Bildschirm aus. »Es gibt eine Planänderung«, sagte sie.

Matt rutschte an den Rand des Bettes – die einzige Sitzmöglichkeit in diesem Zimmer – und stützte die Arme auf den Oberschenkeln ab. »Wie sieht die aus?«, fragte er ernst.

Emilia senkte den Blick, und er hörte das Rascheln von Papier. »Ich habe mit ein paar Leuten gesprochen. Nachdem wir – dank Mia und dir – endlich ein Gesicht zu Elaine DeLacroix haben, können wir ihr weitere Straftaten nachweisen.«

»Und?«, brummte Matt. Er war ungeduldig – jede Minute, die er damit verplemperte, Emilia dabei zuzuhören, wie sie irgendeinen Aktenkram herunterleierte, nagte an seiner Chance, Elaine zu schnappen.

»Wir sind der Meinung, dass eine ganze Menge Potenzial hinter Gittern verschwinden würde, falls wir sie vor Gericht stellen.«

Es dauerte einen Moment, bis Matt verstanden hatte, was Emilia ihm da sagte. Aber selbst dann glaubte er noch, sich verhört zu haben. »Ihr wollt sie *rekrutieren?*«, stieß er schließlich hervor.

»Sie hat in den letzten Jahren insgesamt mehr als achtzehn extrem gut gesicherte Firmen und Banken bestohlen, und wir sind ihr nicht einmal auf die Schliche gekommen, bis sie uns selbst auf ihre Fährte geführt hat. Sie ist gut, Matt, richtig gut. Wir könnten ihr Wissen gebrauchen.«

Matt biss die Zähne so fest aufeinander, dass sein Kiefer knirschte. »Und was soll ich jetzt machen?«, fragte er gereizt. »Sie aufgabeln, ihr einen Strauß Blumen überreichen und ihr zum neuen Job gratulieren?«

»So in etwa, ja. Du kannst ihr dann auch gleich ein Kuvert mit ihrer Strafbefreiung überreichen«, erwiderte Emilia unbeeindruckt.

»Na großartig«, erwiderte Matt. »Sie kommt also ungeschoren davon.«

»Nur wenn sie der ICD beitritt.« Emilia schien kurz zu überlegen und beugte sich dann näher zur Kamera. »Sie ist wertvoll, Matt. Die ICD will sie. Tu alles, was nötig ist, um sie zu überzeugen.«

Matt rieb sich die Nasenwurzel und kniff die Augen zusammen. »Das habt ihr euch ja schön ausgedacht. Ich muss sie aber trotzdem noch irgendwie finden, und ich fürchte, mittlerweile ist sie bereits über alle ...«

»Sie ist gerade auf dem Weg zum *Original Sin*«, meldete sich Mia zu Wort. »Eine Sicherheitskamera am Strip hat sie aufgezeichnet, als sie sich ein Taxi genommen hat. Aufgrund der übrigen Kameras, die sie passiert hat, bin ich mir ziemlich sicher, dass sie in den Klub will.«

»Und das sagst du mir erst jetzt?« Ohne weiter auf das Tablet zu achten, sprang Matt auf, streifte sich sein Jackett über und rannte aus dem Hotelzimmer.

Elaine fuhr sich mit der Hand über den bloßen Hals. Die Hitze draußen war erdrückend und gar nicht so trocken wie sonst. Der Taxifahrer hatte die Klimaanlage des klapprigen gelben Wagens bis zum Anschlag aufgedreht, und Elaines schweißbedeckter Körper beantwortete das mit Wellen aus abwechselnd heißen und kalten Schauern. Eigentlich keine Veränderung zu der Szene im Bett, in der sie …

Elaine kniff die Augen zusammen, aber die Bilder vor ihrem inneren Auge wurden dadurch noch deutlicher, weswegen sie sie schnell wieder aufriss.

»Alles okay?«, fragte der Taxifahrer, und Elaine nickte hastig. Was war nur in sie gefahren? Sie ließ sich doch sonst nicht so leicht auf Männer ein, vor allem nicht auf Männer, die vor ihrer Nase mit einer Glock herumwedelten. Aber irgendetwas war in diesem Moment passiert, etwas, das sie sich selbst nicht erklären konnte. Elaine leckte sich unruhig über die Lippen. Was auch immer es gewesen war – es ging ihr nicht aus dem Kopf. Sie spürte noch immer Matts Lippen auf sich, seine Hände, die ihren Körper erkundeten, sie rasend, wild machten und ihr einen Orgasmus geschenkt hatten, wie sie ihn so noch nie erlebt hatte. Vielleicht, wenn sie sich unter anderen Umständen, zu einer anderen Zeit getroffen hätten …

Sie seufzte und sah aus dem Fenster. Es war nicht mehr weit bis zum *Original Sin.* Eigentlich hatte sie ihre Notfalltasche mit dem Geld und ihren falschen Pässen dort für einen späteren Zeitpunkt deponiert, aber dann hatte Matt alles vermasseln müssen. Sie konnte nur hoffen, dass er nicht zwei und zwei zusammenzählte und dort auch Leute postiert hatte. Die ganze letzte Stunde hatte sie damit zugebracht, auf Schleichwegen durch Vegas zu laufen, um den auffällig unauffälligen Agenten aus dem Weg zu gehen. Sie hielten sich für clever, aber niemand, der noch ganz bei Trost war, trug ein Hawaiihemd und dazu eine extrem teuer aussehende Sonnenbrille, die mit Sicherheit irgendwie mit einem Mikro im Ohr verbunden war.

Das Taxi hielt auf dem Parkplatz vor dem Klub. Um diese Uhrzeit war noch niemand hier, und der Asphalt kochte in der Mittagshitze einsam vor sich hin. Sie nahm einen Zwanzigdollarschein aus ihrer Tasche und drückte ihn dem Fahrer in die Hand. Gerade als sie aus dem Taxi stieg, sah sie ihn – Matt versteckte sich nicht oder lauerte ihr auf, er kam direkt auf das Taxi zu.

Im ersten Moment wollte Elaine wieder ins Taxi springen, aber in der Zeit, in der sie die Tür aufgezogen hätte, hätte er sie bereits erreicht und wahrscheinlich schon festgenommen. Sie drehte sich hastig um und sah direkt in das Gesicht des Fahrers, der sie besorgt und fragend durch die Windschutzscheibe ansah. »Das ist mein Exfreund. Er will mich verprügeln, helfen Sie mir!«, schrie sie.

Matt blieb verdutzt stehen, aber der Fahrer schien nur auf sein Stichwort gewartet zu haben – er schob seinen massigen Körper aus dem Auto und schlug die Tür so fest zu, dass es in Elaines Ohren klingelte. Sie sah nicht mehr zurück, sondern lief an dem Taxi vorbei in die Richtung, aus der sie gekommen war. Die Pässe und das Geld konnte sie vergessen, aber wenn sie es bis zur Straße schaffte, konnte sie immer noch entkommen. Matt würde es nicht wagen, sie vor hundert vorbeifahrenden Autos anzugreifen, oder? Außerdem musste er erst noch den Taxifahrer loswerden.

In diesem Moment erklang hinter ihr ein dumpfer Knall. Elaine konnte nicht anders, sie warf einen kurzen Blick über die Schulter und sah nur noch, wie der Taxifahrer an der Motorhaube seines Wagens herunterrutschte. Matt war ihr bereits auf den Fersen. Sie biss die Zähne zusammen, unterdrückte einen Fluch und wurde schneller, aber da traf sie etwas am Knöchel und brachte sie ins Straucheln. Aus den Augenwinkeln sah sie die Glock. Er hatte seine Waffe nach ihr geworfen. Sie fing den Sturz mit der Schulter ab und wollte wieder aufspringen, aber da war es schon zu spät. Matt war über ihr und zerrte sie am Arm hoch.

»Lass mich los! Wenn du glaubst, du kannst mich einfach so einsperren, hast du dich geschnitten«, zischte sie und versuchte, ihn in den Schritt zu treten, aber Matt zog sie einfach mit sich in eine schmale Seitengasse.

»Das habe ich gar nicht vor«, knurrte er.

»Was soll das heißen?« Elaine hörte auf, sich zu wehren, und sah ihn an.

»Ich bin hier, um dir ein Angebot zu machen und nicht um dich ins Gefängnis zu stecken«, sagte er, und seine Blicke glitten über ihr Gesicht, als wollte er sichergehen, dass sie verstand, was er da sagte. Elaine war aber noch nicht überzeugt. »Was für ein Angebot soll das sein?«, fragte sie kühl.

Er verzog das Gesicht, als könnte er selbst nicht glauben, was er da sagte. »Die ICD bietet dir Straffreiheit an, sowie das Löschen deiner Akte aus sämtlichen Netzwerken.«

Elaine runzelte die Stirn. »Und wen soll ich dafür für euch ausrauben?«

Matt lächelte schief. In seiner rechten Wange entstand dadurch ein Grübchen, kaum sichtbar durch den Dreitagebart, aber sie war ihm nah genug, um es zu bemerken. Das – und seinen ganz eigenen Duft, nach Erde und Sonne. Elaines Lider flatterten. *Schluss damit!*, rief sie sich selbst wieder zur Räson.

»Niemanden«, erwiderte er.

Sie schnaubte ungläubig.

»Die ICD will dich rekrutieren.«

Elaine glaubte, sich verhört zu haben. »Wie bitte?«

»Es war nicht meine Idee.«

»Auf keinen Fall«, sagte sie scharf.

»Dann nehme ich dich offiziell fest, und du wanderst für eine verdammt lange Zeit ins Kittchen. Was wahrscheinlich besser für dich wäre, denn wir haben jetzt dein Foto und wissen, wie du aussiehst. Wir können dich überall finden und jedem deinen Standort verraten. Ich glaube, ein paar der Leute, die du beklaut hast, würden sich gerne einmal mit dir unterhalten.« Er sagte das so ruhig, als würde er ihr erklären, wieso zwei und zwei vier ergab.

Für einen Moment fehlten Elaine tatsächlich die Worte, und sie starrte ihn fassungslos an. Wie konnte er nur? »Das würde die ICD nicht wagen.«

Er zuckte mit den Schultern. »Du würdest dich wundern, was die ICD so alles tut«, sagte er, aber es klang bitter. War es, weil er ihr keinen Ausweg lassen konnte? Sie konnte es nicht mit Sicherheit sagen.

»Welche Wahl bleibt mir da noch?«, fragte sie leise.

Matts Griff um ihren Arm lockerte sich. »Keine.« Er atmete tief durch. »So schlimm ist es bei uns auch nicht. Die Bezahlung ist gut, und man kommt viel herum.«

»Du machst es mir ja richtig schmackhaft«, sagte sie und war selbst überrascht, dass ihre Worte nicht so scharf klangen, wie sie befürchtet hatte.

Wieder dieses winzige schiefe Grübchenlächeln. »Wie ich schon sagte – schlecht ist es nicht.« Seine Hand löste sich, und er ließ ihren Arm los. Elaine bemerkte wieder, wie nah sie voreinander standen. Nur wenige Stunden zuvor hatten sie sich schon einmal so angesehen, und was da zwischen ihnen entstanden war, knisterte noch immer. Elaine konnte es bis in ihren Schoß hinein spüren. Sie schluckte, aber ihr Mund fühlte sich an, als wäre er mit Sand gefüllt. Matt beugte sich zu ihr herunter. Sie legte ihre Hand auf seine Brust. Eine instinktive Berührung, aber Elaine wollte sie nicht mehr unterbrechen. Sie konnte sein Herz schlagen spüren. Sein Atem streifte ihre Wange. Elaine hob den Kopf, kam ihm entgegen und schloss die Augen. Diesmal war das Treffen ihrer Lippen kein wildes, verzehrendes Brennen. Es war eine zarte Erkundung, eine hauchzarte Berührung – und sie war vorbei, ehe sie richtig begonnen hatte. Matt schob sie abrupt von sich. Sie konnte sehen, wie sein Kiefer sich anspannte, und er sah sie fast erschrocken an.

»Entschuldige.«

»Schon in Ordnung.« Sie kam näher. »Ich wollte ...«

»Nein«, fiel er ihr ins Wort, bevor sie ihren Satz beenden konnte. »Ich kann das nicht. Nie wieder. Es tut mir leid.«

Kapitel 5

»Was bildet der sich ein?!«

Mia kannte diesen Ton bei Emilia – ein leises, fast schon gutturales Knurren, bei dem sich jeder Mitarbeiter des Berliner ICD-Büros automatisch duckte und versuchte, sich aus der Schusslinie zu entfernen. Alle bis auf Mia. Sie kannte ihre Freundin gut genug, um zu wissen, wie sie den drohenden Sturm abwenden konnte. Schritt eins: erst einmal noch ein bisschen Öl ins Feuer gießen.

»Ganz schön unverschämt, dich einfach so stehen zu lassen«, kommentierte sie Emilias Knurren und nahm einen Schluck bitteren Kaffee aus ihrer Tasse.

»Ich bin seine verdammte Vorgesetzte!«, blaffte Emilia und lief aufgeregt hinter ihrem Schreibtisch auf und ab. Selbst die Blumenkübel in den Regalen und die Pflanzenampeln, die vor den Fenstern hingen, kamen ins Schwanken. »Er hat sich gefälligst wie ein Mitarbeiter zu verhalten, und es tut bestimmt nicht weh, ein kleines bisschen Respekt vor mir zu haben, oder nicht?«

Emilia war mit jedem Wort lauter geworden. Zeit für Schritt zwei: das Gleichgewicht wiederherstellen. Mia nahm noch einen Schluck Kaffee und wartete, bis sich die Lautstärke auf ein Maximum gesteigert hatte, ehe sie sagte: »Stimmt. Vor allem nachdem du ihn aus seinem versprochenen Urlaub gezerrt hast, den er sich nach dem letzten Einsatz für dich eigentlich redlich verdient hatte.«

Emilia blieb mitten in ihrem Donnermarsch stehen, die Hände in die Hüften gestützt, mindestens ebenso rot im Gesicht wie ihr Lippenstift und mit weit offenem Mund, als wollte sie etwas sagen. Und dann war das Donnerwetter mit einem Mal vorbei. Die ICD-Chefin sackte in sich zusammen wie ein Ballon, dem man mit einem Nadelstich die Luft abgelassen hat, und ließ sich in ihren Sessel fallen. »Bin ich wirklich so ein Miststück geworden?«, fragte sie schwach.

Mia lächelte. »Nur ein kleines bisschen«, beschwichtigte sie sie. »Und ganz unrecht hast du ja nicht – es gibt bestimmt bessere Wege, um so ein Gespräch zu beenden, aber immerhin klang es so, als würde Matt deine Anweisung ernst nehmen.«

»Das weiß ich doch«, erwiderte Emilia und zuckte mit den Schultern. »Er ist unser bester Agent, sonst hätte ich ihn auch nicht dorthin geschickt. Aber es ist wesentlich schwieriger, jemanden wie DeLacroix dazu zu bringen, die Seiten zu wechseln, als sie einfach nur festzunehmen.«

»Genau deswegen solltest du ihm vertrauen. Du sagst es ja selbst, Matt ist das Beste, was wir im Arsenal haben. Wenn jemand zu DeLacroix durchdringen kann, dann er. Mach dir nicht so viele Sorgen.«

Emilia seufzte und rieb sich die Stirn. Sie hatte dunkle Schatten unter den Augen, die nicht einmal mehr ihre teure Kosmetik verbergen konnte, und Mia fiel immer wieder auf, dass Emilia ein Stück zusammensackte, wann immer sie sich unbeobachtet fühlte. Vor anderen stellte sie immer eine kerzengerade Haltung zur Schau, wie ein General, der sich nicht die kleinste Schwäche anmerken ließ. Aber Mia durchschaute sie. Der Job fraß ihre Freundin Stück für Stück auf, und sie warf ihm auch noch freudig immer mehr von sich ins Maul. Emilia brauchte Abwechslung, vielleicht auch endlich mal Urlaub, aber wann immer Mia das bei ihren immer seltener gewordenen privaten

Treffen ansprach, verschloss sich Emilia oder wechselte abrupt das Thema.

Dass sie Matt, ohne mit der Wimper zu zucken, direkt von einem Einsatz zum nächsten schickte, sprach Bände. Früher hätte sie das nicht getan, aber die Zeiten hatten sich geändert. Seit das Internet existierte und jeder überallhin reisen konnte, war es gerade für Kriminelle immer einfacher geworden, sich zu vernetzen und ihre Jagdgründe auszudehnen. Sie machten so schnelle Fortschritte damit, dass die offiziellen Behörden und Regierungen kaum mehr damit nachkamen, ihre Gesetze und die Zusammenarbeit anzupassen. Jedes Land, jeder Staat kochte noch sein eigenes Süppchen, während Drogendealer und Mafia die Vorteile einer globalen Zusammenarbeit zu schätzen lernten. Aus diesem Grund war von verschiedenen Geheimdiensten die ICD, die International Crime Defence, ins Leben gerufen worden. Eine Organisation, die global und jenseits von Grenzbestimmungen und hinderlichen staatlichen Gesetzen agierte. Die deutsche Unit war noch recht jung; sie war erst vor fünf Jahren ins Leben gerufen worden, und Emilia hatte sofort die Leitung erhalten, auch wenn sie selbst noch sehr jung gewesen war, als man ihr den Posten anbot. Aber sie hatte sich mit Leib und Seele ihrer Arbeit verschrieben, und auch wenn Mia die alarmierenden Zeichen völliger Erschöpfung immer öfter sah, waren in Emilias Augen auch noch immer das Feuer und die Begeisterung für ihren Beruf zu sehen. Mia fragte sich nur, wie lange sie das noch am Leben erhalten konnte.

»Vertraue ihm«, wiederholte Mia noch einmal. »Er weiß, was er tut. Er wird dich nicht enttäuschen.«

Emilia fuhr sich über die Augen und nickte. »Du hast ja recht«, murmelte sie. »Ich bin einfach nur ein bisschen . . . angespannt.«

»Deswegen machen wir jetzt auch Feierabend. Das Büro ist schon seit einer Stunde leer. Du solltest nach Hause gehen. Oder mit mir was trinken.«

Emilia lächelte schwach, als wäre das ein guter Witz, obwohl es Mias voller Ernst gewesen war. Sie sah auf, und das Lächeln verblasste. »Ich muss noch einen Bericht schreiben und die Chefs in Beijing und Washington auf dem Laufenden halten. Sie interessieren sich sehr für DeLacroix. Wenn es nach ihnen ginge, würden wir sie direkt festsetzen und einfach aus ihr herausfoltern, mit welchen Methoden sie sich schon in die am schärfsten bewachten Computerprogramme gehackt hat. Aber ich glaube, sie wäre für uns als ICD-Mitglied viel wertvoller. Außerdem halte ich von Folter nicht allzu viel.«

Mia biss sich auf die Zunge und wollte fragen, ob sie das ernst meinte oder ob das mit der Folter ein Scherz war, aber Emilias erschöpftes Gesicht hielt sie davon ab. »Bist du sicher, dass du den Bericht nicht morgen schreiben kannst?«, wagte sie einen letzten Versuch.

»Ziemlich sicher. Aber du solltest gehen. Du hast doch auch schon lange Feierabend.«

Mia seufzte, gab sich aber geschlagen. Emilia konnte einen verdammt großen Dickschädel entwickeln, wenn es um die Arbeit ging. Sie umarmte ihre Freundin zum Abschied. »Mach nicht zu lange«, flüsterte sie durch die dichten Locken hindurch und Emilia nickte, ehe sie Mia mit einer hastigen Handbewegung rausscheuchte. »Mach schon, wir sehen uns morgen, du Glucke.«

Mia verdrehte die Augen, nahm ihre Tasche und verließ das Büro.

Die Wohnung war dunkel, als sie die Tür aufschloss. Eigentlich hatte sie am Morgen die kleine Tischlampe im Wohnzimmer brennen lassen und sich auf dem Weg zur Arbeit sogar noch geärgert, weil sie den ganzen Tag brennen würde. Vielleicht war einfach die Birne ausgebrannt, aber Mia arbeitete schon zu lange für die ICD, um nicht sofort misstrauisch zu werden. Falls jemand in der Wohnung war, hatte er bereits gehört, wie sie die Tür aufgeschlossen hatte, und wusste, wo sie war. Aber durch das fehlende Licht konnte er nicht sicher sein, ob sie stehen geblieben oder weiter in den Flur hineingegangen war.

Sie schlüpfte, so leise es ging, aus ihren Pumps und zog die P30 aus dem Holster unter ihrem Blazer. Die Pistole war größer als die üblichen Glocks, die die meisten ICD-Agenten benutzten, aber Mia bevorzugte größere Kaliber, weil sie besser in der Hand lagen. Mit einer gezielten Bewegung warf sie ihre Tasche nach vorn, bis zum Ende des Flurs, um einen möglichen Einbrecher abzulenken. Einen Herzschlag später, nachdem die Ledertasche auf dem Boden aufgeschlagen war, entsicherte sie mit dem Daumen die P30, schaltete mit der anderen Hand das Flurlicht an und riss den Arm in die Höhe. Der Lauf der Waffe deutete auf einen Mann, der im Wohnzimmer stand und sie ruhig ansah. »So misstrauisch, wie eh und je«, sagte er und stellte das Glas, das er bisher in der Hand gehalten hatte, auf dem Tisch ab. Die durchsichtige Flüssigkeit darin schlug Wellen, und Mia war sich ziemlich sicher, dass es sich dabei um ihren teuren Wodka handelte. »Aber ich glaube, in diesem Fall kannst du deinen kleinen Freund wegstecken.«

Mia schnaubte, sicherte ihre Pistole und steckte sie wieder ins Holster. »Was machst du hier, Ryan?«, fragte sie ihn und strich sich eine Haarsträhne aus den Augen.

Ryan West, ehemaliges Mitglied der Yakuza und jetzt auf der Flucht, war ein großer, blonder Mann, den sein nordamerikanisches Erbe nicht davon abgehalten hatte, sich in Japan eine neue Heimat zu suchen. Eigentlich hatte er nie vorgehabt, sie oder seinen Arbeitgeber zu verlassen, aber nachdem er Mia begegnet war, hatten sich diese Vorsätze in Luft aufgelöst. Er lächelte, kam auf sie zu, ohne sie auch nur einen Augenblick aus den Augen zu lassen. Sie sah zu ihm auf – trotz ihrer Größe gehörte er zu den wenigen Männern, zu denen sie aufsehen musste – und ließ zu, dass er ihren Nacken umfasste, sie an sich zog und besitzergreifend küsste. Mia schlang ihre Arme um seinen Nacken und erwiderte seinen Kuss, ohne sich weiter mit Fragen aufzuhalten. Als Mann auf der Flucht, der von der ICD und der japanischen Mafia gesucht wurde, konnte sie nie wissen, wann sie ihn wiedersah. Aber wenn es geschah, sorgte die Begegnung immer für ein angenehmes Kribbeln zwischen ihren Schenkeln. Sie sagten kein Wort, ließen nur ihren Kuss sprechen, und Mia folgte Ryan, als er sie ins Schlafzimmer führte. Er hielt sie dabei nicht an der Hand, sondern hatte den Zeigefinger in den Ring an ihrer Halskette gehakt, ein Geschenk, das er ihr als ihr Liebhaber, aber auch als ihr Meister gemacht hatte.

Im Schlafzimmer war sie erstaunt, ein paar Seile in strahlendem Weiß und ordentlich aufgerollt auf dem Bett vorzufinden. »Wie lange bist du schon hier?«, fragte sie. Ryan schmunzelte. »Ich wusste, dass du vor dem Abend nicht hier auftauchen würdest«, antwortete er. »Deswegen habe ich den Tag genutzt, um ein paar Dinge vorzubereiten.« Er trat hinter sie und streifte ihr erst den Blazer und dann das Holster ab. Es klapperte leise, als die Pistole auf einen der Knöpfe des Blazers traf. Mia schloss die Augen und genoss, wie er zärtlich jeden einzelnen Knopf ihrer Bluse aufknöpfte und ihr erst den weißen Seidenstoff und dann den BH auszog. Ihr Rock folgte kurz darauf und gesellte sich zu dem kleinen Kleiderhaufen zu ihren Füßen. »Wusstest du etwa, dass ich komme?«, fragte er. Mia wusste im ersten Moment nicht, was er meinte, und sah an sich herab. Erst als ihr Blick auf das Spitzenhöschen und die passenden Strapsstrümpfe und den Gürtel fiel, wusste sie, worauf er anspielte. »Ich will jeden Tag vorbereitet sein«, erwiderte sie leise. Ryan drehte sie zu sich herum und belohnte ihre Antwort mit einem weiteren tiefen, leidenschaftlichen Kuss, der Mia die Knie weich werden ließ. Sie lehnte sich gegen ihn, ließ nach den Monaten der Trennung zu, wie er Stück für Stück zurückeroberte, was ihm zustand, wie er ihren Körper mit Küssen, Knabbern, suchenden und streichelnden Händen in Besitz nahm und sie wieder erinnerte, wem sie gehörte. Sie zitterte vor Verlangen. Seine Zärtlichkeit war erregend, aber sie wusste aus Erfahrung, was sich darunter verbarg, und das war es, wofür sie ihn liebte. Sie wollte mehr von ihm, wollte, dass er ihr bewies, warum sie ausgerechnet ihn als ihren Herrn auserkoren hatte.

Ryan wies auf das Bett. »Leg dich hin, auf den Rücken.«

Sie tat, wie ihr befohlen, und bald schon nahm er ihr die Sicht, indem er ihr eine Augenbinde umlegte. Kurz darauf spürte sie, wie sich etwas gegen ihre Lippen drückte – glattes, bitter schmeckendes Plastik. Ein Ballknebel. Gehorsam öffnete sie den Mund, und Ryan legte ihr den Knebel an und verschloss den Lederriemen an ihrem Hinterkopf, damit er ihr nicht einfach aus dem Mund fiel. Mia wusste, dass sie früher oder später ohnehin so fest darauf beißen würde, dass er unmöglich herausfallen konnte, aber für den Moment brauchte sie den Riemen noch.

Seile bissen in die Strapse und die weiche Haut an ihren Knöcheln. Ryan legte Schlingen darum und zog sie fest. Mia spürte, wie ihre Schenkel auseinandergezogen wurden, unaufhaltsam, ohne dass sie die Möglichkeit hatte, sich zu wehren, und erst als sie glaubte, sie keinen Zentimeter weiter spreizen zu können, hielt Ryan inne. Die Seile um ihre Schenkel übten einen beständigen Druck auf sie aus, aber es war zu ertragen. Viel schlimmer war der kühle Lufthauch, der über den Stoff ihres Höschens strich. Sie war bereits feucht seit dem Moment, in dem Ryan sie geküsst hatte, und ihre Lage jetzt machte sie noch nasser, was sie die Kälte noch stärker spüren ließ. Sie wusste, er beobachtete sie, und sie konnte nicht verhindern, dass der Stoff ihres Slips nun gänzlich durchtränkt war.

Mia erschauerte. Noch hatte er ihre Hände nicht gefesselt, aber nach der langen Hungerperiode, die sie ohne ihn hatte durchstehen müssen, wollte sie nicht ungehorsam sein. Sie wollte von ihm erniedrigt und benutzt werden, wollte ihren Herrn wieder spüren und sich von ihm in Besitz nehmen lassen. Und so wie sie Ryan kannte, würde auch er es bei ihrer ersten Begegnung nach Monaten der Trennung nicht hinauszögern. Sie beide wussten, was sie wollten und was sie sich gegenseitig geben konnten.

Warmer Atem streifte ihre Wange und ihre Kehle. Ihre Brustwarzen zogen sich zusammen und verhärteten sich, als seine Lippen sie streiften. Es war nur ein winziger Hauch, ein Streifen, aber es hatte einen ähnlichen Effekt wie ein Stromstoß, der durch ihren Körper fuhr. Sie schrie leise auf und hob die Hände; instinktiv vergrub sie sie in Ryans kurzem Haar und zog ihn näher zu sich. Er wurde ganz still, und da bemerkte sie erst, was sie getan hatte. Hastig zog sie ihre Hände zurück, legte sie gehorsam neben sich auf das Bett, aber es war bereits zu spät. »Hast du in den letzten Monaten alles verlernt?«, fragte er mit seiner dunklen, rauen Stimme, und eine Mischung aus Frohlocken und kalter, beherrschter Wut schwang darin mit.

Mia schüttelte hastig den Kopf, hoffte, dass ihr Gehorsam ihren Fehler wettmachen würde, aber da spürte sie schon die Ledermanschetten um ihre Handgelenke. Er zog ihre gefesselten Handgelenke in die Höhe, und sie hörte es leise klicken, als sie in den Stahlring am Kopfende ihres Bettes einrasteten. Sie hatte schon gewusst, warum sie sich damals ausgerechnet für dieses Modell entschieden hatte.

Mia versuchte, sich durch den Knebel zu artikulieren, aber alles, was hervorkam, war undeutliches Gemurmel und ein schmaler Speichelfaden, der aus ihrem Mundwinkel quoll.

»Und jetzt kannst du nicht einmal mehr die Klappe halten«, lachte er leise. »Das wird ja immer schlimmer mit dir. Ich fürchte, ich muss heute härtere Bandagen anlegen.«

Mia wand sich, aber sie wusste ebenso gut wie er, dass es zwecklos war. Kurz darauf spürte sie einen Vorgeschmack auf die »Bandagen« – ein heißer, stechender Schmerz sammelte sich in ihren Nippeln und zog in hauchfeinen Bahnen ihre Brust hinauf. Nippelklemmen. Mia hasste sie, und Ryan wusste das auch, weswegen sie nur zum Einsatz kamen, wenn sie entweder besonders unartig oder er in besonders guter Stimmung war. So wie heute.

Seine Lieblingsklemmen waren kleine, filigrane Klemmen, die in ein Blütenmuster verarbeitet waren. Es wirkte, als hätte sich Mia einfach ein paar kleine Blätter an die Nippel geklebt, aber die Klemmen, die winzigen Gewichte daran und die Kette, die beide Klemmen miteinander verband, waren alles andere als angeklebt. Zum Glück lag sie, was die Gewichte an den quälenden Schmuckstücken etwas leichter machte, aber auch nur, wenn sie sich ruhig verhielt. Eine unbedachte Bewegung, und die Gewichte rutschten mitsamt Kette zur Seite und zerrten schmerzhaft an den kleinen Lustknoten. Also verhielt Mia sich still, nur ihr Bauch hob und senkte sich hektisch.

»Gut, du hast doch nicht alles vergessen«, lobte Ryan sie, und seine Fingerspitzen wanderten über ihre Bauchdecke nach oben. Sie konnte seine Wärme zwischen ihren Schenkeln spüren, aber sie verschwand abrupt, und die Matratze unter ihr bewegte sich. Kurz darauf hörte sie ihn durchs Zimmer gehen. Was hatte er vor? Vorfreude und Angst vermischten sich in Mias Innerem zu einem festen, harten Knoten, der unaufhaltsam zwischen ihre Beine wanderte und dort brannte. Sie wollte die Schenkel schließen, ihre Erregung wenigstens durch ein wenig Druck abmildern, aber nicht einmal diese Möglichkeit hatte er ihr gelassen.

Sie war ein weit offenes, williges Fickstück, ein Spielzeug, nur für ihn und nur zu seiner persönlichen Befriedigung da. Und sie genoss es.

Wieder Schmerz, abrupt, plötzlich und unerwartet. Der kurze Kuss einer Gerte auf das weiche Fleisch ihrer Oberschenkel. Es brannte, die Erinnerung an die Berührung biss sich in ihre Haut, und, auch ohne sehen zu können, wusste Mia, dass an dieser Stelle ein roter Striemen auf ihrer weißen Haut erscheinen würde.

Ein weiterer Schlag, diesmal quer über ihren Venushügel, nur knapp an ihrer Klit vorbei. Mia schrie gegen den Knebel an, aber das Gummi machte daraus nur ein abgehacktes, dumpfes Murmeln. Schlag um Schlag prasselte auf sie herab, Ryan zeichnete sie, wie ein verrückt gewordener Künstler mit der roten Farbe seiner Gerte, und sie war seine willige schneeweiße Leinwand. Immer wieder regnete es Schläge auf ihre Scham, ihre Schenkel und den unteren Bauch. Sie zuckte und wand sich, der Haken der Fesseln klirrte und schlug immer wieder gegen den Stahlring, wenn sie sich wand, aber unbarmherzig schlug er weiter zu, fester, bis Mia glaubte, es nicht mehr ertragen zu können.

In diesem Moment hörten die Schläge ebenso plötzlich auf, wie sie begonnen hatten. Sie war schweißgebadet und zitterte vor Erschöpfung. Kraftlos sackte sie auf das Bett und versuchte, so viel Luft wie möglich durch die Nase einzuatmen. Ryan berührte ihren Hinterkopf, bedeutete ihr, den Kopf zu heben, und löste den Verschluss des Knebels. Mia zog tief die Luft ein und war dankbar, dass er ihr Zeit ließ, wieder zu Atem zu kommen. »Ich denke, das sollte für den Anfang reichen«, hörte sie ihn sagen, und im nächsten Moment schob er den Stoff ihres klatschnassen Höschens beiseite und drang ohne weitere Vorwarnung in sie ein. Mia keuchte, und ihre neu erlangte Atemluft wurde ihr bereits wieder aus den Lungen gepresst. Seit Ryan verschwunden war, hatte sie es sich – auf seinen Befehl hin – nicht einmal selbst gemacht. Kein Vibrator, kein Dildo, nicht einmal ihre eigenen Finger hatten sich zu ihrer Spalte verirrt, auch wenn sie bereits nach wenigen Wochen der Abstinenz so geil gewesen war, dass sie mehrmals mitten in der Nacht aufwachte, weil Träume von Ryan und den wunderbaren, köstlich verdorbenen Dingen, die er mit ihr anstellte, sie aufgeweckt hatten. Aber nicht einmal dann hatte sie in ihren Nachttisch gegriffen und sich eines ihrer Spielzeuge genommen. Die Wirkung ihrer Abstinenz war dramatisch – Ryans Schwanz schien mit einem Mal auf die doppelte Größe angewachsen zu sein. Er füllte sie bis in ihr Innerstes aus, trieb sie mit diesem ersten Stoß schon fast an die Grenze zum Orgasmus.

»Verdammt, Mia, hör auf, dich so festzuklammern, sonst komme ich gleich«, knurrte er hinter zusammengebissenen Zähnen. Mia biss sich auf die Unterlippe. »... kann nicht«, brachte sie mühsam hervor. Tatsächlich hatte sie die Kontrolle über ihre Pussy völlig verloren. Gierig und hungrig klammerte sie sich um seinen Schwanz, wollte ihn gar nicht mehr loslassen, wollte, dass er tiefer in sie stieß, sie fickte, bis sie schrie und endlich kommen durfte.

»Mia!« Es war heiserer Befehl und flehender Aufschrei zugleich. Sie genoss es, diesen Effekt auf ihn zu haben, ihn zu reizen, aber ihre Vorherrschaft hielt nicht lange an. »Verdammtes Miststück.« Es war mehr ein gutturales Knurren, und es wurde von einem kurzen, kontrollierten, aber scharfen Ruck an der Kette zwischen den Nippelklemmen begleitet. Mia schrie, den Kopf in den Nacken gelegt, aber es hatte die gewünschte Wirkung. Ihre Pussy lockerte sich, und Ryan konnte sich zurückziehen, aber gerade nur so weit, um dann mit noch stärkerer Kraft zustoßen zu können. Mia zitterte, ihr gesamtes Bewusstsein war in jeder einzelnen Pore präsent, ihr ganzes Ich spürte, wie Ryan in sie stieß, wie sein Mund sich heiß auf ihren Hals legte, spürte den haarfeinen, süßen Schmerz, der von ihren Nippeln ausging, wann immer Ryan tiefer in sie stieß und die Kette durch seine Bewegung verrutschte. Mia schrie ohne jede Hemmung, sie trieb ihn an, bettelte und stöhnte, damit er auf keinen Fall aufhörte oder innehielt, in dem, was er tat. Sie konnte sich nicht mehr auf seine Lust konzentrieren, alles, was sie noch spürte, sah und hörte, war sie selbst, ihr Körper und vor allem die Stelle zwischen ihren weit gespreizten Schenkeln, an der sie zusammenfanden, wieder und wieder und wieder.

Ihr Körper gehörte nicht mehr ihr, er gehörte nur noch der grenzenlosen Lust, die Ryan mit jedem Stoß zu einem neuen Gipfel führte, egal, ob Mia geglaubt hatte, noch weiterzukönnen oder nicht. Er fickte, biss, küsste und streichelte sie, war in ihr, auf ihr, und sie ergab sich ihm völlig. Mit einem letzten Stoß trieb er sie bis an den Rand der Klippe, stieß sie hinab, aber sie wusste, sie würde mit ihm fallen, wusste, dass er bei ihr war, und so konnte sie ihren Fall genießen. Sie schrie seinen Namen, krallte die Fingernägel in das Leder der Manschetten und kam, ein ums andere Mal. Sie verengte sich um seinen Schwanz, wollte ihn noch tiefer, weiter in sich hineinziehen und glaubte doch, diese Reize nicht eine Sekunde länger ertragen zu können. Alles verschwamm vor ihren Augen, und für einen kurzen Augenblick wurde alles schwarz. Als sie wieder zu sich kam, lag Ryan neben ihr und hielt sie im Arm. Sie atmete tief ein, schmiegte sich an ihn und bemerkte da erst, dass er sie von ihren Fesseln und den Klemmen befreit hatte.

»Jag mir nicht einen solchen Schrecken ein«, murmelte er an ihrem Scheitel und drückte sie an sich. Mia erschauerte angenehm. »Ich werde mich bemühen«, erwiderte sie und schloss die Augen. »Aber das passiert halt, wenn du mich derart traktierst.«

»Traktieren nennst du das?« Er schmunzelte und küsste ihren Scheitel. »Weißt du eigentlich, wie lange ich da in der Dunkelheit gehockt bin und auf dich gewartet habe?«

Mia lachte, wurde dann aber schnell wieder ernst. »Es tut mir leid. Es hat nur wieder so lange gedauert, bis wir mit allem fertig waren und Emilia …« Sie verstummte. Die Anspannung, die sich in der letzten Stunde so wunderbar gelöst hatte, drohte ihr wieder den Nacken hinaufzukriechen, und sie verspannte sich.

»Hey, hey, lass das«, mahnte Ryan sie, der offensichtlich deutlich gespürt hatte, wie sie sich versteifte. Er sah ihr forschend in die Augen. »Ist es gerade wieder so schlimm?«

Für einen Moment war sie versucht zu lügen, aber dann nickte sie. »Emilia will eine Diebin für die ICD anwerben, und Matt ist gerade in Las Vegas, um sie für uns zu finden.«

»Klingt doch, als würde alles nach Plan laufen.«

Das stimmte, aber das war nicht die ganze Wahrheit. »Auf den ersten Blick schon. Aber Matt … verhält sich seltsam, seit er drüben ist. Und Emilia wird seit Neuestem immer gereizter.«

»Du machst dir Sorgen«, sagte er und strich ihr einige Haarsträhnen aus dem Gesicht. »Aber du solltest deinem Kumpel vertrauen.«

Mia schnaubte. »Das habe ich Emilia auch gesagt. Um ihn mache ich mir auch keine Sorgen. Noch nicht. Aber er sollte Emilia auf dem Laufenden halten.«

»Es wird bestimmt alles gut«, beruhigte Ryan sie. Mia lehnte sich an ihn und hoffte einfach, dass er recht behalten würde. Aber sicher war sie sich nicht.

Kapitel 6

Es war ungewohnt, nicht seine gewohnte Kleidung zu tragen. In Deutschland war er fast jeden Tag im Büro der ICD, dort trug er stets einen ausgebeulten Anzug, Krawatte und ein Hemd. In seiner Freizeit reichten ihm Jeans und leichte Hemden oder T-Shirts. Er war ein ICD-Agent – er hatte keine Zeit und auch keine Lust, sich viel Gedanken um Mode zu machen.

Anzüge in Las Vegas zu tragen war eine Qual – sobald man die klimatisierten Gebäude verließ, war man schon schweißgebadet. Also hatte er die einzige Jeans in seinem Koffer hervorgeholt. Dazu trug er eines seiner Hemden, dessen Ärmel er hochgekrempelt hatte. Der Tag zuvor war ... seltsam gewesen. Elaine war ihm bis heute eine Antwort schuldig, aber sie hatte eingewilligt, dass sie gemeinsam ihre Sachen aus ihrer Wohnung holten, die sie als Untermieterin bewohnt hatte, und dann mit einer Eskorte von ICD-Agenten zu Matts Hotel fuhren.

Sie hatte das Zimmer direkt neben ihm bezogen, und dank Mias Hacker-Tricks konnte er es mit seiner Schlüsselkarte von außen abschließen, auch wenn das nichts bedeuten musste – wenn eine Frau wie Elaine verschwinden wollte, würde sie verschwinden. So einfach war das. Aus dem Grund war Matt sich fast sicher, dass das Zimmer leer sein würde, als er aus Höflichkeit anklopfte und seinen Namen nannte, aber zu seiner Überraschung rief eine weibliche Stimme von drinnen: »Du hast den Schlüssel – komm rein.«

Matt betrat das Zimmer – und blieb abrupt stehen. Elaine kam gerade aus dem Bad, mit nicht mehr als einem winzigen grünen Slip bekleidet. Ihr langes Haar fiel ihr weich über den Rücken, nur ein paar vorwitzige Strähnen hatten sich über die Schulter gestohlen und lenkten seinen Blick auf die vollen, runden Brüste, deren Spitzen sich in der klimatisierten Luft im Zimmer verheißungsvoll zusammenzogen. Sofort konnte Matt die Erinnerung schmecken, wusste wieder, wie sich diese scharfen kleinen Nippel in seinem Mund angefühlt hatten. Augenblicklich spürte er die Reaktion darauf in seiner Hose – sein Glied wurde steif und presste sich hart gegen die Innenseite seines Oberschenkels.

»Gehst du mit mir frühstücken?«, fragte ihn diese kleine Füchsin unschuldig und setzte sich auf die Bettkante, die Beine elegant übereinander geschlagen. Matt sah rasch zur Seite, aber es war zu spät. »Gleich«, sagte er und räusperte sich. »Ich würde vorher gerne das Geschäftliche zwischen uns klären.«

Sie neigte den Kopf zur Seite, und ihre großen Augen verengten sich ein wenig. Nachlässig schob sie die Haarsträhnen auf ihren Brüsten zurück, und ihr weißes, makelloses Fleisch lag vor ihm. Er musste es sich nur holen.

Verdammt, reiß dich zusammen, Mann!

»Geschäftliches?«, fragte sie. »Machen dir deine Chefs Druck wegen mir?«

Matt verschränkte die Arme und ging gar nicht erst auf ihre Verzögerungstaktik ein. »Du hattest eine ganze Nacht Zeit, um darüber nachzudenken. Wie lautet deine Entscheidung?«

Sie schmunzelte. »So zielstrebig. Das gefällt mir an dir. Das hat mir bei unserer letzten Begegnung schon an dir gefallen.«

Matt biss die Zähne zusammen und sah für einen Moment zu Boden. Das hatte ihm auch an ihr verdammt gut gefallen, aber genau das war das Problem. Ein Problem, das Elaine offensichtlich noch komplizierter machen wollte. »Sag schon«, brachte er heiser hervor und sah sie an.

Elaine seufzte und beugte sich vor. »Ich nehme deinen Vorschlag an und komme zur ICD. Allerdings unter einer Bedingung.«

»Die wäre?«

Alles Kokettierende verschwand aus Elaines Gesicht. »Ich bin aus einem bestimmten Grund hier – in ein paar Tagen trifft ein Mann namens Ian Browning in Vegas ein. Ihm verdanke ich, dass ich in dieser Misere stecke. Er hat mich um mein gesamtes Vermögen gebracht. Ich will diesen Fehler ausbügeln. Browning soll sein Geld ebenfalls verlieren. Jeden einzelnen Cent davon – ich will, dass er weiß, wie ich mich gefühlt habe, als ich nichts mehr hatte. Lass mich das noch durchziehen, und danach kannst du mit mir machen, was immer du willst.«

Matt verzog das Gesicht. »Du willst, dass ich wegsehe, während du irgendeinen armen Kerl ausnimmst, und nichts dagegen unternehme?«

Elaine zuckte mit den Schultern, was sehr interessante Effekte auf ihre Brüste hatte. Matt hatte Mühe, nicht die ganze Zeit hinzustarren. »Das, oder ich gehe ins Gefängnis. Das wird nicht schön, aber dann könnt ihr euch auch jede Zusammenarbeit mit mir abschminken.«

»Und wie soll das Ganze aussehen?«, fragte er, um Zeit zu schinden.

Elaine legte den Kopf leicht schief. Ein Wassertropfen fiel aus ihrem Haar, tropfte auf ihren Hals und rann ihr Schlüsselbein hinab, bis zu ihrem Dekolleté.

»Browning ist paranoid, vor allem, wenn es um sein Geld geht. Es ist wahrscheinlich leichter, an ihn heranzukommen als an sein Vermögen. Daher hat er sein Geld in tausend verschiedene Möglichkeiten aufgespalten – Treuhandfonds, Aktien und Immobilien. Jeder Bereich wird von einem Berater verwaltet, der ein Passwort besitzt. Allein ist das Passwort nutzlos, nur in Verbindung mit Brownings Passwort funktioniert es – darum lässt Browning sein persönliches Passwort auch nach jeder Transaktion ändern.«

»Also brauchst du die Passwörter der Berater und das aktuelle von Browning.«

Elaine zwinkerte ihm verschwörerisch zu. »Hübsch und klug«, schnurrte sie und fuhr sich, wie in einer zufälligen Geste, mit der Hand über die linke Brust. Matt tat, als hätte er nichts gesehen. »Ich war kurz davor, das erste Passwort zu bekommen, aber du und die ICD musstet mir ja unbedingt dazwischenfunken. Ich kann für heute Abend ein neues Treffen mit meinem Kunden arrangieren, aber ich muss sichergehen, dass ich dafür nicht doch noch in den Knast wandere.«

In Matts Kopf rasten die Möglichkeiten durcheinander, und er versuchte, Pest gegen Cholera abzuwägen. »Wie viele Codes sind es insgesamt?«

»Vier. Drei von den Beratern, einer von Browning selbst.«

Matt knurrte und lief unruhig auf und ab. Er konnte Elaine unmöglich dabei unterstützen, noch jemanden auszurauben. Aber was hatte Emilia gesagt? *Tu alles, was nötig ist.*

»Einverstanden«, brummte er schließlich.

Elaine strahlte, sprang auf und fiel ihm um den Hals. Matt versteifte sich, und sofort wurde sie ernst. »Bin ich über Nacht auf einmal abstoßend geworden?«, fragte sie kühl und ließ ihn los.

Matt atmete tief ein. Ein Fehler, denn Elaines süßer Duft traf ihn dadurch mit voller Wucht. »Nein«, sagte er. »Nein, ganz im Gegenteil. Aber ich ... Elaine, ganz abgesehen davon, dass es das absolut Dümmste ist, sich als ICD-Agent mit einer Kriminellen einzulassen, bin ich auch nicht die Sorte Mann, die Frauen auf diese Art ausnutzt. Du warst schutzlos und hattest Angst, dass ich dir etwas antue. Also hast du alles getan, um dich zu befreien.

Das verstehe ich, und ich werfe es dir auch nicht vor. Aber ich werde das nicht noch einmal ausnutzen.«

Elaine sah ihn an, und Matt verstand nicht, was dieser Blick bedeuten sollte. Vorsichtig machte er sich los und erwartete, dass sie ihn jetzt beschimpfen würde, aber sie sagte nichts. Wortlos drehte sie sich um und begann, sich anzuziehen. »Also, was ist jetzt?«, fragte sie leise. »Gehst du mit mir frühstücken?«

Matt fuhr sich mit der Hand durch das Haar. Anders als sonst hatte er es zurückgekämmt und mit ein wenig Gel fixiert. Er hatte sich umgezogen, bevor sie in den Klub gefahren waren, und einen der teuren Anzüge übergestreift, die ihm die ICD für diesen Auftrag aufgedrängt hatte, damit er im *Original Sin* nicht auffiel. Wenn er in den Spiegel sah, erinnerte ihn der Anblick an einen Bond-Bösewicht. Natürlich hatte es etwas für sich, dass die Frauen ihm nachsahen, während er durch das *Original Sin* streifte, aber dieser Slimfit-Schnitt fühlte sich für seine breiten Schultern immer an wie eine Art seltsam hautenger Superhelden-Anzug. Sein linker Arm erschien ihm besonders schwer, seit er erfahren hatte, was die von der ICD geliehene Uhr kostete, die er um das Handgelenk trug.

Aber zu seiner Überraschung merkte er, dass er begann, sich in diesem Klub wohlzufühlen. Das *Sin* war zwar ein Vergnügungsort für Leute mit Geld, aber die Atmosphäre war angenehm, und die Gäste in der Lounge oder an den Black-Jack- und Roulettetischen, die in einem separaten Saal standen, wirkten entspannt. Der leichte Duft von Jasmin, der der Klimaanlage beigemischt worden und unaufdringlich überall präsent war, war angenehm. Er hielt Ausschau nach Elaine, auch wenn er genau wusste, dass sie heute nicht als Bedienung arbeitete. Eine andere Kellnerin kam und nahm seine Bestellung auf. Während er darauf wartete, dass sie mit seinem Scotch zurückkam, sah er sich um. Elaines »Kunde« hatte ihn unmöglich sehen können, als Matt das erste Mal in den Klub gekommen war und er ihn ausgeschaltet hatte, aber Matt fühlte sich bei der ganzen Aktion trotzdem unwohl. Jeden Moment erwartete er, dass ihn jemand als Agent entlarven und rauswerfen würde.

Eine Weile musste er noch ausharren. Elaine hatte ihm erklärt, dass der Deal wieder in einem der Separees stattfinden würde. Matt musste nichts weiter tun als dabeisitzen und dafür sorgen, dass der Kunde nicht versuchte, sich das Geld ohne Gegenleistung zu sichern. Wie das funktionieren sollte, ohne dass der Mann ihn sah, war Matt schleierhaft, aber Elaine hatte ihm gesagt, dass er sich darüber keine Gedanken machen sollte.

Je näher der Zeitpunkt der Übergabe rückte, umso nervöser wurde Matt. Er hasste es, wenn er nicht alle Details eines Planes kannte, und diesmal war es der Plan einer gesuchten Diebin, was ihn noch nervöser machte. Als es endlich so weit war, verschwand er aus der Lounge und machte sich auf den Weg zum Zimmer mit der Aufschrift »Box«.

Es war dunkel. Er hatte das Gefühl, in ein schwarzes Loch zu steigen, nachdem er die Tür hinter sich geschlossen hatte. Als sie ins Schloss fiel, flammte jedoch eine LED-Leiste auf dem Boden auf. Sie tauchte die winzige Kammer, in der Matt sich befand, in kaltes, eisblaues Licht. Die Wände waren ebenso schwarz wie die restlichen Mauern im *Sin*. Matt schätzte, das die Kammer nicht mehr als zwei Meter breit war. In der Mitte stand ein Sessel aus ebenso schwarzem Leder. Das Licht der LEDs spiegelte sich darin.

Matt nahm Platz. Jetzt erst bemerkte er den kleinen runden Beistelltisch schräg vor dem Sessel, auf dem sich ein weiches

Handtuch befanden und ein Spender, bestimmt für Gleitgel, vermutete Matt. Er stellte sein Glas daneben und legte die Ellenbogen auf dem Sessel ab. Ein dumpfer Bass ertönte, eine Melodie erklang, und eine rauchige, weiche Frauenstimme begann zu singen. Matt konnte die Worte kaum verstehen, aber es kümmerte ihn auch nicht, denn zeitgleich mit der einsetzenden Musik fuhr die Wand vor ihm hoch, wie ein Vorhang, der gelüftet wurde. Dahinter befand sich Spionageglas, ähnlich dem, das sie auch in der ICD benutzten. Die Seite, die Matt zugewandt war, war etwas getönt, auf der anderen Seite befand sich wahrscheinlich ein Spiegel. Sehen, ohne gesehen zu werden.

Er nippte an seinem Scotch und stellte ihn zurück. Hinter dem Glas befand sich eine Stripperstange. Eine Frau hielt sich daran fest und umrundete die Stange. Dabei sah sie immer wieder zu Matt und auch zu einer anderen Stelle. Offensichtlich gab es noch eine zweite Kammer wie seine eigene. Vermutlich saß der Kunde dort und beobachtete die Frau, ebenso wie Matt. Das hatte Elaine also damit gemeint, als sie sagte, er müsse sich keine Sorgen machen, gesehen zu werden.

Er musste ein wenig schmunzeln und begann sich zu entspannen. Die Frau an der Stange war groß. Ihr Haar trug sie zu einem straffen schwarzen Pferdeschwanz, und wie bei den meisten Frauen im *Sin* bestand ihre Kleidung aus hauchfeinem, filigranen Spitzenstoff, der ihre Haut eher zu liebkosen schien, als sie einfach nur zu bedecken. Nur ihre Maske unterschied sie von den anderen Frauen – sie bedeckte nicht nur die obere Hälfte ihres Gesichts, sondern auch die Augen. Sie war blind oder tat zumindest so, denn Matt ahnte, dass die Maske durchsichtiger war, als es den Anschein hatte. Verbarg sich Elaine dahinter? Gut möglich, dass sie eine Perücke trug. Aber die Frau war zu groß, und die Brüste unter der feinen schwarzen Spitze waren zu klein.

Eine der Wände hinter ihr fuhr hoch, und diesmal erkannte

Matt den Neuankömmling sofort. Elaines Haar fiel ihr offen über den Rücken, eine goldfarbene Woge, die ihren zierlichen Körper fast vollständig verhüllte. Die vollen Brüste waren fast zu viel für den Streifen Spitze, der sich darüberspannte. Sie betrat den Raum zögerlich, als wüsste sie nicht, wie sie dorthin gekommen war oder wo sie sich befand.

Die Frau an der Stange jedoch reagierte sofort. Ihr Kopf drehte sich in Elaines Richtung, und sie duckte sich etwas, wie eine lauernde Spinne. Elaine schien sie noch nicht bemerkt zu haben und bewegte sich auf die Stange zu. Vorsichtig berührte sie das Metall, das im Licht der LEDs blau glänzte, wie Eis. Sie schloss ihre Finger darum – plötzlich legte sich eine Hand auf ihre Schulter und wirbelte sie herum. Elaine riss den Mund auf, vielleicht schrie sie auch. Matt konnte es nicht sagen – das Glas vor ihm hielt jeden Laut zurück.

Elaine lehnte nun an der Stange und sah die Frau vor sich mit weit aufgerissenen Augen an. Die lächelte schmal, und der Zeigefinger der linken Hand zeichnete einen kurzen Weg über Elaines Wange bis zu ihren Brüsten. Matt erkannte jetzt erst die aufgesetzte Silberkralle, die sich auf der Kuppe ihres Zeigefingers befand. Sie war scharf – ein kurzes Rucken ihrer Hand, und der Spitzenstoff über Elaines Brüsten riss auf. Ihr weiches, helles Fleisch quoll ungehindert heraus, und ihre Nippel drängten sich unter dem schwarzen Stoff hervor. Die vollen Brüste wippten leicht, als sie nicht mehr von der Spitze zusammengepresst wurden.

Matt leckte sich unruhig über die Lippen und fuhr sich mit der Hand über die Stirn. Er war froh, dass die beiden Frauen in der Box ihn nicht sehen konnten, denn zwischen seinen Beinen hatte sich eine deutlich sichtbare Erektion aufgerichtet und drohte den Verschluss seiner teuren Anzughose zu sprengen. Er atmete schwer und versuchte, eine bequemere Sitzposition zu finden, bevor sein Penis sich alleine durch den Stoff grub, aber es gelang ihm nicht. Er fluchte leise, konnte den Blick aber nicht von den beiden Silhouetten vor sich abwenden.

Die Frau mit der Maske hatte sich mittlerweile auch an Elaines Spitzenhöschen zu schaffen gemacht. Es fiel in feinen Fetzen zu Boden, und Matt konnte deutlich das sorgsam gestutzte winzige Büschel Haare erkennen, das Elaines Schamhügel bedeckte. Sie zitterte und hielt die Augen geschlossen. Die Spinnenfrau lächelte breiter und umfasste mit der rechten Hand eine der vollen Brüste, spielte mit dem immer steifer werdenden Nippel. Sie drückte zu, und diesmal war sich Matt sicher, dass Elaine schrie. Er knurrte unterdrückt und sah sich um, ob er irgendwo eine Kameralinse sehen konnte, aber jetzt war es ohnehin zu spät. Hastig öffnete er den Reißverschluss seiner Hose und schob seinen Boxerslip tiefer. Sein harter Schwanz sprang ihm regelrecht entgegen – er war bereits vollständig hart, der Kopf rot, und die hervortretenden Adern pulsierten. Matt biss die Zähne aufeinander und legte seine Hand um seine offensichtliche Erregung. Die beiden Frauen hatten sich in der Zwischenzeit in einem Kuss gefunden, der ähnlich leidenschaftlich war wie der, den Matt und Elaine bei ihrem ersten Treffen geteilt hatten. Elaine hatte die Arme über den Kopf erhoben und hielt sich an der Stange hinter ihr fest. Ihre Gespielin schob die rechte Hand über ihren Bauch, tiefer, bis zwischen Elaines gespreizte Schenkel. Matt bemerkte das feine, feuchte Glitzern auf der Innenseite. Elaine war nass. Verdammt nass.

Sie legte den Kopf in den Nacken, spreizte die Beine noch weiter, als die Spinnenfrau sich vor sie kniete und ihre Hände auf ihre Schenkel legte. Die silberne Kralle lag dabei auf Elaines Leiste – das gefährlich scharfe Metall wirkte nicht einmal in diesem Ruhezustand harmlos, und auch Elaine schien das zu bemerken, denn sie öffnete die Augen und sah unsicher an sich herab. Die Spinnenfrau bewegte die Lippen, und die Kralle tippte vorsichtig gegen Elaines Haut. Matt konnte sehen, wie die Diebin bei jeder Berührung zusammenzuckte.

Die Spinnenfrau senkte den Kopf wieder, und von seiner Position aus konnte Matt deutlich erkennen, wie ihre Zunge sich an Elaines Klitoris zu schaffen machte. Die kleine Perle hatte sich bereits unter der Hauthaube hervorgewagt und wurde sofort von einer geschickten Zungenspitze in Empfang genommen. Sie leckte daran, strich um die Klit herum, bis die Spinnenfrau die Kralle in Elaines Haut bohrte und sich in einer fließenden Bewegung vorbeugte, um den Knoten aus empfindlichen Nervenenden ganz in den Mund zu nehmen und daran zu saugen.

Elaines Griff um die Stange wurde fester, ihre Knöchel traten bereits weiß hervor. Matt streichelte sich schneller, rieb abwechselnd hart und weich seinen Schwanz. Es war falsch, ganz falsch, er sollte nicht dabei zusehen, aber jegliches klare Denken war in den Hintergrund gerückt. Er wollte es sogar noch hinauszögern, bis eine der beiden Frauen kam.

Die Zunge der Spinnenfrau tauchte tiefer, glitt zwischen die feuchtglänzenden, rötlich schimmernden Lippen, die ihr nicht den geringsten Widerstand boten. Elaines Brüste hoben und senkten sich in schnellem Takt. Sie hielt den Hinterkopf gegen die Stange gelehnt, die Beine so weit gespreizt, wie ihre Position es zuließ. Der Kopf ihrer Gespielin tauchte auf, erhob sich und leckte den dünnen Blutstropfen auf, der über Elaines Schenkel rann. Sie sagte wieder etwas, und Elaine biss sich auf die Unterlippe. Ihr Haar war zerzaust und glänzte in dem schummrigen Licht bläulich. In ihrem Gesicht lag aber keine Angst – mehr eine Mischung aus Erregung und Neugierde. Ihre Gespielin ließ sie los und verschwand im Dunkeln. Kurz darauf tauchte sie wieder auf, und Matt glaubte, seinen Augen nicht zu trauen. Hatte er sich vertan? War die Spinnenfrau doch ein Mann? Zwischen ihren nackten Beinen ragte ein deutlich erregter Penis auf, nicht ganz so lang wie Matts, aber mindestens ebenso dick. Nur mit der Farbe stimmte etwas nicht; er war ... violett?

Matt blinzelte, und dann verstand er – die Spinnenfrau war kein Mann, der Penis war künstlich. Er hatte schon von Strapons gehört, aber Elaines Gespielin hatte sich nichts umgeschnallt. Er konnte es deutlich sehen, als sie sich vorbeugte, um Elaine zu küssen – es handelte sich um einen Latexpenis mit einer Verdickung, den sie sich in ihre Pussy geschoben hatte. Wahrscheinlich war das andere Ende ebenso dick. Auf diese Weise konnte sie auch etwas fühlen, wenn sie ... Der Gedanke traf ihn wie ein Schlag, und er fürchtete, dass er vor lauter Geilheit direkt kommen würde. Diese Frau würde Elaine mit dem Latexdildo ficken.

Matt ließ widerstrebend seinen Schwanz los und versuchte, tief durchzuatmen. Die beiden Frauen in der Box nahmen sich keine Zeit mehr. Elaines Gespielin stellte sich zwischen deren Schenkel und legte die Hände unter ihren Po. Sie hob die zierliche Frau ohne ersichtliche Mühe an, bis sie sich auf Augenhöhe befanden und Elaines Beine auf ihren Armen ruhten. Die Diebin hielt sich wieder an der Stange fest. Sie zitterte und ließ die Frau mit dem künstlichen Penis keine Sekunde aus den Augen.

Sie küssten sich – tief, leidenschaftlich – und Elaine winkelte die Beine stärker an, um ihre Partnerin näher zu sich heranzuziehen. Sie wirkte ungeduldig. Für einen Moment dachte Matt, die Spinnenfrau würde sie noch zappeln lassen, aber offenbar konnte auch sie es nicht mehr erwarten. Sie drängte sich an Elaine, und fast wie von selbst rutschte der Latexschwanz in Elaines weit geöffnete, feuchte Spalte. Sie nahm ihn bis zum Anschlag auf und warf mit aufgerissenem Mund den Kopf zurück. Ihre Partnerin begann sofort mit einem tiefen Rhythmus, der violette Dildo verschwand so weit wie nur möglich in Elaine, und die nassen Schamlippen trafen sich und rieben sich aneinander, wie das Paar ihrer Münder.

In Elaines Gesicht stand reine Ekstase, sie wand sich in der Umarmung ihrer Gespielin, warf ihren Kopf von einer Seite zur anderen und schien von dem künstlichen Schwanz gar nicht genug bekommen zu können.

Matt hielt es nicht mehr aus – er rieb sich hart und ohne jede Rücksicht, bis er spürte, wie sich der Orgasmus aufbaute. Es begann in seinen Hoden, ein Ziehen und Kribbeln, das sich rasch ausbreitete, wie eine Welle, die seinen ganzen Körper erfasste. Er biss die Zähne aufeinander, versuchte, sich auf das Geschehen direkt vor ihm zu konzentrieren, aber sein Blick wanderte ins Leere, und der Höhepunkt füllte seine ganze Wahrnehmung aus.

Kurz nachdem er wieder zu Atem gekommen war, wischte er sich hastig sauber, schloss die Hose und verließ die Box. Elaine hatte ihm für diesen Moment genaue Anweisungen gegeben, und er musste ihr vertrauen. Er streckte den linken Arm aus und berührte das LED-Licht direkt neben dem Fenster. Es klickte leise, und eine Tür öffnete sich. Matt stieß sie mit einem kurzen, heftigen Ruck auf, und der Mann, der auf der anderen Seite saß, zuckte erschrocken zusammen und starrte ihn verängstigt an. »Den Code.«

Seine Stimme war von der Erregung noch immer heiser, aber in diesem Fall half es ihm, ließ ihn gefährlicher wirken. Der Mann zuckte unter seinen Worten zusammen. »Ich dachte, ich verhandle mit ihr.« Seine Stimme war immer leiser geworden. Matt sagte nichts, starrte ihn einfach nur an. Schließlich zog der andere einen kleinen, silberfarbenen USB-Stick aus der Hosentasche. Matt nahm ihn wortlos entgegen und deutete mit einem Nicken auf die Tür. »Verschwinde.«

Ein lautes Zuschlagen der Tür, und der Mann war verschwunden.

Kapitel 7

Elaine fuhr sich mit der Bürste ein paarmal durch die Haare, bis sie zufrieden war. Nach diesem Auftritt wollte sie eigentlich nur so schnell wie möglich unter die Dusche und etwas schlafen, aber das würde warten müssen. Also versuchte sie, den Schaden, so gut es ging, in Grenzen zu halten.

Elaine hatte sich schon früh in diversen Klubs und Stripschuppen herumgetrieben, meistens, wenn sie untertauchen musste, und immer waren die Umkleiden ein krasser Gegensatz zu der schicken Einrichtung, die die Gäste zu sehen bekamen. Im *Sin* war es anders. Die Umkleide hätte man leicht mit einem der Separees oder der Lounge verwechseln können – die gleichen schwarzen Wände und die violette Dekoration. Meist gab es hier auch Blumen, wenn auch nur die Sträuße aus den »offiziellen« Räumen, in denen die Kunden sich aufhielten. Alex, die Besitzerin des *Sin,* legte großen Wert auf Details – keine Schnittblume durfte länger als einen Tag in einem der Zimmer für Gäste stehen. Sobald die Zeit abgelaufen war, kamen die Vasen mit den duftenden Blumen in die Umkleiden des Personals, wo sie noch ein paar Tage für ein angenehmes Ambiente und einen betörenden Duft sorgten.

Elaine hatte sich einen kurzen Rock und ein einfach geschnittenes T-Shirt übergeworfen und band ihr Haar in einem schnellen Knoten zusammen. In diesem Moment kam Alex herein – sie trug noch immer ihr »Domina«-Outfit, wie sie es nannte. Die schwarzen Haare streng zurückgebunden, eine schwarze Lederkorsage, hohe Stiefel. In der Hand hielt sie die Maske, die dafür sorgen sollte, dass Kunden sie später nicht erkannten. Für Alex war es ein persönliches Vergnügen, wenn sie sich entschloss, bei einer Performance mitzuwirken. Sie tat es nicht wegen des Geldes.

»Schon abfahrbereit?«, fragte die Besitzerin des *Sin*.

Elaine zuckte mit den Schultern und fuhr sich mit einem getönten Lippenpflegestift über den Mund. »Ich muss meinen Wachhund abholen. Wer weiß, was er so lange allein in seiner Zelle macht.«

Alex lächelte schief. »Ich glaube, das weiß ich.«

»So schwer ist es wohl nicht zu erraten.« Elaine lachte leise, wurde aber schnell wieder ernst. »Denkst du, es hat funktioniert?«

Alex ließ sich auf den Stuhl neben ihr fallen und legte die Maske auf den Schminktisch vor ihr. »Wenn er nicht wenigstens ein bisschen heiß auf dich geworden ist, schmeiße ich meine Stiefel weg, mache das *Sin* zu und setze mich bei Costco an die Kasse.«

Elaine verschränkte die Arme vor der Brust und musterte nachdenklich ihr Spiegelbild. »Es geht ja nicht nur um den Sex«, sagte sie nachdenklich. »Er muss einfach nur abgelenkt genug sein, damit ich meinen Plan durchziehen und danach verschwinden kann, am besten mit einem großen Vorsprung vor der ICD. Das klappt aber nur, wenn ich Matt dazu bringe, nicht jeden meiner Schritte zu überwachen.« Es stimmte, aber wieso spürte sie trotzdem einen Hauch des Bedauerns bei diesen Worten? »Ich befürchte, er ist ziemlich dickköpfig. Er glaubt tatsächlich, ich hätte nur mit ihm geschlafen, weil ich nicht verhaftet werden wollte«, lenkte sie schnell ab.

Alex sah Spiegel-Elaine an. »Hat er nicht vielleicht ein bisschen recht damit?«

Elaine schüttelte sofort den Kopf und überraschte sich damit selbst. »Nein«, erwiderte sie, und es war die volle Wahrheit. »Ich weiß nicht, was genau da abgelaufen ist, aber wenn ich mich einfach hätte befreien wollen, hätte ich ihm die Nachttischlampe über den Schädel gezogen und wäre abgehauen.«

»Ja, das klingt nach dir«, sagte Alex und wischte sich mit einem Kosmetiktuch den tiefroten Lippenstift vom Gesicht. »Und er wollte dich heute wirklich nicht anfassen?«

»Heute nicht.« Elaine verzog das Gesicht. »Als hätte ich Ausschlag.«

»Oder er ist ein Kavalier der ganz alten Schule.« Alex grinste. »Du weißt schon, ein Gentleman, der Frauen mit Respekt behandelt.«

»Klar, als würde es so etwas geben«, sagte Elaine und schüttelte den Kopf. »Da steckt bestimmt etwas anderes dahinter.«

Alex öffnete das Haarband, und ihr schwarzes glattes Haar fiel wie eine seidige Welle über ihre Schultern. Sie hielt den ausgestreckten Zeige- und Mittelfinger in die Höhe. »Es sind immer zwei Dinge, die Männer antreiben«, dozierte sie. »Erstens: Sex. Zweitens: Geld.«

Elaine musste grinsen und drehte sich mit Schwung auf ihrem Stuhl zu Alex um. »Was ist mit Liebe?«

Beide Frauen sahen sich einen Augenblick lang an und brachen dann in schallendes Gelächter aus. »Schon gut«, meinte Elaine, nachdem sie sich wieder beruhigt hatte. Sie stand auf und streckte sich. »Zeit zu gehen.«

Alex lächelte schmal. Als Elaine gerade die Tür geöffnet hatte, rief sie ihr hinterher: »Weiß er denn, was du vorhast?«

Für einen winzigen Moment lang brachte Elaine diese Frage so sehr aus der Fassung, dass sie nicht einmal antworten konnte. Sie schüttelte abwesend den Kopf und schloss die Tür hinter sich.

Matt wartete nicht hinter dem Klub, wie sie es eigentlich abgesprochen hatten. Elaine runzelte die Stirn – Moment, der ICD-Agent, der sie unbedingt dingfest machen wollte, war nicht da? Sie musste grinsen. Ihre Chance, endlich zu verschwinden!

»Netter Versuch«, hörte sie ihn sagen, und als sie sich umdrehte, stand er vor ihr. Er trug einen teuer aussehenden Anzug, der ihm auf den Leib geschneidert zu sein schien. Der schwarze Wollstoff war unglaublich dünn, und die Krawatte spiegelte das – sie war nicht vollkommen schwarz. Ihr war noch eine andere Farbe beigemischt, die dem Schwarz seine Härte nahm und Matts gebräunte Haut unterstrich, statt ihn bleich aussehen zu lassen. Die Haare hatte er zurückgekämmt und die sonst so unordentlichen Wellen gebändigt. Ihre Finger zuckten, als wollten sie sich zwischen die dunklen Haarsträhnen schieben, sie in Unordnung bringen, aber Elaine hielt sich gerade noch zurück. Was musste dieser Kerl ausgerechnet heute so verdammt gut aussehen?!

»Ich weiß nicht, was du meinst«, brummte sie. Matt kommentierte das nicht, sondern deutete mit einladender Geste auf einen schwarzen Impala, der etwas abseits auf dem Parkplatz stand. Normalerweise war der Parkservice dafür zuständig, aber hinter dem Klub parkten meist nur die Angestellten. Der Impala wirkte zu ungehobelt für Matts Aufzug, aber irgendwie passte das zu ihm.

»Du hast ja an alles gedacht«, sagte sie und klopfte auf die Außenseite der Beifahrertür.

»Man muss bei seiner Tarnung auf jedes Detail achten«, sagte er und stieg ein. Sie tat es ihm nach und versank regelrecht in dem weichen Ledersitz. »Nett.«

»Danke.«

Matt startete den Motor und fuhr los. Elaine fiel auf, dass er schalten musste – die meisten Autos in den USA fuhren mit

Automatikgetriebe, aber der Impala schien auch sonst nicht wie die anderen Modelle auf der Straße zu sein. Die Scheiben waren schwach getönt, und sie war sich sicher, dass die Maschine noch den ein oder anderen Trick auf Lager hatte.

Immer wieder wanderte ihr Blick verstohlen zu Matt hinüber. Der Anzug stand ihm gut, zu gut. Sie suchte nach Anzeichen: unordentliches Haar, Flecken, zerknitterte Hose – aber nichts deutete darauf hin, dass Matt sich selbst berührt hatte, als er mit Alex und ihr in der Box gewesen war.

Seine Konzentration war ganz auf die Straße gerichtet, und es stachelte Elaines Ego an, weil er sie vollkommen ignorierte.

»Wusstest du, dass in einer der Kabinen das Glas auf beiden Seiten durchsichtig ist?«, fragte sie beiläufig. Aber der Effekt auf Matt war dramatisch. Er wurde kalkweiß, und seine Hände verkrampften sich um das Lenkrad. Elaine lächelte.

»Nur in einer?«, fragte er ein wenig heiser.

Habe ich dich, dachte sie triumphierend und rekelte sich ein wenig auf dem Sitz. Ihre Fantasie ging mit ihr durch – das Bild von Matt, wie er in seinem teuren Anzug dasaß und ihr dabei zusah, wie sie sich von Alex nehmen ließ, sein harter Schwanz in seiner Hand. Sie seufzte deutlich hörbar und spreizte die Beine ein wenig. Die Falten ihres Rocks glitten über ihre bloße Haut, sacht, fast kaum spürbar, wie die Berührung eines Schmetterlings. Aber es reichte, um Elaines Sinne zu erhitzen. Sie hatte Matt nicht kaltgelassen. Vielleicht konnte sie das für sich nutzen.

»Nur in einer«, erwiderte sie mit ihrer rauchigsten Stimme.

Matts Hautton hatte sich wieder normalisiert, aber seine Konzentration lag schon lange nicht mehr nur auf der Straße, sondern schweifte nun zu ihr, besonders, als sie ihre Hand nachlässig über die Innenseite ihres Schenkels gleiten ließ.

»Diese Information hättest du mir vorher geben müssen«,

brummte er. Elaine grinste und biss sich spielerisch auf die Kuppe ihres kleinen Fingers. Ihre andere Hand schlüpfte derweil unter ihren Rock. Elaine zuckte unmerklich zusammen, als sie ihr Höschen berührte – der Stoff war bereits feucht. Verdammt, so war das eigentlich nicht gedacht gewesen. Aber jetzt gab es kein Zurück mehr. »Warum auf einmal so förmlich?«, murmelte sie und schob den Stoff ihres Slips zur Seite. Matt konnte nicht genau sehen, was sie tat, aber die Bewegungen unter dem Rock sollten ihm zumindest eine Ahnung geben. Elaine streichelte über die weichen, nassen Lippen zwischen ihren Schenkeln und stöhnte leise, als sie ihre Klit streifte.

»Was wird das?«, brachte Matt zwischen aufeinandergebissenen Zähnen hervor. Elaine spreizte die Beine noch etwas weiter und rutschte tiefer in den Sitz. Ihr Zeigefinger tauchte in ihre Spalte und umkreiste, überzogen von ihren eigenen Säften, ihre Perle. »Fair Play«, erwiderte Elaine und genoss jede Sekunde. Sie konnte Matts Blicke förmlich auf sich spüren, konnte sein steigendes Verlangen in der Beule zwischen seinen Beinen sehen. »Du hast mich gesehen – ich habe recht, versuch also gar nicht erst, das abzustreiten – also darf ich mir jetzt etwas Schönes ansehen und es mir dabei selbst machen. Und du solltest lieber wieder auf die Straße sehen. Wir wollen ja nicht, dass du mit eurem teuren ICD-Spielzeug einen Unfall baust.«

»Das ist nicht dein Ernst«, knurrte er fassungslos.

Elaine zuckte mit den Schultern und schob sich zwei Finger in ihre nasse Pussy. Ihr Daumen rieb ihren Kitzler, und ein süßes Schaudern schüttelte ihren Körper. Sie betrachtete Matt, dessen Kiefermuskeln zuckten und der krampfhaft versuchte, sich auf die Straße zu konzentrieren.

»Wir sind gleich da«, sagte er nach einer Weile.

»Ich auch«, flüsterte Elaine, und es stimmte. Sie rieb sich in immer schnellerem Tempo, ohne Matt auch nur eine Sekunde aus den Augen zu lassen. Ihre eigenen Hände hatten sie binnen weniger Minuten so weit den Gipfel hinaufgetrieben, dass sie es kaum noch aushielt. Die getönten Fenster hatten bisher für ein wenig Privatsphäre gesorgt, aber vor dem Hotel gingen ständig Leute ein und aus – irgendjemand würde sie sicherlich sehen, wenn er nah am Impala vorbeiging. Der Gedanke erregte und erschreckte sie gleichermaßen. Elaine wusste, sie konnte den Orgasmus nicht mehr länger zurückhalten – in diesem Moment drehte Matt sich zu ihr und sah ihr in die Augen. Elaine gab ein ersticktes Stöhnen von sich, warf den Kopf in den Nacken und kam.

Kapitel 8

»Mach die Beine breiter – ich will sehen, was du anzubieten hast.« Die Frau kniete auf dem Boden, als die Worte ertönten. Sie zitterte und ließ den Kopf hängen, während sie auf allen vieren ein wenig nach vorne kroch und dann wie befohlen ihre Beine spreizte, um dem Mann hinter ihr einen deutlichen Blick auf ihre nackte Scham zu gewähren.

Jeff Stevens war kein Freund von übertriebener Gewalt oder Erniedrigungen, allerdings machte es ihm auch nichts aus, dabei zusehen zu müssen, wenn sein Boss Ian Browning sich etwas davon gönnte. Mit auf dem Rücken verschränkten Händen stand er in der Ecke der luxuriösen Suite mit Blick auf den Hafen Hongkongs und beobachtete das Geschehen. Browning thronte wie ein König in einem opulent geschmückten Sessel, zu beiden Seiten flankiert von zwei nackten Frauen, die demütig die Köpfe gesenkt hielten. Die Dritte im Bunde verharrte in ihrer erniedrigenden Position vor ihm. Ihr blondes langes Haar schleifte auf dem Boden. Blond, immer mussten es blonde Frauen sein. Stevens hatte schon viele Prostituierte und Geliebte in Brownings Schlafzimmer ein- und ausgehen sehen, aber diese eine Eigenschaft hatten sie alle gemeinsam. Auf den ersten Blick hätte man Stevens' Boss nicht zugetraut, besonders anziehend auf Frauen zu wirken oder genug Geld zu haben, um diesen Mangel auszugleichen. Er war von durchschnittlicher Statur, hatte unauffällig dunkle, kurz geschnittene Haare und trug maßgeschneiderte, aber langweilige Kleidung in gedeckten Farben. Niemand, den man auf der Straße wiedererkannt hätte. Mittlerweile wusste Stevens, dass das alles zu einer bestimmten Taktik gehörte, die Browning verfolgte, aber bei ihrer ersten Begegnung hatte er sich gefragt, ob Browning nicht einfach nur ein durchgeknallter Millionär mit Wahnvorstellungen war. Mit der Zeit hatte er verstanden, mit was für einem brillanten Geist er es wirklich zu tun hatte. Browning erkannte man nicht wieder. Browning übersah man leicht. Browning unterschätzte man. Und wenn er zuschlug, wussten seine Gegner meist nicht einmal, was sie getroffen hatte. Stevens' Misstrauen hatte sich bald in Bewunderung und schließlich Respekt verwandelt.

Die Frau auf allen vieren schrie auf – ein erschrockener Laut, durchtränkt von Schmerz. Brownings Fuß hatte sie gegen ihren runden Hintern getreten, und sie war nach vorn gefallen. Erst im letzten Moment hatte sie den drohenden Sturz mit den Händen abfangen können. »Du sollst sie breiter machen«, schnauzte Browning und winkte im gleichen Moment Stevens heran. Der bemühte sich, nicht auf die Frauen zu achten, die ihn dafür umso neugieriger betrachteten. Browning fasste der Frau zu seiner Linken in den Nacken und zerrte ihren Kopf mit einem Ruck in seinen Schoß. Sie keuchte erschrocken, schien aber genau zu wissen, was von ihr erwartet wurde, denn sie begann, ohne zu zögern, an Brownings Hose zu nesteln, und öffnete sie mit geübten Fingern. Er trug keine Unterwäsche, und sein halb erigierter Schwanz zuckte unter der Aufmerksamkeit der Frau. Stevens warf nur einen flüchtigen Blick darauf und sah dann konzentriert auf die Mappe in seiner Hand. »Die Berichte habe ich Ihnen ja bereits zukommen lassen«, sagte er. »Die Übernahme der letzten drei Firmen verlief reibungslos, nachdem unsere Subunternehmer den Besitzern die entsprechenden Anreize haben zukommen lassen.«

Browning sah zu ihm auf. »Wie viele haben das Geld abgelehnt?«

Stevens sah in die entsprechende Tabelle. »Zwei. Aber nach einem Hausbesuch haben auch sie ihre Meinung geändert.«

Der Kopf der Frau bewegte sich mittlerweile rhythmisch auf und ab, aber Brownings Miene blieb so unbewegt, als würde ihm gerade jemand einen Hamburger servieren oder ihm mitteilen, dass die Unterhaltskosten für Haustiere im Durchschnitt um fünf Prozent gestiegen waren. Stevens hatte fast den Eindruck, dass ihn das ganze Prozedere unendlich langweilte.

»Noch etwas?«

Stevens blätterte die wenigen Zettel durch und informierte seinen Boss noch über die aktuellen Aktienwerte seiner verschiedenen Ölunternehmen und Tochterfirmen. Sie besprachen das weitere Vorgehen (ein paar kleinere Firmen sollten abgestoßen, dafür zusätzliche Aktienanteile an einer größeren Firma gekauft werden). »Sobald die Gespräche hier in Hongkong beendet sind, ist alles für Ihre Reise nach Las Vegas vorbereitet.«

Browning ließ die Spitze seines Lederschuhs immer wieder spielerisch gegen die linke Pobacke der Frau vor ihm stoßen. »Ein bisschen Urlaub in der Heimat habe ich mir auch verdient«, brummte er dabei. »Ich hoffe, du hast dir da nicht allzu viel vorgenommen – ich möchte, dass du diesmal vorausfährst und alles vorbereitest.«

Stevens hob überrascht eine Augenbraue. Normalerweise nutzte Browning seine kurzen Aufenthalte in Nevada, um sich von allem abzuschotten und »neue Ideen zu sammeln«, wie er selbst es nannte. Auch um die Vorbereitungen kümmerte er sich meist selbst und ließ nicht einmal seinen engsten Vertrauten Stevens etwas davon übernehmen. Umso überraschender war jetzt die Ankündigung, dass er nicht nur ein paar, sondern gleich alle Vorbereitungen übernehmen sollte. Er konnte sich ein winziges, stolzes Lächeln nicht verkneifen. »Es wäre mir ein außerordentliches Vergnügen«, sagte er und wollte die Mappe in seiner Hand gerade schließen, als ihm eine Notiz auf einem gelben Haftzettel auffiel. Seine Sekretärin hatte die Nachricht wohl zu kurzfristig bekommen und sie ihm wenigstens auf diese Weise in die Mappe gelegt, damit sie nicht vollständig unterging. Er überflog die wenigen Zeilen darauf. Browning schien seine Abwesenheit zu bemerken. »Was hast du noch entdeckt?«, fragte er.

»Eine Nachricht, wie es der Zufall will, aus Las Vegas. Von einer Detektei namens Guilty Eye.«

Auf einen Schlag war Brownings Langeweile wie weggeblasen. Er saß aufrecht im Sitz, was die Frau mit dem Kopf in seinem Schoß mit einem heiseren Würgen kommentierte. Er beachtete sie nicht, sondern starrte Stevens an, der sich unter diesem intensiven Blick plötzlich wie ein besonders interessanter Käfer unter der Lupe eines Sammlers fühlte. »Was haben sie geschrieben?«

Stevens sah noch einmal auf den Zettel, um sicherzugehen, dass er die Nachricht korrekt wiedergab. »DeLacroix wieder in der Stadt«, sagte er und zog den Zettel ab, um auch die Rückseite zu untersuchen, aber die war leer.

Der Effekt auf Browning war alles andere als klein. Er packte die Frau in seinem Schoß am Nacken und riss ihren Kopf in die Höhe, bis sie nach Luft schnappte. Ihr Gegenstück auf der anderen Seite des Sessels wich hastig vor Brownings hochrot angelaufenem Kopf zurück, und auch die blonde Frau vor dem Sessel schien zu spüren, dass sich etwas zusammenbraute, denn nach einem hastigen Blick über die Schulter kroch sie, so schnell es ging, in die nächste Zimmerecke und versteckte sich hinter den Vorhängen.

»Elaine?!«, schrie Browning, und die Adern an seinem Hals traten wie dünne Seile hervor. »Elaine DeLacroix?!«

Stevens kannte diese Reaktion von seinem Boss, wenn er wütend wurde, weil ein Deal fehlgeschlagen war oder die Konditionen nicht zu hundert Prozent seinen Wünschen entsprachen. Aber dieses Ausmaß an Wut war selbst für ihn neu. Er nickte nur, und die Frau in Brownings Griff schrie gequält auf. Scheinbar hatte er so fest zugedrückt, dass sich seine Finger tief in ihren Hals gebohrt hatten. Er schüttelte sie wie eine Puppe hin und her, sodass ihre Schreie immer lauter und spitzer wurden. »DeLacroix«, brüllte er dabei die ganze Zeit, bis er die Frau endlich freigab, die mit tränenüberströmtem Gesicht einfach auf dem Boden liegen blieb und sich den malträtierten Hals rieb.

Browning lief wie ein verrückt gewordener Hund in großen Kreisen durch das Zimmer, umrundete dabei immer wieder den Sessel und blieb schließlich vor dem großen Fenster stehen. Es hätte lächerlich aussehen müssen, wie er sich gegen den Fensterrahmen lehnte, die Hose halb geöffnet mit einer erschlaffenden Erektion, aber Stevens hätte um nichts in der Welt jetzt lachen wollen. Er hatte gesehen, was Browning mit Menschen tat, die über ihn lachten. Er wollte das niemals wieder sehen und unter keinen Umständen selbst erleiden müssen. Also senkte er den Blick und wartete darauf, dass der Wutausbruch irgendwann verrauchen würde.

Das Ende kam schneller als erwartet. Mit einem Mal beruhigte sich Browning wieder, und seine Gesichtsfarbe kehrte binnen eines Lidschlags zu ihrer natürlichen Tönung zurück. Er strahlte regelrecht, und seine Augen blitzten. »Elaine DeLacroix ist also nach Las Vegas zurückgekehrt?«, fragte er, als müsste er sich zu hundert Prozent versichern, keinen Fehler zu machen oder etwas zu verwechseln.

Stevens nickte. »Darf ich fragen, was es mit dieser Dame auf sich hat?«

Brownings Grinsen vertiefte sich. »Oh, es handelt sich dabei um eine alte und sehr liebe Freundin von mir. Hat die Detektei gesagt, was sie in Las Vegas vorhat?«

Stevens schüttelte den Kopf. »Bis auf diese Nachricht haben

wir noch keine weiteren Informationen bezüglich Ms DeLacroix erhalten. Aber ich werde sie darauf ansetzen, Näheres in Erfahrung zu bringen.«

»Mach das«, nickte Browning. »Gib ihnen alle Mittel an die Hand, die sie brauchen, um sie zu beschatten. Ich will wissen, was sie macht, mit wem sie spricht und wo sie sich aufhält. Sobald sie auch nur die leisesten Anstalten macht, die Stadt verlassen zu wollen, will ich sofort darüber Bescheid wissen, egal, was es kostet. Aber niemand rührt sie an! Elaine ist ein gerissenes kleines Luder, sie wird es merken, wenn ihr irgendjemand zu sehr auf den Leib rückt. Ich will, dass sie in Ruhe gelassen wird – sie darf nicht merken, dass sie jemand beschattet, sie darf nicht einmal ahnen, dass ich weiß, dass sie in der Stadt ist.« Browning schloss seine Hose, richtete seinen Hemdkragen und sah Stevens mit begeisterter Vorfreude an. »Wir wollen doch nicht, dass sie ihre Überraschung zu früh bekommt, nicht wahr?«

Kapitel 9

Das Frühstück ließ Matt diesmal ausfallen. Er saß in seinem Zimmer und ging immer wieder die Vorgänge am Vorabend durch. Die Übergabe des ersten Codes war ohne Probleme über die Bühne gegangen, obwohl er sich so von der Show hatte ablenken lassen. So langsam fing diese Elaine DeLacroix an, ernsthaft an seiner Beherrschung zu zerren, und er hatte den Morgen damit verbracht, sich unter der Dusche selbst Erleichterung zu verschaffen.

Wieso reagierte er so stark auf diese Frau? Die Frage hatte ihn die halbe Nacht lang wach gehalten und dafür gesorgt, dass er sich zwei Kannen Kaffee aufs Zimmer kommen lassen musste. Wahrscheinlich lag es an seiner langen Durststrecke. Es war ewig her, seit er Sex gehabt hatte. Dabei lag es nicht unbedingt an fehlenden Angeboten, aber bisher hatte es keine Frau gegeben, die ihn so herausgefordert und angezogen hatte wie Mia. Keine, außer Elaine.

Er stöhnte und fuhr sich mit der Hand über das Gesicht. Die Stoppeln kratzten laut hörbar über seine Handfläche, aber es kümmerte ihn nicht. Er musste planen, wie er weiter vorgehen wollte, ohne dass er sich dabei von Elaine überrumpeln ließ.

Ein Klingeln riss ihn aus seiner Grübelei. Es kam von dem Laptop auf dem Schreibtisch, und er klappte ihn auf. Das Videochatprogramm war immer an, aber Matt war trotz allem überrascht, Emilias Gesicht auf dem Bildschirm zu sehen und nicht Mias. »Emilia? Was verschafft mir die Ehre?«

Sie wirkte müde, unter ihren Augen lagen dunkle Schatten. »Ich warte schon seit einer Ewigkeit auf deine Meldung.«

Matt verzog zerknirscht das Gesicht. Verdammt, er wusste, er hatte etwas vergessen. »Ich hatte eine Nachricht ...«

»›Ich arbeite daran‹ ist nicht das, was ich unter einer befriedigenden Meldung verstehe«, unterbrach Emilia ihn kühl.

Matt rieb sich den Nacken und atmete tief ein. »Ich weiß. Aber zu einem Lagebericht bin ich bisher noch nicht gekommen.«

»Du hast offensichtlich jetzt Zeit. Also, wie sieht es aus?«

Emilia – die pure Verkörperung des Wortes Charme, schoss es ihm durch den Kopf.

»Ich ... arbeite daran«, sagte er lahm. Emilias Mund wurde zu einem dünnen Strich. »Matt Archer, als dein vorgesetzter ICD-Agent verlange ich eine vernünftige Antwort. Wird sie sich anwerben lassen, ja oder nein?«

»Das kann ich zu diesem Zeitpunkt noch nicht zu hundert Prozent sagen«, erwiderte er. »Sie hat angedeutet, dass sie zusagen wird, aber vorher müssen ein paar Bedingungen erfüllt werden.«

»Was denn für Bedingungen?«

»Du hast gesagt, ich soll tun, was immer nötig ist, um sie anzuwerben«, erwiderte er.

»Was für Bedingungen meinst du?«, wiederholte Emilia scharf.

»Oh verdammt, ich muss los. Ich schicke dir so bald wie möglich einen ausführlichen Bericht!«, rief Matt, tat, als müsste er eilig aufstehen, und klappte noch in der Bewegung den Laptop zu. Er ahnte, was ihm drohen würde, sobald er das nächste Mal online ging, aber er konnte Emilia unmöglich sagen, worauf er sich eingelassen hatte. Auch zu ihrem eigenen Schutz. Wenn sie offiziell nichts wusste, konnte ihr eine eventuelle spätere Kommission auch nicht die Verbrechen ankreiden, die er im Namen der ICD beging.

Er streifte sich sein ausgebeultes Jackett über und verließ das Zimmer. Ihm fiel die Decke auf den Kopf, aber er hatte sich noch nicht getraut, wieder mit Elaine zu reden. Dass sie es sich in seinem Wagen selbst gemacht hatte, hing ihm noch immer nach. Er wusste nicht, wie er mit ihr reden oder sie überhaupt ansehen sollte. Es war eine Sache, sie zu beobachten, wenn sie es nicht sah, aber eine andere, ihr dabei direkt in die Augen zu sehen.

Heuchler, sagte eine Stimme in seinem Hinterkopf, und sie wurde noch durch die Mischung aus Scham und Erregung bestätigt, die ihn immer dann durchfuhr, wenn er an Elaine dachte.

Er brauchte ein bisschen Frischluft. Gegenüber dem Hotel befand sich ein altmodisches Diner. Im Hotel hätte er auch einfach ans Büfett gehen können, aber Matt hatte weder Lust auf Horden von Touristen, die sich zwischen zwei Spielen den Bauch vollschlugen, noch auf überladene Tabletts mit möglichst schick aussehendem Essen. Was er brauchte, war ein Steak. Mit Pommes und Spiegelei. Und Kaffee. Viel davon.

Eine Glocke über der Tür kündigte seinen Besuch an, als er eintrat. Warme Luft, geschwängert von dem Geruch nach Bratenfett, Ketchup und Speck, wehte ihm entgegen, und er entspannte sich augenblicklich. Gutes, einfaches Essen. Lächelnd sah er sich nach einem freien Platz um, aber das Lächeln gefror schnell in seinem Gesicht. Rasch sah er sich um, aber das Diner war kaum besetzt, nur drei ältere Männer, die direkt am Tresen saßen. Er durchquerte den Raum und setzte sich an den äußersten Tisch, dort, wo schon jemand auf ihn wartete. Es war Elaine.

»Was zum Teufel treibst du hier?!«, knurrte er.

Sie lächelte ihn zuckersüß an. Ihre Kleidung schien direkt aus den fünfziger Jahren zu stammen. Ein weißes ärmelloses Kleid mit Kirschdruck, Ballerinas und ein großer Strohhut, der neben ihr auf der Bank lag. Den Mund hatte sie ebenso kirschrot angemalt, und sie spitzte ihn ein wenig, was den herzförmigen Ausdruck noch verstärkte. Die Linie der Augen war mit Eyeliner katzenartig verlängert, und ihr Haar trug sie in einem hohen Pferdeschwanz. »Ich wollte etwas essen«, gab sie zur Auskunft und ließ ihre Finger übertrieben suchend über die Plastikkarte wandern. »Das Hotelessen ging mir auf die Nerven.«

»Das meine ich nicht«, gab er zurück. »Wie bist du aus dem Zimmer entkommen?«

Sie hielt den Kopf noch immer leicht gesenkt, sah aber zu ihm auf. Verschwörerisch zwinkerte sie ihm zu. »Ich musste nicht entkommen – das Zimmermädchen hat mir aufgemacht.«

Matt hätte sich am liebsten selbst eine reingehauen – wie konnte er nur so dämlich sein? Natürlich hatte das Personal Universalkarten. Er hatte vergessen, Mia darauf hinzuweisen, und offensichtlich hatte auch sie nicht daran gedacht. Ein dummer, verdammt dummer Fehler. »Und warum bist du dann nicht abgehauen?«, fragte er.

»Weil ich noch eine Rechnung offen habe und die mit deiner Hilfe besser begleichen kann als allein«, gab sie unumwunden zu. »Oh, und natürlich habe ich dir auch versprochen, danach zu einem guten Mädchen zu werden und von da an immer artig zu sein.«

»Kein Grund, mich zu verarschen.«

Die Kellnerin kam. Elaine bestellte Kaffee für sie beide und schwieg, bis sie je eine weiße Porzellantasse vor sich stehen hatten. Der Kaffee schmeckte bitter und war gleichzeitig dünn. Eine seltene Mischung.

»Ich verarsche dich nicht«, sagte Elaine schließlich und rührte Zucker in ihren Kaffee. »Aber ich sage die Wahrheit. Ich will Browning drankriegen für das, was er getan hat. Und es kann nicht schaden, dabei ein bisschen Unterstützung zu bekommen.

Außerdem habe ich es satt, ständig weglaufen zu müssen. Vielleicht ist es ja mal ganz angenehm, nicht immer auf der Flucht zu sein und ein bisschen Rückendeckung von Recht und Gesetz zu bekommen?«

Sie schien mit sich selbst zu sprechen. Ihr Blick war zwar auf den wilden Wirbel aus Kaffee und Zucker in ihrer Tasse gerichtet, aber Matt ahnte, dass sie etwas ganz anderes sah. Da war noch irgendetwas, etwas, was sie ihm verschwieg, aber er würde nicht nachfragen. Nicht jetzt. Die ganze Situation fühlte sich unwirklich und zerbrechlich an, wie die Schale eines Wachteleis.

»Okay, tun wir so, als würde ich dir glauben.«

Sie schnaubte empört, aber Matt fuhr fort: »Wenn dem so ist, wie soll es dann weitergehen? Du hast jetzt einen Code, oder?«

»Ja, es fehlen noch zwei, plus dem Exemplar, das Browning besitzt. Und das kann ich ihm erst abnehmen, wenn er in Las Vegas ist, weil er den Code regelmäßig ändern lässt.«

Matt nickte und nippte probeweise noch einmal an seinem Kaffee, aber die Plörre war seit dem letzten Schluck nicht besser geworden. Dennoch trank er fast die halbe Tasse leer.

Elaine sah ihm dabei zu und wartete, bis er fertig war. Dann: »Ich werde weiter im *Original Sin* arbeiten müssen. Zumindest für den Besitzer des zweiten Codes muss ich die Fassade aufrechterhalten. Er hat mich schon als Bedienung im Klub gesehen. Außerdem brauche ich die Verbindungen des Klubs, um ihm ein Angebot machen zu können.«

Unwillkürlich musste Matt wieder an ihre Vorstellung in der Box denken, und in seinem Schritt zuckte es. »Wieder die ›Box‹?«, fragte er möglichst beiläufig.

Elaine stützte den Kopf auf ihre angewinkelten Arme auf und zwinkerte ihm zu. »Würde dir das gefallen, Loverboy?«, fragte sie rauchig.

»Ich will nur diesen Auftrag so schnell wie möglich hinter mich bringen und nach Hause fliegen«, wiegelte er rasch ab und stürzte den Rest seines Kaffees hinunter.

Sie lächelte, aber Matt konnte nicht genau sagen, ob sie enttäuscht war oder nicht. »Es wäre sicherlich nicht schlecht, wenn du auch zu einem regelmäßigen Besucher des *Sin* würdest.«

»Das hatte ich ohnehin vor«, sagte er. »Ich werde dich dort nicht allein herumlaufen lassen.«

»Wie nett. Ein edler Ritter, der mich beschützt«, neckte sie ihn und zwinkerte.

Matt schwieg, aber der kleine Stachel traf – er hatte sich das früher schon anhören müssen, aber es hatte immer wie eine Beleidigung geklungen.

»Wann musst du heute in den Klub?«, fragte er barscher als gewollt.

Elaine legte leicht den Kopf schief. »Hol mich um kurz nach sieben ab.«

Auch beim seinem dritten Besuch hatte Matt sich noch nicht an seine Aufmachung gewöhnt. Zwar trug er in Deutschland während der Arbeit auch Anzüge, aber die waren meist so alt und bequem, dass er sie beim Tragen kaum noch spürte. Im Gegensatz zu diesem Ding hier. Er versuchte, nicht ständig an seinem Kragen herumzuzerren, aber es fiel ihm schwer. Um nicht allzu sehr aufzufallen, ging er direkt zur Loungebar und setzte sich etwas abseits an einen der Tische. Elaine hatte sich bereits verabschiedet – sie bediente in einem anderen Teil des Klubs. Matt sah sich ein wenig um. Der Klub war voller als sonst, fast jeder Tisch war mit mehreren Personen besetzt. Hinter der Bar war eine hübsche Frau mit langem schwarzen Haar. Matt kniff leicht die Augen zusammen. Sie kam ihm bekannt vor – natürlich, es war die Frau, die mit Elaine in der Box gewesen war. Zwar trug sie diesmal keine Maske, aber ihr auffälliges Haar und ihre Art, sich zu bewegen, konnte er jetzt, wo er sie einmal erkannt hatte, genau einordnen. Als hätte sie seinen Blick bemerkt, wandte sie ihm den Kopf zu. Ohne erst seine Bestellung aufzunehmen, kam sie mit einem Glas in der Hand zu ihm herüber und setzte sich ihm gegenüber. Sie schob ihm das Glas mit dem Scotch zu, verschränkte dann die Arme vor der Brust und musterte ihn. »Du bist ihr Helfer, oder?«

Reizendes Geschöpf.

Matt nahm das Glas und trank einen Schluck der scharfen Flüssigkeit. Der Scotch war gut. »Und du bist?«, fragte er direkt, da sie offensichtlich wusste, wer er war. Oder zumindest das, was Elaine ihr erzählt hatte.

»Alex. Ich bin eine Freundin von Elaine. Mir gehört das *Sin*«, stellte sie sich vor. Matt wurde das Gefühl nicht los, dass er gerade irgendeine Art von Test bestehen musste. »Freut mich.«

Sie lächelte, und ihre signalrot angemalten Lippen verzogen sich zu einem nahezu waagerechten Strich. Jetzt war es an ihm, sie zu mustern. Alex war eine elegante Erscheinung, wenn auch das genaue Gegenteil von Elaine; groß, sehr schlank, lange Gliedmaßen. Nur die Augen ähnelten sich – eindringliche Augen, die jedes Detail ihrer Umgebung wahrzunehmen schienen. Intelligente Augen. Gefährliche Augen.

Sie stand auf. Matt hob überrascht eine Augenbraue. »Wo willst du hin?«

Ihr Lächeln wurde breiter. »Ich wollte nur wissen, auf wen sie sich eingelassen hat.«

Bevor Matt etwas erwidern konnte, hatte sie sich umgedreht und war im Halbdunkel der Lounge verschwunden. Matt sah ihr noch eine Weile nachdenklich nach und nippte an seinem Glas. Was war das denn für eine seltsame Begegnung gewesen?

Er merkte, dass sein Glas mittlerweile leer war und winkte eine der Kellnerinnen an den Tisch, die im Klub umherliefen. Er bestellte einen weiteren Scotch.

»Sind Sie auch wegen der Show hier?«, fragte sie, während sie ihm das Glas auf den Tisch stellte.

»Welche Show?«, fragte er.

Das Gesicht des drallen Püppchens leuchtete auf. »Sie wissen es nicht? Oh, dann erwartet Sie eine angenehme Überraschung.« Sie strahlte regelrecht und zwinkerte ihm zu. »Viel Spaß heute Abend.«

Matt wollte sie fragen, was sie damit meinte, aber in diesem Moment gingen die Lichter in der Lounge aus. Ein leises Surren ertönte, und ein einzelner Spot leuchtete auf. Er beleuchtete die Mitte einer Bühne, die bisher offensichtlich hinter einem großen Theatervorhang verborgen gewesen war. Matt hatte sie für die Rückseite des Klubs gehalten, sah seinen Irrtum aber jetzt. Kunstnebel wallte von der Bühne, tastete sich suchend über den Boden und schwappte in den Zuschauerraum, bis man nicht mehr genau unterscheiden konnte, was Boden und was Bühne war.

Sie war nicht leer – am Rand des Lichtkegels befanden sich Silhouetten, Menschen, aber in seltsamen Haltungen. Erst bei genauerem Hinsehen erkannte Matt, dass sie mit Seilen gefesselt waren. Einige hingen in Metallgestellen, andere kauerten oder knieten. Es waren Statuen, nur nicht aus Stein, sondern aus Fleisch, Blut und Seilen. Die Mitte der Bühne war leer.

Plötzlich bewegte sich eine der Silhouetten – ein Mann erhob sich von etwas, das Matt bisher für einen Stuhl gehalten hatte, sich aber als Frau herausstellte, die in einem Metallgerüst steckte, das sie in die Form eines Sitzhockers zwang.

Der Mann hatte lange Haare und einen Spitzbart, was ihm in Verbindung mit seiner Latexrobe das Aussehen eines Bühnenzauberers verlieh. Er stand im Lichtkegel und ließ seinen Blick über die Anwesenden schweifen. Matt wusste nicht, ob er lachen oder gehen sollte, aber die Stimmung im Saal war nahezu ehrfürchtig, also hielt Matt lieber die Klappe.

Der Mann, der Zauberer, breitete die Arme aus und neigte demütig den Kopf. Applaus brandete auf, obwohl er noch nichts gezeigt oder vorgeführt hatte. Matt trank einen Schluck Scotch, anstatt mitzuklatschen. Wenn Houdini da oben Applaus von ihm wollte, musste er erst einmal beweisen, dass er ihn auch verdient hatte.

Mr Magic drehte sich abrupt um und deutete mit der Hand in die Dunkelheit der Bühne. Wie aus dem Nichts erschien eine Frau. Sie trug ein Korsett, das ihre Brüste anhob, und eine Art Kleid, das unter ihren Brüsten geschlossen wurde. Es hatte einen Schlitz, lang genug, um ihre Beine und ihre Pussy bei jedem Schritt zu entblößen. Matt war sich nicht sicher, aber es sah aus, als wäre beides aus grünem Latex oder PVC gefertigt.

Die Frau ergriff die Hand des Zauberers und umrundete ihn, damit jeder im Zuschauerraum einen ausgiebigen Blick auf sie werfen konnte. Dann erst stellte sie sich neben den Maestro und ließ sich mit einem strahlenden Lächeln das Kleid abnehmen. Der Zauberer warf es achtlos hinter sie und kniete sich hin. Im ersten Moment dachte Matt, er würde ihr jetzt auch noch die übertrieben hochhackigen Schuhe ausziehen, aber als Houdini sich wieder aufrichtete, hielt er in den Händen ein paar Seile, ebenso grün wie das Korsett der Frau.

Er stellte sich damit hinter sie, und sie hakte sich das Korsett an der Vorderseite auf. Die Menge applaudierte abermals, als sie sich mit einem strahlenden Lächeln um die eigene Achse drehte. Sie war schön, das musste Matt zugeben: Volle Brüste, die gerade so die Hand eines Mannes ausfüllen würden, breite, straffe Hüften und ein niedlich gerundeter Bauch, in dem der Nabel mehr wie ein Grübchen wirkte. Ihr Schamhaar war zu einem schmalen Streifen gestutzt, der wie ein Pfeil zu dem verlockenden Versteck zwischen ihren Schenkeln deutete.

Matt schmunzelte, und diesmal applaudierte er kurz. Musik setzte ein, ein vibrierender Bass. Jemand hinter der Bühne schien noch eine Extraportion Trockeneis in die Nebelmaschine geworfen zu haben, denn eine neue Welle von weißem Dampf waberte über die Bühne und verschluckte Zauberer und Assistentin für einen kurzen Augenblick.

Lichtstrahlen zuckten über die Bühne, grün, gelb, rot, violett, bis der Nebel sich wieder lichtete und Zauberer und Assistentin wieder auftauchten. Sie saß in einem großen Metallring, die Beine kokett übereinander geschlagen, und hielt sich an der Rundung des Metalls fest. Der Ring schwebte mitten über der Bühne, auch wenn vor dem weißen Nebel immer wieder die Drähte aufblitzten, die den Ring in der Luft hielten.

Matt nippte wieder an seinem Scotch und nickte leicht. Als er noch klein gewesen war, hatte sein Vater mit ihm eine Schaukel gebaut, allerdings nicht aus Ketten, sondern aus Drähten. Er hatte es geliebt, mit seinem einzigen Sohn etwas zu bauen – Matts zahlreiche Schwestern hatten dafür die Spielzeuge und diversen Schaukeln, Baumhäuser und Puppenhäuser geliebt, die bei diesen Aktionen entstanden waren. Vor allem die Schaukel, die so filigran aussah, und doch so stark war, war der geheime Favorit der Kinder gewesen.

Das Schaukeln der Frau auf der Bühne hatte nicht viel mit Kinderspielen gemeinsam. Ihr nackter Körper zeigte bei jedem Schwung immer neue Stellen. Wann immer sie nach vorne schwang, konnte Matt deutlich ihre leuchtend rosafarbene Pussy aufblitzen sehen, und ihre Brüste bewegten sich im Takt, wenn sie wieder zurückschwang.

Mr Magic stand daneben, die Arme vor der Brust verschränkt

und mit einem Gesichtsausdruck, als hätte er in eine Zitrone gebissen. Er bedeutete der Frau, mit dem Schaukeln aufzuhören und herunterzusteigen, aber sie schüttelte nur den Kopf und schwang sich sogar noch höher. Matt konnte ihren Hintern und die weiche Spalte davor sehen und spürte, wie der Anblick und der Alkohol seine Wirkung taten: Er begann, sich zu entspannen.

Der Zauberer deutete noch einmal herrisch mit seinem Zeigefinger auf den Boden, aber die Frau streckte ihm die Zunge heraus und lachte hell auf. Matt musste schmunzeln, aber Houdini platzte der Kragen. Er schnippte mit den Fingern, und zwei weitere Gestalten traten aus dem dunklen Bereich der Bühne hervor – zwei Hünen, bis auf einen Lendenschurz nackt, und nicht einmal der verbarg viel von ihrer sichtbaren Erektion, die drohte den Stoff einfach zur Seite zu schieben. Die Männer stellten sich neben den Metallring und hielten ihn in einer synchronen Bewegung einfach an. Die Frau schien zu ahnen, was ihr blühte. Ihr Mund formte sich zu einem schockierten O, und sie wollte vom Ring herabspringen, aber die Männer griffen beide nach jeweils einem Arm und hielten sie fest.

Unter anderen Umständen hätte Matt sich wahrscheinlich bei diesem Szenario unbehaglich gefühlt, aber sowohl die Frau als auch der Zauberer, der mit theatralischen Gesten um die drei herumlief, übertrieben die Darstellung so dramatisch, dass Matt Mühe hatte, nicht in Gelächter auszubrechen. Auch in einigen Gesichtern am Nebentisch sah er ein verräterisches Zucken, aber die meisten Gäste sahen gebannt auf die Bühne. Er ahnte, dass sie nicht wegen der schauspielerischen Fähigkeiten gekommen waren.

Die Männer hielten die sich wild wehrende Frau fest, während der Zauberer ein Seil nahm und begann, ihre Handgelenke in einem kompliziert aussehenden Flechtwerk an den Ring zu knoten. Er trat hinter sie und zerrte ihren Po mit einem kurzen, scharfen Ruck weit genug über den Ring, dass er bequem über dem Metall hing. Die Männer begnügten sich derweil nicht mehr nur damit, sie festzuhalten – den Job hatte das Seil übernommen. Stattdessen ließen sie ihre Hände über die Brüste der Frau wandern, kniffen sie deutlich sichtbar in die empfindlichen Brustwarzen und zogen sie lang. Die Frau verzerrte in einer Mischung aus Lust und Schmerz das Gesicht und klammerte sich an den Ring.

Der Magier in der Robe kniete sich zu ihren Füßen, befestigte eine hohle Metallstange erst an ihrem linken, dann an ihrem rechten Knöchel, sodass ihre Beine weit gespreizt blieben. Die Frau hing hilflos in der Schaukel, nur gehalten von den grünen Seilen und dem eisernen Ring.

Der Zauberer lächelte zufrieden und hob die Hand, woraufhin sich der Ring in die Luft erhob und begann, sich um sich selbst zu drehen. Diesmal applaudierte Matt mit den anderen. Der helle weibliche Körper in dem Ring, umspielt von Trockennebelfetzen: Es war ein sinnliches und – wie er zugeben musste – höchst erotisches Bild. Dadurch, dass ihr Hintern so weit herausgestreckt war, waren ihre empfindlichsten Körperstellen schutzlos jedem ausgeliefert, der sie berühren wollte. Der Ring wurde wieder herabgesenkt, gerade so weit, dass sich ihr Po in Augenhöhe der beiden Hünen befand. Sie schien zu ahnen, was kam, denn sie versuchte verzweifelt, ihre Knie zu schließen. Aber ihre Position ließ das nicht zu. Auf ein Nicken des Knotenkünstlers hin kamen sie näher. Einer stellte sich direkt unter ihren prallen Hintern, der andere vor die weiche, mittlerweile feucht glänzende Pussy. Der Hüne an ihrem Po legte seine prankenartigen Hände auf ihre Pobacken und zog sie weit genug auseinander, dass einige der Gäste einen deutlichen Blick auf den engen, runzeligen Ausgang werfen konnten. Er war fast schon pink, ohne ein einziges störendes Haar und zuckte einladend unter der Aufmerksamkeit, die ihm zuteil wurde. Der Mann leckte sich die Unterlippe, legte den Kopf etwas zur Seite und ließ seine Zungenspitze über das enge Loch wandern. Die Frau gab ein Quietschen von sich, zuckte nach vorn – direkt auf den Mund des anderen Mannes zu. Er hielt ihre Knie mit seinen Händen auseinandergedrückt und hatte sich gerade vorgebeugt, um sie lecken zu können, als sie sich regelrecht auf seine Zunge aufspießte. Der Effekt war dramatisch – sie schrie laut auf, und ihre Hände krampften sich um den Ring. Das schien das Zeichen für beide Männer zu sein, ihre Zurückhaltung aufzugeben. Der Hüne an ihrem Po umkreiste ihren Anus mit der Zunge und stieß die Spitze hinein. Es ging einfacher, als Matt erwartet hätte, und er konnte seine Augen kaum von dem abwenden, was er da sah.

Der Mann an ihrem Po ließ seine Zunge lang und hart werden, stieß sie tief in ihren Po, zog sie gänzlich sauber wieder heraus, tief und hart. Er fickte sie, nur mit seiner Zunge, und sie wand sich in unkontrollierten Krämpfen. Sein Kumpel ging ein wenig langsamer vor, wenn auch nicht weniger zügellos. Er leckte ihre Klit, saugte an der kleinen Erhebung, und Matt sah weiße Zähne aufblitzen. Der Mann knabberte an dem empfindlichen Punkt, und die Frau gab einen gurgelnden Schrei von sich und warf den Kopf in den Nacken. Sie wand sich und versuchte abzurücken, sobald der Reiz zu übermächtig wurde, aber egal in welche Richtung sie sich bewegte, immer wartete bereits eine gierige Zunge auf sie, die die Mischung aus Qual und Lust noch erhöhte.

Matt spürte, wie sein Schwanz an seinem Oberschenkel zuckte. Am liebsten hätte er sich mit einigen schnellen Bewegungen selbst Erleichterung verschafft, aber er würde sich eher umbringen, als hier vor aller Augen seine Hose zu öffnen und sich selbst einen runterzuholen. Viele der anderen Zuschauer hatten diese Skrupel nicht. Das Pärchen am Nebentisch war in tiefe

Küsse vertieft. Auf den ersten Blick nicht auffällig, bis Matt unter den Tisch sah. Die stupsnasige Kellnerin, die ihm den Scotch gebracht hatte, kniete zwischen den weit gespreizten Schenkeln der Frau und leckte sie ausgiebig, während sie mit der freien Hand den steifen Schwanz ihres Partners rieb.

Zu Matts Linker hatte sich ein Mann gleich drei Angestellte des *Sin* an den Tisch geholt. Die Frauen trugen die typische Spitzenkleidung des Klubs. Eine hockte auf seinem Schoß und ritt ihn mit lasziv aufgerissenem Mund und einem verzückten Ausdruck im Gesicht, während ihre Kollegin sich heruntergebeugt hatte und an seinen Eiern saugte und sie zärtlich in der Hand rollte. Die dritte Frau saß neben ihnen und küsste den Mann so zärtlich, wie es sonst nur Liebende taten.

Heißer Atem traf Matt im Genick. Er riss sich von dem Anblick um ihn herum los und sah über die Schulter. Das Gesicht einer Frau war nah vor ihm, hohe Wangenknochen, volle Lippen. Der Blick unter den schwarzen dichten Wimpern war verhangen, aber es lag ein Lächeln auf ihren Lippen, als ihre Blicke sich trafen. Alex. Sie trug zwar eine Spitzenmaske, aber Matt war nah genug dran, um sie erkennen zu können. Sie zwinkerte ihm zu, gab aber sonst nicht zu erkennen, dass sie ihn kannte. Der Grund war wahrscheinlich der pralle Schwanz, der sich gerade in sie schob. Alex schloss genüsslich die Augen und stützte sich mit den Unterarmen auf Matts Rückenlehne ab. Der Mann hinter ihr hielt sich an ihren Hüften fest und stieß seinen Schwanz so schnell und unerbittlich in sie, dass Matt schon fürchtete, sie würde einfach vornüber auf seinen Schoß fallen.

Verdammt, wenn das so weiterging, würde er sich wirklich noch in aller Öffentlichkeit einen runterholen.

»Sie sollten nicht alleine sein«, schnurrte eine Frauenstimme, und jemand setzte sich neben ihn auf die Bank. Matt drehte den Kopf zur Seite und erkannte Elaine. Auch sie trug Spitze, diesmal in Form eines langen fließenden Kleides, das ihre Kurven umschmeichelte und sie perfekt in Szene setzte. Auch sie trug die Maske, aber so langsam schien Matt Übung darin zu bekommen, die Frauen hinter der Spitze zu erkennen. Ihr Haar war zu einem festen Knoten geschlungen, der sich am Ansatz ihres Nackens befand – einige kleine Haarsträhnen umspielten ihre Wangen und die Stirn und nahmen ihrer Frisur alles Strenge.

»Ich bin es ja jetzt nicht mehr«, spielte er das Spiel mit. Er bezweifelte zwar, dass irgendwer um sie herum Notiz von ihm nehmen würde, aber er wollte kein Risiko eingehen.

»Das stimmt«, erwiderte Elaine und rückte an ihn heran. Ihr Oberschenkel drückte sich gegen seinen, und ihre flinken schmalen Finger legten sich warm und verheißungsvoll auf die Innenseite seines Schenkels. »Ich sorge sehr gerne dafür, dass Sie sich nicht einsam fühlen.« Sie deutete mit einem zarten Nicken auf die Bühne, wo die beiden Hünen ihre Zungen mittlerweile durch ihre Schwänze ersetzt hatten. Der Ring war auf eine für sie bequeme Höhe herabgelassen worden, und sie bewegten sich gleichzeitig in der Pussy und dem Hintern der Frau, die nichts anderes tun konnte, als zu schreien und zu stöhnen. Immer wieder krampften sich ihre Hände um den Ring, und sie wand sich, war den beiden beachtlichen Schwänzen, die sie wieder und wieder penetrierten, aber hilflos ausgeliefert.

»Können wir dafür an einen etwas ... privateren Ort gehen?«, schlug Matt vor und biss die Zähne zusammen, als Elaines Fingerspitzen hauchzart seinen pochenden Schwanz berührten. Zwischen ihnen lag nur eine dünne Lage Stoff – sie hätten ebenso gut nackt sein können, es hätte keinen Unterschied gemacht.

Elaine lächelte wissend. »Natürlich«, gurrte sie und stand auf. Matt folgte ihr. An den Tischen gab es mittlerweile niemanden mehr, der ruhig dasaß und der Show zusah. Entweder leckte oder stieß man in irgendwelche Löcher oder wurde geleckt oder gefickt. Das Stöhnen und Seufzen übertönte zwischenzeitlich sogar das Heulen der Frau auf der Bühne und das brünstige Stöhnen ihrer beiden Liebhaber.

Elaine umfasste Matts Hand und führte ihn in einen abgedunkelten Gang. »Wohin gehen wir?«, fragte er versuchsweise.

»Zu etwas Privaterem – wie du es wolltest«, sagte sie. Er beschloss, nicht weiter nachzufragen, sondern ließ sich einfach weiter den Gang entlang mitziehen. Bald drang Licht in die Dunkelheit – es fiel durch Fenster, die aber nicht die Welt außerhalb des Klubs zeigten, sondern verschiedene Zimmer. In den meisten davon befanden sich Paare oder kleinere Grüppchen von Menschen, die Sex hatten. Matt konnte nicht anders, er sah automatisch in jedes einzelne davon, sobald sie es passierten. Er sah Peitschen, Handschellen, aber auch kitschig eingerichtete Zimmer mit Kissen, die wie Wolken geformt waren, Herzchen und Blumen. Andere Zimmer wirkten wie das genaue Gegenteil davon – einfache Betonzellen, ausgestattete mit einer Pritsche und einem Eimer mit Wasser. In einem davon kniete eine Frau auf allen vieren auf einem Tisch und wurde von einem Mann von hinten bestiegen, während ihr ein zweiter seinen übergroß wirkenden Schwanz zwischen die Lippen schob. Um sie herum standen weitere Männer, alle nackt, und jeder mit seiner Erektion in der Hand, die sie eifrig bearbeiteten.

In einem anderen Zimmer sah Matt eine Frau, die einen Mann an der Leine hielt und ihn zwischen ihre Schenkel führte, damit er sie leckte. Offensichtlich hatte er seine Sache nicht gut gemacht, denn sie ließ eine dünne, biegsame Reitgerte mit silbernem Griff mehrmals auf seinen Rücken und seinen Hintern sausen. Matt konnte ihn zwar nicht hören, sah aber das gepeinigte Aufschreien in seinem Gesicht.

»Hier gibt es für jeden etwas – jede Fantasie wird bedient und befriedigt, solange sie in gegenseitigem Einvernehmen stattfindet. Das ist Alex' Philosophie für das *Original Sin.*« Elaine war ernster geworden, weniger kokettierend, aber Matt konnte dennoch nicht aufhören, auf ihren runden Hintern zu starren, der sich unter der Spitze bei jedem Schritt lockend hin und her wiegte.

Sein Schwanz drängte sich schmerzhaft gegen seine Hose, und Matt fürchtete schon, jeden Moment in zwei Teile gespalten zu werden. Die Show auf der Bühne hatte ihn wesentlich weniger kaltgelassen, als er zugeben mochte, und Elaines Anwesenheit trieb ihn an den Rand seiner Beherrschung. Verdammt, was war das? Was an dieser Frau geilte ihn nur so grenzenlos auf, dass er sich selbst vergaß?

Elaine blieb zwischen zwei Fenstern stehen. Sie lehnte sich an die Wand und sah ihn an. Das Licht aus beiden Zimmern floss wie Wasser über ihren halb nackten Körper, suchte sich seinen Weg über die vollen Brüste, ihre Wangen, die Lippen und das kleine, herrische Kinn. Sie sah ihn fragend an, wahrscheinlich, weil er so lange nichts gesagt hatte, aber Matt konnte nichts mehr sagen. Die Worte hatten sich in seiner Kehle zu einem Klumpen verdichtet und machten ihm das Atmen schwer. Sie sah so zart aus, so zerbrechlich, ein Püppchen, nein, eine kostbare Figur, die bei der kleinsten, unachtsamen Berührung zerbrechen würde. Aber er konnte nicht anders, er musste sie berühren.

Elaine hielt still, als er zu ihr trat und mit der Hand über ihre Wange glitt. Sie schloss die Augen halb, bis ihre langen Wimpern fast schon ihre Wangen berührten. Sie war so verdammt schön, so ... schutzlos. Er atmete tief ein, und ein leiser Hauch ihres Dufts drang ihm in die Nase. *Nein*, korrigierte er sich selbst in Gedanken. Sie war nicht schutzlos – das hatte sie ihm mehr als einmal klargemacht. Sie war klug, gewieft und wusste sich selbst zu helfen. Aber darunter verbarg sie eine Verletzlichkeit, die ihn unwiderstehlich anzog und erregte.

Matt wusste, es war an ihm, sich zurückzuziehen. Er musste

das sofort beenden, musste sich selbst wieder in den Griff bekommen – aber da streifte ihre Hand seinen Oberschenkel, und Matt verlor mit einem Schlag die Fähigkeit, klar zu denken. Er zog Elaine an sich, hielt sie fest an sich gedrückt und eroberte ihren Mund in einem hitzigen Kuss. Sie bot ihm keinen Widerstand, im Gegenteil, sie schmiegte sich weich und nachgiebig an ihn, ganz Hingabe und Lust. Ihr Kuss stand seinem in nichts nach, und es schien, als könnten sie beide kaum genug von der Berührung des anderen bekommen. Es bereitete Matt fast schon körperliche Schmerzen, wann immer ihre Körper sich auch nur einen Zentimeter voneinander entfernten, aber er genoss das Gefühl. Er genoss jede Sekunde davon.

Sie stöhnte leise in seinen Mund, zerrte an seinen Kleidern und klammerte sich an seinen Schultern fest. Ihre Nippel waren bereits hart, er konnte es durch die Spitze und sein Hemd hindurch spüren. Er riss ihr das Kleid bis über die Hüften und schob seine Hand zwischen ihre Schenkel. Sie war nass.

Elaine stöhnte, als er ihre weit offene, hungrige Pussy streifte, und sah ihm mit brennendem Blick in die Augen. Er suchte ihre Zustimmung, glaubte sie zu finden und legte beide Hände unter ihren Po. Es war, als wären sie ein einziges Wesen – sie bewegten sich geschmeidig, im Einklang. Kaum hatte er die Hände unter ihren Po gelegt, stieß sie sich vom Boden ab, und er nutzte ihren Schwung, um sie anzuheben. Sie schlang ihre Beine um seine Hüften und hielt sich an seinem Nacken fest. Er konnte deutlich spüren, wie ihre Muskeln sich auf seiner Haut bewegten. Man sah es ihr nicht an, aber Elaines Körper war kräftig. Ihr Mund fand zurück zu seinem, und ihre Pussy rieb sich drängend an seinem Schritt. Er schob sie gegen die Wand, bis sie zwischen ihm und dem Mauerwerk eingekeilt war und stillhalten musste. Zum Glück. Hätte sie so weitergemacht, er wäre binnen weniger Augenblicke gekommen.

Mit zittrigen Fingern öffnete Matt seinen Gürtel und den Knopf seiner Hose. Er trug nur leichte Unterwäsche, die unter der Anzughose nicht besonders auffiel, und diesmal war es Elaine, die sie beiseitezerrte und seinen steifen Schwanz in die Hand nahm. Matt entfuhr ein Seufzen, teils aus Erleichterung, weil seine Erektion nicht mehr durch den Stoff eingezwängt wurde, teils aus Lust, weil Elaine ihn endlich mit ihrer weichen Haut berührte. Sie strich ein paarmal versuchsweise darüber und drückte sich ihm dann noch weiter entgegen, bis sein harter Schwanz regelrecht von ihrer Pussy verschluckt wurde. Auf einen Schlag war er vollkommen von ihrer Hitze und ihrer Nässe umgeben. Er musste innehalten, wollte den Moment auskosten. Er hatte geglaubt, das nie wieder mit ihr zu fühlen, und doch war er jetzt hier, den Schwanz bis zum Anschlag in Elaines sündigem Schoß vergraben, ihr heißer Atem an seinem Hals, ihr Körper in seinen Armen. Dieses Gefühl allein befriedigte ihn schon in einem Maße, das er nicht für möglich gehalten hätte.

Elaines Zucken holte ihn wieder zurück in die Gegenwart. Sie bewegte sich auf seinem Schwanz, schien ihn stumm anzubetteln, sich endlich zu bewegen, sie endlich zu *ficken,* und Matt wollte ihr den Gefallen tun. Er lehnte sich zurück, ließ seine Erektion bis zur Hälfte aus ihr herausgleiten und stieß sich dann wieder tief in sie hinein. Elaines Hinterkopf schlug gegen die Wand, als sie aufschrie und dabei den Kopf zurückwarf, aber es kümmerte sie nicht. Sie bewegte sich noch hitziger in seinen Armen, wie eine gefangene Wildkatze in ihrem Versuch freizukommen. Aber Matt sah an ihrem fiebrigen Blick, dass sie alles wollte, nur nicht, dass er sie losließ. Sie wollte ihn, sie wollte, dass er weitermachte, und die Vorstellung trieb Matt unweigerlich auf seinen eigenen Höhepunkt zu. Er biss ihr in den Hals, die Hände in ihren Haaren vergraben, und fickte sie ohne jede Rücksicht. Sie dankte es ihm mit unartikuliertem Stöhnen und einer Pussy, die sich immer schneller um seinen heißen Schwanz verengte. Bald wurde ihr Zucken stärker, sie schien ihn zu umklammern, und Matt sah, wie Elaine die Augen verdrehte und ein dumpfes Keuchen von sich gab. Er bewegte sich selbst noch einige Male in ihr, bis auch er sich verkrampfte und in ihrem heißen, weichen Schoß kam.

Für den Bruchteil einer Sekunde war alles um ihn herum schwarz. Dann kehrten langsam wieder alle Sinne zurück. Er hielt Elaine noch immer in seinen Armen, aber sie hatte ihre Schenkel gelöst und lehnte matt an ihm, um wieder zu Atem zu kommen.

Dann wurde ihm klar, was er getan hatte – er war wieder über sie hergefallen. Auch wenn sie es ebenfalls gewollt zu haben schien, aber ... durfte er so etwas tun? Sicherlich nicht.

Sie schien die Veränderung in seinem Gesicht bemerkt zu haben, denn sie sagte nichts, als er sich hastig löste und seinen mittlerweile schlaffen Schwanz wieder zurück in die Hose stopfte. Sie schien auch nicht überrascht über seine Reaktion. Anstatt ihn darauf anzusprechen, streifte sie ihr Kleid wieder über die Hüften nach unten, richtete sich das Haar und leckte sich die Lippen.

»Entschuldige«, entfuhr es ihm, aber bevor er weitersprechen konnte, hob sie die Hand. »Es ist alles gesagt«, erwiderte sie leise und deutete dann den Gang hinunter. »Komm mit. Ich will dir jemanden vorstellen.«

Kapitel 10

Einfach weitergehen, sieh nicht zurück, geh einfach weiter …

Elaine hatte Mühe gehabt, vor Matt den Gang hinunterzugehen, ohne dass es gleich auffällig wirkte. Er durfte ihr auf keinen Fall noch einmal ins Gesicht sehen. Elaine hatte nicht die Kraft, die gleiche ausdruckslose Miene noch einmal aufzusetzen. Sie war sich nicht einmal sicher, ob sie es, ohne zu stolpern, weiterschaffen würde. Würde Matt sie jetzt ansehen, dann würde er die Wahrheit in ihrem Gesicht erkennen: Sie stand vollkommen neben sich, sie war verwirrt, hatte ihre Fassung verloren, und sie war … glücklich. Sie konnte sich selbst nicht einmal erklären, warum das so war, aber tief in ihrem Innern, irgendwo zwischen Magengrube und Herz breitete sich ein warmes Glühen aus, über das sie keine Kontrolle hatte.

Elaine presste die Lippen zusammen und fuhr sich mit der Hand über die Stirn, während sie Matt durch das gläserne Labyrinth führte. Es gab keine Ritter in weißer Rüstung, die sich selbstlos in den Kampf stürzten. Diese Zeiten waren schon lange vorbei.

Aber dennoch – die Art, wie er sie gehalten hatte, leidenschaftlich, aber dennoch zärtlich. Nicht einmal während seines Orgasmus war er grob geworden. Seine Hände auf ihrem Hintern, das Ziehen an ihrem Haar – alles kraftvoll, aber ohne rücksichtslos zu sein, alles gerade genug, um ihre eigene Lust zu steigern. Allein die Erinnerung daran jagte ihr einen Schauer über den Körper. Das war neu für sie, beängstigend und schön zu gleich.

Es sind immer zwei Dinge, die Männer antreiben, erinnerte sie sich an Alex' Worte, *Sex und Geld.*

Sex und Geld. Ja.

Sie waren an ihrem Bestimmungsort angekommen, und sie wartete, bis Matt zu ihr aufgeschlossen hatte. »Und wer ist diese geheimnisvolle Person, die ich kennenlernen soll?«

Sie lächelte geheimnisvoll. »Unser nächster Klient – sein Name ist William Davis. Ich habe ihm gesagt, du wärst der Käufer.«

Matt verrutschten sämtliche Gesichtszüge, und seine Überraschung half Elaine, sich endgültig wieder in den Griff zu bekommen. Ohne auf seinen Protest zu warten, öffnete sie die Tür und trat ein.

William Davis war ein sehr feingliedriger Mann. Auf den ersten Blick konnte man ihn durchaus mit einer Frau verwechseln, und Elaine hätte wetten können, dass es einigen Menschen auch bei einem zweiten Blick passiert wäre. Seine Kleidung – androgyn und weich fließend – unterstrich diesen Eindruck. Als Elaine und Matt den Raum betraten, stand er auf und kam lächelnd auf sie beide zu. »Ms Blanche, wie schön, dass es mit unserer Verabredung geklappt hat.« Er bewegte sich sehr elegant und hauchte Elaine einen Kuss auf den Handrücken, ehe sein Blick zu Matt schweifte. »Ist er das?«, fragte er, als ob Matt nicht im Raum wäre. Bevor Elaine antworten konnte, sagte Matt: »Sie können mich auch direkt ansprechen Mr Davis.«

Er hatte seine dunkle Stimme nicht eine Nuance angehoben, aber der Effekt auf Davis war dramatisch. Der feminine Mann stand mit einem Mal kerzengerade da. »Verzeihen Sie bitte«, hauchte er und ergriff Matts Hand mit beiden Händen. Elaine befürchtete schon, er würde auch noch eine tiefe Verbeugung hinzufügen, aber zum Glück riss Davis sich schnell wieder zusammen. »Ich hatte bisher nur direkten Kontakt mit Ms Blanche, da war es meine erste Reaktion ... ich wollte nicht unhöflich sein, wissen Sie ... wie darf ich Sie ansprechen?«

Elaine beobachtete ihn genau. Fast schien es, als wäre er derjenige, der etwas von ihnen wollte und nicht umgekehrt. Solche Männer hatte sie bereits oft gesehen. Es war die richtige Entscheidung gewesen, Matt als Strohmann zu nehmen. Zum Glück spielte der tadellos mit.

»Black«, erwiderte Matt knapp und setzte sich ohne Einladung in einen der Sessel der Sitzgruppe mitten im Raum.

Davis nahm ihm gegenüber Platz, und Elaine setzte sich etwas versetzt neben Matt. »Ebenholz und Elfenbein«, schmunzelte Davis und schenkte ihnen beiden aus der Karaffe auf dem Tisch Rotwein ein. »Ich verstehe.«

Matt rührte sein Glas nicht an. Er beugte sich vor, die Hände ineinander verschränkt und auf den Oberschenkeln aufgestützt. Sein Blick war direkt auf Davis gerichtet. »Ich möchte kein langes Schwätzchen halten«, sagte er. »Sie haben etwas, wofür ich mich interessiere.«

Davis hob das bauchige Weinglas an die Lippen, schnupperte aber nur an der tiefroten Flüssigkeit und ließ es wieder sinken. »Da sind Sie richtig informiert. Darf ich fragen, was genau Sie damit vorhaben?«

Matt antwortete nicht, aber sein Blick wurde einige Grad kälter. Er stand auf und deutete Elaine an, sich ebenfalls zu erheben. »Ich habe dir gesagt, ich habe keine Zeit für Spielchen«, knurrte er sie deutlich hörbar an. »Du solltest mir den Besitzer des Codes bringen und keinen Komiker.«

»Verzeihung«, hauchte sie und wandte sich mit ihm zur Tür.

»So warten Sie doch!«

Sie blieben stehen und drehten sich zu Davis um. »Sie verstehen aber wirklich keinen Spaß.« Er war aufgestanden, stand aber noch immer vor seinem Sessel. »Bitte, setzen Sie sich wieder. Reden wir über unseren kleinen Handel.«

Elaine sah Matt an, der mit sich zu ringen schien. Dann jedoch kehrte er zu seinem Platz zurück. Er sagte nichts und sah Davis einfach nur an. Elaine nahm ebenfalls Platz.

Davis tat es ihnen gleich und strich sich die langen, fast schon weißblonden Haare über die Schulter zurück. Er schien darauf zu warten, dass Matt oder sie etwas sagte, aber Matt sah ihn einfach nur an. Die Stille im Raum wurde immer erdrückender, Elaine konnte sie förmlich körperlich spüren. Sie ahnte, was Matt vorhatte, aber selbst sie war kurz davor, irgendetwas zu sagen, nur damit diese Stille endlich verschwand. Am Ende war es doch Davis, der es nicht mehr aushielt: »Sie wundern sich bestimmt, warum ich Ihnen noch keinen Preis genannt habe.«

»Ich nahm an, dass Sie mir heute einen nennen würden«, brummte Matt.

»Sie haben eine gute Menschenkenntnis.« Davis lächelte ein wenig flattrig und schob sich wieder eine Haarsträhne aus dem Gesicht. »Ich will kein Geld von Ihnen.«

Matt ließ sich durch nichts aus der Ruhe bringen. Elaine beobachtete ihn unauffällig aus den Augenwinkeln. Er machte einen entspannten, fast schon gelangweilten Eindruck. Den Arm hielt er bequem angewinkelt auf der Sessellehne aufgestützt, das Kinn lag auf seiner Hand, und er beobachtete Davis. »Sie sind ein außergewöhnlicher Mann, Mr Davis«, sagte er, und über dessen Gesicht glitt ein Leuchten. »Ich nehme also an, Ihr Preis wird ebenfalls mehr als außergewöhnlich sein.«

Geschmeichelt wandte Davis den Blick ab und strich sich leicht über die Wange. »Sie schmeicheln mir, Mr Black.«

»Das war nicht als Kompliment gedacht.«

Elaine musste sich auf die Lippen beißen, um nicht zu lachen, als sie Davis' verdutztes Gesicht sah. Der schniefte beleidigt.

Elaine wäre an seiner Stelle wahrscheinlich schon längst gegangen, aber irgendetwas schien sich der schmale Mann von diesem Treffen zu erhoffen.

»Mr Black kann vieles möglich machen, Mr Davis«, sprang sie ein. »Nennen Sie uns einfach nur Ihren Preis.«

Davis lehnte sich in seinem Sessel zurück und nahm einen großen Schluck aus seinem Glas. Er leerte den Inhalt fast vollständig. »Ich suche nach etwas Außergewöhnlichem«, setzte er an. Wahrscheinlich nach irgendeinem teuren Gemälde oder Kunstobjekt, das wir für ihn stehlen sollen, vermutete Elaine und machte sich innerlich schon bereit, einen geeigneten Plan zu entwerfen.

»Ich suche nach einer sexuellen Erfahrung, die ich bisher noch nicht erleben durfte.«

Matt hob den Kopf. Elaine sah erstaunt zu ihm hinüber, aber sein Gesicht war völlig bewegungslos.

»Einverstanden.«

Elaines Mund klappte auf, und sie wollte protestieren, aber Matt warf ihr einen kalten Blick zu, der sie sofort wieder verstummen ließ. Davis musterte ihn. »Wollen Sie mich nicht befragen, was genau ich mir da vorstelle?«

Matt stand auf. »Ich kann sie schlecht überraschen, wenn ich sie vorher frage, was Ihnen gefällt, oder?« Zum ersten Mal in diesem Gespräch deutete er ein schmales Lächeln an und nickte Davis zu. »Wir melden uns bei Ihnen, sobald die Vorbereitungen getroffen sind. Verschwinden Sie also nicht allzu weit mit meinem Code.« Er nickte Davis zu, sah Elaine an und ging dann einfach aus dem Raum. Sie beeilte sich, sich ebenfalls zu verabschieden, und rannte Matt hinterher.

»Was sollte das?«, zischte sie.

»Was das sollte? Das müsste ich eher dich fragen«, erwiderte er.

»Ich dachte mir, dass Davis eher mit einem Mann verhandeln würde. Und du hast deinen Job doch gut gemacht.«

»Ein kurzes Briefing wäre nett gewesen«, knurrte er und zerrte an seinem Hemd, bis er den obersten Knopf geöffnet hatte.

»Es tut mir leid«, sagte sie, während sie durch das Glaslabyrinth zurück zur Lounge gingen. »Aber es war dumm, einfach zu gehen, ohne ihn nach seinen Vorlieben zu fragen. Wie sollen wir denn …«

Matt sah sie an, und diesmal erfasste sein Lächeln sein ganzes Gesicht. »Überlass das nur mir.«

Kapitel 11

Elaine stocherte lustlos in ihrem Obstsalat herum und wartete auf Matt. Er hatte ihr nach dem Zusammentreffen im Diner die Schlüsselkarte ausgehändigt, damit sie in ihrem eigenen Zimmer ein und ausgehen konnte, wie sie wollte. »Dann musst du dich nicht immer bei den Putzfrauen einschmeicheln«, hatte er gesagt und ihr die Karte in die Hand gedrückt. Viel mehr hatte er seit dem gestrigen Abend allerdings nicht gesagt, auch wenn sie nicht glaubte, dass er wütend auf sie war. Und selbst wenn, wäre es auch egal gewesen. Sollte es zumindest. Sobald sie hatte, was sie wollte, würde sie ohnehin verschwinden, und dann würde Matt sie jagen. Das war der Lauf der Dinge – sie war eine Verbrecherin und er ein ICD-Agent. Das war wie Hund und Katze und würde niemals gut gehen.

Bestimmt nicht.

Ganz sicher nicht.

Elaine ließ ihre Gabel auf den Teller fallen, die mit einem lauten Klappern abrutschte und auf dem hellen Tischtuch rote Flecken hinterließ. Warum ließ er sie so lange warten? So hatte sie nur Zeit zu grübeln, und das konnte sie gerade überhaupt nicht gebrauchen. Seit gestern wanderten ihre Gedanken immer wieder zum Glaslabyrinth, zu Matts Händen auf ihrem Körper, seinen Lippen auf ihrer Haut, seinem gepressten Stöhnen, als er in ihr gekommen war …

Sie legte die Hände auf ihre Oberschenkel, um ihr Zittern zu verbergen. Schon das zweite Mal, dass sie sich mit ihm eingelassen hatte, ohne es geplant zu haben. Wenn das so weiterging, konnte sie sich gleich selbst Handschellen anlegen und in den Knast der ICD spazieren, am besten noch mit einem hübschen roten Schleifchen um den Bauch. *Es gab keine weißen Ritter* – dieser Satz schwirrte ihr ständig im Kopf herum. Obwohl sie nicht einmal genau zu sagen wusste, wieso, half er ihr, sich wieder zusammenzureißen.

Sie musste sich Matt aus dem Kopf schlagen. Ein für alle Mal.

»Brauchst du ein Lätzchen?«, fragte Matt und setzte sich zu ihr an den Tisch. Überrumpelt nickte Elaine und schüttelte dann sofort den Kopf. »So ein Unsinn, für was denn?«

Er deutete mit einem Nicken auf die Gabel und die Flecken neben ihrem Teller. »Unfall«, murmelte sie undeutlich und sah auf. Matt hatte offensichtlich vor dem heißen Wetter kapituliert und seinen üblichen ausgebeulten Anzug abgelegt. Stattdessen trug er ein schlichtes Hemd mit aufgekrempelten Ärmeln und eine Jeans zu Lederschuhen. Das Ensemble sah fremd und gleichzeitig vertraut aus – es passte nicht zu hundert Prozent zusammen, wie die Anzüge und die darauf abgestimmten Krawatten und Schuhe, die er im *Sin* trug, aber es passte zu ihm. Das schien der *echte* Matt zu sein. Sie senkte den Blick auf ihren Teller. »Hast du etwas gefunden?«, fragte sie ihn ohne Umschweife, um weiteres Geplänkel zu vermeiden.

Er schob ihr wortlos einen dünnen Hefter zu. Elaine griff nach der blassgrünen Pappe und schlug sie auf. Darin fand sie eine Auflistung von Klubs und Bordellen, die Davis besucht und was genau er dort getan hatte. Auch einige seiner ehemaligen Liebhaberinnen und Liebhaber standen darin, inklusive ihrer persönlichen Vorlieben.

Die meisten waren recht harmlos veranlagt – es gab viel Sex an öffentlichen Orten, ein paar Hiebe, soft SM …

»Fällt dir etwas auf?«, unterbrach Matt sie und deutete auf die

Akte. Sie sah genauer hin. »Er sieht gerne zu«, sagte sie schließlich. Tatsächlich drehten sich viele von Davis' Aktivitäten darum, dass seine Gespielen vor ihm gefesselt, geschlagen oder einfach nur gefickt wurden. Er selbst nahm nicht immer am Sex teil, aber wenn, lag er immer oben. »Ganz ein Aktiver«, schob sie hinterher und studierte einen Absatz, in dem mit knappen Worten beschrieben wurde, wie Davis es mit drei Frauen gleichzeitig tat.

»Ja, das ist mir auch als Erstes aufgefallen.«

»Und hast du schon eine Idee, was wir damit anstellen können?«

Matt zuckte mit den Schultern und verschränkte die Arme vor der Brust. Die angespannten Muskeln seines Bizeps drückten sich gegen den hellen Stoff. Elaine hätte nur die Hand ausstrecken müssen, um die Erhebungen unter dem Stoff nachfahren zu können. Sie kniff die Augen zusammen, öffnete sie dann wieder und sah auf das Blatt Papier vor sich. »Ich hatte eigentlich gehofft, dass dir etwas Cleveres einfällt.«

Elaine legte den Kopf leicht schief und fuhr sich mit der Hand durch die offenen Haare. »Ich glaube, mir fällt da wirklich etwas ein.« Sie schob ihren Teller mit dem Obstsalat zur Seite. »Du müsstest aber fahren.«

Er stand auf. »Mache ich das nicht immer?«

Matt lenkte den Wagen auf die Interstate und verließ die Stadt. Eigentlich hatte er damit gerechnet, dass Elaines Kontakt innerhalb von Las Vegas leben würde, aber wie so oft hatte er sie falsch eingeschätzt. Immer wenn er glaubte, dass er sie endlich durchschaut hatte, überraschte sie ihn mit etwas Neuem. Eigentlich mochte er keine Überraschungen, aber mit Elaine waren sie ... erfrischend.

Er war froh, dass Mia ihn mit Hera nicht hatte hängen lassen und ihm binnen kürzester Zeit ein Dossier über Davis' Vorlieben zusammengestellt hatte. Sie hatte ihn zwar gewarnt, dass er endlich einen Bericht abliefern sollte, ihn aber nicht weiter gedrängt, als er versprochen hatte, das nachzuholen. Ihre Nachforschungen waren laut ihrer Aussage auch nicht schwer gewesen, denn keine öffentliche Einrichtung war so gut mit Sicherheitskameras und sonstigem Equipment ausgestattet wie ein Bordell, abgesehen von Gerichten vielleicht.

Elaine war bemerkenswert einsilbig, während sie durch die karge Wüstenlandschaft fuhren. Die Klimaanlage blies laut staubige Luft zu ihnen herein, die die Temperatur im Impala um nur wenige Grad senkte. Aber Elaine beschwerte sich kein einziges Mal darüber, und wann immer Matt sie ansprach, antwortete sie ihm nur knapp und sah dann wieder aus dem Fenster. Matt zerbrach sich den Kopf darüber, was er möglicherweise getan hatte, bis ihm ein Grund einfiel, und augenblicklich hätte er den Kopf am liebsten fest gegen das Lenkrad geschlagen. Der Sex!

Er hatte schon seit dem gestrigen Abend ein schlechtes Gefühl deswegen, es aber die ganze Zeit beiseitegeschoben, unter anderem auch, weil Elaine sich bisher normal benommen hatte, aber da war sie auch nicht für eine lange Fahrt mit ihm auf engstem Raum mitten im Nirgendwo eingepfercht gewesen. Hatte sie möglicherweise Angst, dass es wieder passieren würde? Dass er einfach die nächste Abfahrt nahm, sie irgendwo in der Wüste aus dem Wagen zerrte und sie auf der glühend heißen Motorhaube vergewaltigte? Das konnte sie unmöglich glauben, aber bisher hatte er ihr nur diese Seite von sich zeigen können.

Matt sah auf die Straße. Kein Wunder, dass sie nicht mit ihm sprach. Er konnte ihr das nicht einmal verübeln.

Nach etwa einer Stunde bedeutete sie ihm, die nächste Ausfahrt hinauszufahren. Der Impala glitt geräuschlos über den heißen Asphalt, als er in die menschenleere Straße abbog, die sie noch tiefer in das Herz der Wüste führte. Die Luft flimmerte vor ihnen, und im ersten Moment hielt Matt den Wasserturm, der am Horizont auftauchte, für eine Fata Morgana. »Halt darauf zu«, wies Elaine ihn an. »Da müssen wir hin.«

Leises Misstrauen regte sich in ihm. Sollte das eine ähnliche Nummer werden wie bei ihrer ersten Begegnung? Sie schlug ihn nieder und fuhr dann in seinem Wagen weg? Aber die Vermutung klang selbst in seinen eigenen Ohren unwirklich. Elaine hatte ihm bereits bewiesen, dass sie jederzeit verschwinden konnte, wenn sie nur wollte. Der Diebstahl eines Dienstwagens würde ihr dabei nur mehr Schwierigkeiten einbringen als nötig. So dumm war sie nicht.

Der Wasserturm wurde immer größer, je näher sie kamen, und bald erkannte er auch das hohe Gebäude darunter. Es wirkte wie eine umgebaute Scheune – ein einfacher Klotz aus mit weißem Lehm bestrichenen Wänden und einem spitzen Dach. Die Vorderseite zierte ein großes zweiflügeliges Tor. Darin eingelassen war eine kleine Tür, aus der ein Mann trat und ihnen zuwinkte. Er trug ein ärmelloses Unterhemd, Jeans, Cowboystiefel und einen Stetson. Erst auf den zweiten Blick erkannte Matt ihn – es war Houdini, der Zauberkünstler, den er am Abend zuvor noch im *Original Sin* auf der Bühne gesehen hatte.

Matt parkte den Wagen im Schatten der Scheune. Noch bevor er richtig angehalten hatte, war Elaine schon aus dem Wagen gesprungen und war Mr Magic um den Hals gefallen. »Xander!«, rief sie freudig, und der Mann erwiderte die Umarmung. »Hey, Miezekatze«, begrüßte er sie und drückte ihr einen Kuss auf die Wange. Unerklärlicherweise spürte Matt einen heißen eifersüchtigen Stich. Er blieb daher eine Sekunde länger als nötig sitzen, bevor er aus dem Wagen stieg und die Tür des Impala mit einem kräftigen Ruck zufallen ließ. Es knallte, und sowohl Elaine als auch der Mann sahen verwundert zu ihm herüber. Der Zauberer brauchte etwas länger, um seine Miene wieder in den Griff zu bekommen, als Elaine, die sich mit einem strahlenden Lächeln losmachte und auf Matt deutete. »Das ist der Freund, von dem ich dir erzählt hatte.«

Freund – mit dieser Bezeichnung hatte Matt nicht gerechnet, auch wenn es eigentlich auf der Hand lag, dass sie ihn unmöglich als den freundlichen ICD-Agenten vorstellen konnte, der sie erpresste und überwachte. Matt hielt dem Mann namens Xander die Hand entgegen, und der ergriff sie. »Matt«, stellte er sich vor.

»Nett, dich kennenzulernen.« Xander hatte dünne, fast sehnige Oberarme war aber überraschend kräftig und erwiderte Matts Händedruck mit ebenbürtiger Kraft. Er sah von Matt zu Elaine. »Und ihr seid auf der Suche nach einer kleinen Show?«

»Mehr als das. Aber vorher wollte ich Matt mal deine Höhle zeigen.«

»Klar, kommt rein.« Xander verschwand durch die Tür im Innern der umgebauten Scheune, und Elaine folgte ihm. Matt zögerte nicht und betrat das Gebäude ebenfalls. Im Innern war es dämmrig und nach der brütenden Hitze draußen wunderbar kühl. Tatsächlich schien es sich bei dem Gebäude um eine alte Scheune zu halten – Matt sah diverse Flaschenzüge und Balken, die das Dach stützten. Xander hatte mehrere Schwebeböden einziehen lassen, sodass der Eindruck von verschiedenen Etagen entstand. Was genau sich dort befand, konnte Matt nicht erkennen, vieles davon lag im Halbdunkel oder im Dunkeln.

Xander führte sie quer durch die Halle unter eine der Decken. Teppich knisterte unter ihren Füßen. »Beeindruckend«, sagte Matt, als sie sich in die weich gepolsterten Sessel sinken ließen. »Wohnst du hier?«

»Nein.« Xander holte aus einem kleinen Kühlschrank drei

Flaschen Bier und reichte ihnen jeweils eine. »Das ist meine Arbeitshöhle. Hier entwerfe ich meine Kostüme, probiere neue Nummern aus und bereite meine Bühnenshows vor.«

»Xander ist schon seit Jahren im Geschäft«, fügte Elaine hinzu, drehte ihre Flasche auf und trank einen winzigen Schluck. »Alex bucht ihn regelmäßig, und das Publikum liebt ihn.«

»Jetzt schmeichelst du mir, Miezekatze.« Xander grinste und schob seinen Stetson in den Nacken. Er wirkte wie ein Cowboy auf seiner Farm, nicht wie ein Bondagemeister.

Elaine erwiderte sein Lächeln, und der heiße Stich in Matts Magengrube wiederholte sich. Er trank einen großen Schluck Bier. »Hat Elaine dich schon eingeweiht?«, fragte er Xander, um die beiden von ihrer Flirterei abzulenken und um herauszukriegen, was Elaine eigentlich genau vorhatte.

Xander zuckte mit den Schultern.

»Wir brauchen eine Show. Ganz privat, im kleinen Kreis«, sprang Elaine ein.

»Wie privat?«

»Ein Zuschauer. Und wir beide.«

Xander hob eine Braue. »Das wird teuer, obwohl du es bist.«

»Das dachte ich mir schon. Aber Geld spielt in diesem Fall keine Rolle. Im Gegenteil, ich will, dass du so richtig auffährst. Ich will einen Knaller, wie du ihn vorher noch nie aufgeführt hast.«

Matt dachte an die Show zurück, die er gesehen hatte. Was genau sich Elaine unter einem Knaller vorstellte, konnte er nicht sagen. Xander schien mit der Beschreibung aber durchaus etwas anfangen zu können. In seine Augen trat ein Funkeln, und er entblößte zwei sehr spitze Eckzähne, als er die Lippen zu einem breiten Lächeln verzog. »Im intimen Kreis«, sinnierte er und sah durch Matt hindurch. »Nur ihr drei … dann muss ich euch aber in die Show miteinbeziehen.«

Matt runzelte die Stirn. »Was genau stellst du dir darunter vor?«

Das Glitzern in Xanders Augen kehrte zurück, und sein Grinsen wurde breiter. Er stand auf und wirbelte regelrecht über die freie Bodenfläche der ehemaligen Scheune. Die Arme weit ausgebreitet drehte er eine Pirouette, den Kopf in den Nacken gelegt und einen verzückten Ausdruck im Gesicht. »Ich will ein riesiges Bühnenbild erschaffen«, rief er, und wenn Matt noch irgendwelche Zweifel daran gehabt haben sollte, dass es sich bei Mr Magic und Xander um ein und dieselbe Person handelte, waren sie spätestens jetzt wie weggeblasen. »Ich mache es wie Brecht und bringe die Zuschauer mitten auf die Bühne. Das Bühnenbild wird sich nicht nur auf die Bühne beschränken, sondern den ganzen Raum einnehmen. Und ihr beiden werdet ein Teil davon sein.«

»Ich habe noch nie jemanden gefesselt«, wagte Matt nach einem Räuspern einzuwerfen.

Xander drehte sich um die eigene Achse, bis er wieder mit dem Gesicht zu ihnen stand, und starrte Matt an. »Ist das dein Ernst?«

Matt zuckte nur mit den Schultern.

Xander gab einen undefinierbaren Laut von sich. Er war mit wenigen Schritten wieder bei ihnen, umfasste Elaines und Matts Handgelenke und zog beide mit einer für diese dünnen Arme erstaunlichen Kraft auf die Füße. »Das müssen wir ändern.«

Elaine wirkte nur milde überrascht, aber Matt wusste nicht, was er davon halten sollte. Xander schien seine Verunsicherung zu bemerken. »Keine Angst, das wird angenehmer, als du denkst. Komm her.«

Matt tauschte einen Blick mit Elaine, aber sie schien dem durchgeknallten Bondagekünstler zu vertrauen, denn sie nickte nur ermutigend. Matt schnaubte, stellte sich aber neben Xander direkt hinter Elaine. »Bleib hier stehen. Beruhige sie ein wenig«, sagte Xander leise in Matts Ohr und verschwand hinter ihm.

Beruhigen? Matt hatte nicht den Eindruck, dass Elaine beruhigt werden musste, aber jetzt, wo er genauer hinsah, bemerkte er es auch: Die Diebin zitterte ein wenig. »Alles in Ordnung?«, fragte er und legte ihr instinktiv die Hände auf die Oberarme. Er massierte sie sanft und strich darüber, um ihr etwas von ihrer Anspannung zu nehmen.

Elaine nickte, sah aber stur geradeaus.

Matt wollte fragen, warum sie so aufgeregt war, aber dann kehrte Xander zurück, in jeder Hand ein gut zehn Meter langes, schlichtes Seil. »Die sind nur zur Übung da, also nichts Aufwendiges. Eigentlich wollte ich erst Hanf nehmen, aber für den Anfang ist Synthetik wahrscheinlich besser ...«

Er sprach mit sich selbst und nicht mit Matt direkt, aber der konnte nicht umhin, Xanders geübte und schnelle Bewegungen fasziniert zu beobachten. Binnen weniger Sekunden hatte er das lange Seil zusammengelegt und eine Schlinge geknüpft. Noch war sie locker, der Knoten noch nicht ganz zugezogen. »Eigentlich ist es besser, wenn du den ersten Knoten machst, aber wir haben nicht viel Zeit bis zu eurer Show, und ich will nicht, dass du nach dem ersten Knoten frustriert bist oder unsere kleine Miezekatze möglicherweise strangulierst.«

Matt warf ihm einen düsteren Blick zu; Xander drückte ihm hastig das Seil in die Hände und verschwand aus seiner Reichweite. Er holte eine Schaufensterpuppe aus einer der Ecken der Scheune und nahm sich das zweite Seil. »Mach es mir einfach nach.«

Matt nahm die Schlinge, die Xander geknüpft hatte, und stellte sich wie der Bondagekünstler vor seine Partnerin. Elaine sah zu ihm auf, und die Schutzlosigkeit in diesem Blick traf Matt völlig unvorbereitet. Er schämte sich für die Erregung, die sich sofort zwischen seinen Beinen ausbreitete und seinen Schwanz hart werden ließ. Aber diese großen Augen, die ihn regelrecht in sich hineinsaugten und nicht mehr losließen … Er schluckte schwer und legte die Schlinge über Elaines Kopf. »Sie muss locker sitzen. Zieh den Knoten nur so weit zu, bis er auf ihrem Schlüsselbein sitzt.«

Vorsichtig zog Matt die Schlinge zu. Die beiden Enden lagen nun auf Elaines Oberkörper, schmiegten sich an ihre Brüste und den flachen Bauch. Sie war noch immer angezogen, aber in Matts Fantasie lagen die Kleidungsstücke bereits auf dem Boden. Was hätte er dafür gegeben, jetzt allein mit ihr zu sein.

Das hat dir schon einmal Schwierigkeiten eingebrockt, Kumpel, sagte eine Stimme in seinem Hinterkopf.

Es stimmte. Man musste sich nur ansehen, wie abweisend Elaine während der Fahrt gewesen war.

Er fuhr fort, Xanders Anweisungen zu befolgen, knüpfte Knoten in das Seil, wobei seine Konzentration mit jeder Sekunde weiter bröckelte. Er stand so nah vor Elaine, dass er ihre Wärme und ihren Duft von Sonne und Wind deutlich spüren und riechen konnte. Jeder einzelne ihrer Atemzüge streifte seinen Hals oder sein Hemd und drückte es gegen seine Brust. Sie sah nun nicht mehr zu ihm auf, sondern hielt den Blick zu Boden gesenkt, aber sie bot ihm keinen Widerstand, während er sie fesselte. Breitwillig hob sie die Arme, als er sie darum bat, und sagte auch nichts, als er um sie herumgriff, das Seil an ihren Brüsten entlangführte und die Knoten auf ihrem Rücken knüpfte. Es ähnelte einer Umarmung, aber jeder von ihnen schien darauf bedacht, nicht die kleinste unnötige Berührung zuzulassen. Fast hätte Matt geglaubt, dass sie ihn gar nicht wahrnahm, aber wann immer seine Hand versehentlich ihren Körper streifte, wurde ihr Atem für einen Augenblick schneller, und sie erschauerte.

Der Abschluss der Fesselung waren die beiden Seilenden, die

zwischen ihren Schenkeln hindurchführen sollten und dann verknotet wurden. Xander zeigte Matt an der Puppe, wie es ging, und erging sich dabei in Erklärungen und Anekdoten, die Matt gar nicht mehr wirklich hörte. Er sah nur noch Elaine vor sich, hörte ihren rascher gehenden Atem, sah ihre Brust, die sich nun unübersehbar hob und senkte.

Sie hatte die Beine ein wenig gespreizt, und unter dem Stoff ihrer Jeans war sie nicht mehr nur warm, sondern heiß. Matt ging so behutsam wie möglich vor. Er versuchte, sie kaum mit seiner Hand zu berühren, aber es war unmöglich. Seine Fingerkuppen glitten über die Innenseiten ihrer Schenkel, und sie seufzte leise. Er verknotete das Seil, schob zwei Finger darunter, um zu prüfen, ob es nicht zu eng saß, und berührte dabei versehentlich diese köstliche, delikate Stelle zwischen ihren Beinen.

Elaine gab einen unterdrückten Laut von sich, und Matt konnte unmöglich sagen, ob es Unbehagen oder Lust war.

Er presste die Lippen zusammen und hoffte, dass niemand seine Erektion bemerkte, während er das letzte Seilende zwischen ihren Schenkeln hindurchführte und befestigte. Er zögerte, ob er auch hier prüfen sollte, wie eng es saß, aber schließlich schob er seine Finger wieder unter das Seil. Er konnte nicht anders – diesmal ließ er sich bewusst dabei Zeit. Seine Berührung war mehr ein Streicheln als ein Prüfen, und diesmal war er derjenige, der zitterte. Er schloss die Augen, versuchte nur noch zu spüren, versuchte, zu reinem Empfinden zu werden und sich das Gefühl ihres Körpers einzuprägen.

Er spürte Elaines Zittern, aber hatte sie die Schenkel etwas mehr gespreizt? Oder war das reine Einbildung?

»Das sieht doch schon einmal nicht schlecht aus«, riss ihn Xander aus seiner Trance, und Matt stand hastig auf.

»Für die Show sollte es reichen – kannst du dir das so merken, oder sollen wir es noch einmal üben?«

»Das bekomme ich schon hin«, wich Matt aus und traute sich kaum, Elaine in die Augen zu sehen. Wortlos ging er zu der Sesselgruppe, nahm seine Bierflasche und leerte sie in einem Zug.

»Wir sollten gehen«, sagte Elaine. »Bekommst du den Rest alleine hin?«

»Ist alles im Paket inbegriffen«, erwiderte Xander. Matt konnte nicht einmal genau sagen, warum, aber in diesem Moment ertrug er Xanders bloße Anwesenheit nicht mehr. Ohne auf die beiden zu achten, durchquerte er einfach die Scheune und ging hinaus. Die Luft draußen war trocken und noch heißer geworden, auch wenn das eigentlich nicht mehr hätte möglich sein sollen. Aber es war immer noch besser, als in der Scheune zu bleiben. Matt wusste selbst nicht, was mit ihm los war, nein, eigentlich wusste er ganz genau, was mit ihm los war. Er ließ seinen jahrelang angestauten Frust an Elaine aus und konnte offensichtlich keine fünf Minuten die Finger von ihr lassen. Wie ein Tier. Ein Wilder.

Wenn das so weiterging, konnte er unmöglich garantieren, dass sie am Ende des Auftrags zur ICD kommen würde. Verdammt, er konnte ja nicht einmal garantieren, dass sie jetzt mit zurück nach Las Vegas fahren würde.

Hinter sich hörte er eine Tür zuschlagen und kurz darauf Elaines Schritte auf dem knirschenden Sand. »Du hättest dich wenigstens verabschieden können.«

Das war nicht ganz das, womit er gerechnet hatte, also antwortete er nicht, sondern schloss den Impala auf und ließ sie einsteigen.

Wortlos setzte er sich ans Steuer und startete den Motor, aber Elaine griff nach dem Zündschlüssel und drehte ihn wieder herum. Der Motor erstarb mit einem Gluckern. »Wenn du Davis beim nächsten Treffen wieder so behandelst, fliegen wir auf«, sagte Elaine. Ihre Stimme war flach, tonlos, und sie sah ihn auch nicht an.

Matt wollte eigentlich so tun, als wüsste er nicht, wovon sie sprach, aber er wusste es, er wusste es nur zu gut. »Ich halte mich zurück.«

»Nein.« Elaine schüttelte den Kopf und hielt den Blick starr durch die Windschutzscheibe gerichtet. »Du benimmst dich, als hättest du Angst davor, mich zu berühren. Als wäre ich ...« Sie schüttelte wieder den Kopf. »Davis wird es merken.« Sie sah ihn an, und Matt kannte diesen Blick. So hatte sie ihn in der Scheune angesehen, die großen Augen, und die Einsamkeit dahinter. Verletzlich. Schutzlos.

Matt hob die Hand, wollte sie berühren – dann ließ er seine Hand sinken und drehte den Zündschlüssel wieder im Schloss. Mit lautem Knirschen rollte der Impala zurück auf die Straße.

Kapitel 12

Elaine hasste ihren Kopf dafür, dass er einfach keine Ruhe geben wollte. Nein, nicht ihr Kopf. Wenn sie ehrlich war, war der nur ein kleiner Teil des Problems. Aber im Moment hatte sie zu wenig Geduld, geschweige denn den Willen, sich über ihre Gefühle Gedanken zu machen. Sie wusste nicht mehr, wie sie Matts Verhalten einordnen sollte – zwar hatte sie ihr Ziel erreicht und ihn dazu gebracht, wieder mit ihr zu schlafen, aber je näher sie sich körperlich kamen, umso verschlossener und undurchschaubarer schien Matt zu werden. Das beste Beispiel dafür war das Treffen bei Xander an diesem Abend. Matt hatte kaum mit ihr gesprochen, ihm schien es regelrecht unangenehm zu sein, ihre Anwesenheit ertragen zu müssen, aber dafür war seine erste Lektion am Seil umso leidenschaftlicher gewesen. Oder hatte sie sich das nur eingebildet? Aber das konnte doch unmöglich sein. Wenn das zwischen ihnen keine eindeutige Anziehung war, hatte sie endgültig ihr Gespür für Männer verloren. Ganz und gar.

Was also hatte Matt vor? Seit sie ins Auto gestiegen waren, hatte er kaum mehr als zwei oder drei Worte mit ihr gewechselt und war gleich in seinem Zimmer verschwunden. Er hatte nicht einmal gewartet, bis sie in ihrem Zimmer war, wie er es sonst immer tat, um sicherzugehen, dass sie nicht einfach verschwand. Sie beide wussten mittlerweile, dass sie ohnehin verschwinden konnte, wenn sie es wirklich darauf anlegte, aber dieses kleine Ritual hatte ihr gefallen, und sie meinte, auch bei ihm eine gewisse Vorfreude darauf entdeckt zu haben. Bis heute Abend.

Elaine war wirklich versucht, einfach ihre Sachen zu packen und aus dem Hotel zu verschwinden. Aber der Gedanke an Browning hielt sie ab. Sie brauchte dabei Hilfe. Matts Hilfe. Ob es ihr gefiel oder nicht.

Sie fuhr sich durch die Haare und starrte aus dem Fenster. Die Lichter des Strip waren bereits hell erleuchtet – bunte, blinkende Lämpchen und Reklametafeln, die vergnügungssüchtige Touristen und Einwohner anlocken sollten. In Las Vegas war alles möglich. Aber Elaine fühlte sich von dieser Glitzerwelt weit entfernt. Sie war nur ein Beobachter. Für sie gab es keine Möglichkeiten, keine Träume, keine Chancen auf einen Neuanfang. Es gab nur ihre Vergangenheit, der sie sich stellen musste.

Gedankenverloren fuhr sie sich mit der Hand über den Oberarm, wo sich die winzige weiße Narbe befand, die letzte Erinnerung an die Tätowierung, die dort entfernt worden war. Sie schloss die Augen und konnte die Nadel auf ihrer Haut fühlen. Der Tätowierer, der ihr das Zeichen vor Jahren gestochen hatte, war einer von Brownings persönlichen Freunden gewesen. Was nicht hieß, dass er besonders behutsam mit einer verängstigten Neunzehnjährigen umgegangen wäre, die die ganze Zeit gezittert und geweint hatte. Elaine biss sich auf die Unterlippe. Sie konnte Brownings Nähe förmlich spüren, wie er neben ihr gestanden hatte, während sie sein Zeichen – die Initialen seines Namens, IB – in die Haut geritzt bekam. »Mein gutes Mädchen«, hatte er dabei immer wieder geflüstert und ihr über den Kopf gestreichelt. »Mein Goldengel.« Wie bei einem Haustier. Ein geliebtes Spielzeug. Mehr war sie nie gewesen. Und dennoch hatte sie es ertragen. Weil sie dumm gewesen war. Dumm genug, dass sogar Gerome dafür hatte büßen müssen.

Es klopfte an der Tür, und Elaine zuckte erschrocken zusammen. Ihre Erinnerung war so deutlich, so intensiv, so verflucht schmerzhaft gewesen, dass sie sich im ersten Moment nicht in der Wirklichkeit zurechtfand, bis es wieder klopfte. Sie blinzelte, merkte dann erst, dass sie geweint hatte, und wischte sich hastig die Tränen von den Wangen. »Augenblick!«, rief sie und kontrollierte hastig ihre Gesichtszüge im Spiegel. Dann erst ging sie zur Tür. Davor stand Matt. Er trug noch immer die legere Kleidung von zuvor und hatte die Hände in die Taschen gesteckt. Elaine musterte ihn. »Was willst du hier?«, fragte sie so ungerührt wie möglich.

Er schien nicht genau zu wissen, was er sagen wollte. Das war neu. Bisher hatte Matt auf alles irgendeine schlagfertige Antwort gehabt. Sie merkte, wie ihre Neugierde sich regte. Großartig, gerade nachdem sie noch darüber nachgedacht hatte, hier zu verschwinden und alles hinter sich zu lassen.

»Ich will mich entschuldigen«, rückte er schließlich heraus. »Darf ich kurz reinkommen?«

Elaine machte einen Schritt zurück und stieß die Tür ganz auf, damit er eintreten konnte. Sie schloss sie wieder und folgte ihm ins Zimmer. Matts breiter Rücken vor ihr erinnerte sie an Xanders Scheune, an Matts Nähe, an die Seile, mit denen er sie gefesselt hatte … *Verdammt, Elaine, reiß dich endlich zusammen!*

Er drehte sich um und ließ den Blick durch das Zimmer schweifen. Sie wartete ab. Ganz so einfach wollte sie es ihm nicht machen – wenn er etwas von ihr wollte, musste schon er mit der Sprache rausrücken.

»Ich habe das Gefühl, irgendetwas zwischen uns läuft nicht ganz richtig«, setzte er an und verzog dann das Gesicht. »Nicht dass ich damit andeuten will, dass zwischen uns etwas ist. Aber wir sind im Augenblick Partner.« Er fuhr sich durch die Haare und brachte sie damit in noch größere Unordnung. »Das klingt viel dramatischer, als es ist, aber was ich eigentlich sagen will, ist, wir sind doch in den letzten Tagen recht gut miteinander ausgekommen. Ich weiß nicht, was dann schiefgelaufen ist, aber ich möchte das gerne ändern.« Wieder fuhr er sich durchs Haar. Er war sichtlich nervös und rang nach Worten. »Ich weiß, du bist nicht freiwillig hier, aber ich weiß nicht, warum wir uns gegenseitig das Leben zur Hölle machen müssen, bis Browning hier ist. Ich würde gerne noch einmal von vorne anfangen. Vielleicht können wir ja eine Art Waffenstillstand schließen?«

Er sah sie fragend an, und Elaine wusste nicht, was sie von seinem Vorschlag halten sollte. »Einen Waffenstillstand?«, wiederholte sie.

»Ja. Einen Neuanfang, wenn du so willst.«

Das klang zu schön, um wahr zu sein. Normalerweise hätte Elaine dahinter irgendeine Falle vermutet, aber Matt ... Matt war Matt. Er war nicht wie sie. »Und wie soll der aussehen?«

Er lächelte, und seine alte Selbstsicherheit kehrte zurück. »Ich lade dich zum Essen ein. Lass uns einfach ein bisschen reden, uns kennenlernen. Immerhin sind wir jetzt Partner.«

Sie sah auf die Uhr. »Ist es dafür nicht ein wenig spät?« Sie grinste, nickte dann aber. »Gib mir fünf Minuten, um mich umzuziehen.«

»Warum? Du siehst umwerfend aus, so wie du bist.«

Es war kein berechnendes Kompliment, das konnte sie an seinem Gesicht sehen. Aber vielleicht war genau das der Grund, warum es sie so sehr berührte. Elaine drehte den Kopf zur Seite, damit er ihr Lächeln nicht sah, und ging zur Garderobe, um ihre Handtasche zu holen. »Dann mal los.«

Zu ihrer Überraschung ließ Matt nicht den Impala holen, als sie das Hotel verließen. Auf ihren fragenden Blick hin sagte er: »Es ist nicht weit.«

Sie zuckte mit den Schultern und folgte ihm die Straße entlang auf den Strip. Es war, als würde man mit einem Mal in eine ganz andere Welt eintauchen. Gerade noch waren sie durch eine ruhige, recht dunkle Seitenstraße gegangen, und dann hatten sie den Fuß auf den Strip gesetzt, und auf einen Schlag war alles hell erleuchtet und laut. Elaine hakte sich bei Matt unter, als sie die riesige Vergnügungsmeile entlanggingen, und er schien nichts dagegen zu haben. Sie musste unwillkürlich lächeln. Es fühlte sich ... natürlich an, so nah neben ihm zu gehen. Sie hatte diesen Trick früher oft benutzt, um bei Männern schnell Körperkontakt und künstliche Intimität herzustellen, damit sie ihr vertrauten. Aber sie hatte es nie zuvor einfach deshalb getan, weil ihr danach war.

»Was ist so lustig?«, fragte er, als er ihr Lächeln bemerkte.

»Mir ist aufgefallen, dass ich noch nie einfach nur so hier entlangspaziert bin«, wich sie aus.

Er sah sich um und betrachtete die hohen Hotels und die beeindruckenden Wasserspiele vor deren Toren. »Ziemlich beeindruckend«, gab er zu.

»Ja.« Aber nicht mehr fremd. Wie hatte sie sich vor wenigen Minuten noch so abgeschnitten von dieser Welt fühlen können? Sie betraten die Fremont Street mit ihrer Kuppel, auf deren Innenseite Abertausende LEDs eine Lichtshow lieferten. Sie passierten den berühmten Vegas Vic: eine Leuchtreklame, die einen überdimensionierten rauchenden Cowboy darstellte, der mit aufgerissenen Augen auf die Besucher der Stadt herabsah. Elaine hatte das Gefühl, ihn zum ersten Mal zu sehen. Eine Figur, auf die sie jahrelang gestarrt hatte, wann immer sie aus Brownings Appartement sah.

Matt hatte sich für ein winziges chinesisches Restaurant entschieden, etwas abseits vom Lichterfest des Strip. Elaine musste lachen, als sie sich setzten. »Ich hab schon befürchtet, du schleifst mich zu einem Alles-für-fünf-Dollar-Büfett in einem der Hotels.«

»Nett, dass du mir so viel Klasse zutraust.« Er grinste und rückte ihr den Stuhl heran, als sie sich gerade setzte. Er nahm ihr gegenüber Platz. »Wenn ich dir allerdings etwas empfehlen darf – nimm das Hühnchen nach Art von General Tso.«

Elaine verzog das Gesicht. »Wirklich?« General Tso's Chicken war ein Gericht, das jedes chinesische Restaurant in Amerika auf der Karte hatte. Frittiertes Hühnchen in einer speziellen Soße, so bekannt und beliebt wie Burger und Pizza.

Matt schmunzelte, er hatte wohl mit so einer Reaktion gerechnet. »Vertrau mir, du wirst überrascht sein.«

Sie zögerte, zuckte dann aber mit den Schultern. »Na gut, einmal General Tso für mich.«

Matt bestellte für sie beide, und sie nahm noch eine Limonade, während er sich als Getränk ein Bier bestellte. »Du kennst dich hier ziemlich gut aus – du warst schon öfter in Las Vegas?«, riet sie.

Er nahm einen Schluck aus seiner Bierflasche. »Falsch. Ich bin erst das zweite Mal hier.«

Das war neu. »Also war das mit dem Hühnchen nur geraten?«

»Nein. Ich war vor ein paar Jahren mit meinem Dad in Las Vegas. Er wollte unbedingt einen Vater-und-Sohn-Trip machen.« Die Worte klangen leicht und unbeschwert, aber ein Schatten hatte sich über sein Gesicht gelegt. »Hat es ihm hier gefallen?«, fragte sie daher so behutsam wie möglich.

»Ja. Aber er war anschließend froh, wieder zu Hause zu sein. Mein Dad war ein echter Naturbursche. Er liebte seine Heimat und ist quasi im Yosemite Park aufgewachsen. Unser Haus stand am Rand des Parks, und er hat mich oft dorthin mitgenommen.«

Sein Ton hatte sich nicht geändert, aber Elaine ahnte, dass er diesen tiefen Einblick in seine Geschichte nicht jedem gewährte. »Es tut mir leid«, sagte sie leise, unfähig, die richtigen Worte zu finden. Matt zuckte leicht mit den Schultern und nahm einen weiteren Schluck Bier. »Wie lange ist es jetzt her?«, fragte sie.

»Vier Jahre. Krebs.« Matt sah an ihr vorbei, sein Blick schien keinen bestimmten Punkt zu fixieren, sondern ging einfach ins Leere.

»Er hat sich bestimmt gefreut, diese Reise mit dir zu unternehmen.«

Matt lächelte traurig. »Bestimmt. Vor allem, weil er auf diese Weise mal Ruhe vor den ›Damen des Hauses‹ hatte, wie er es nannte.«

Elaine nahm einen Schluck aus ihrer Flasche und verzog das Gesicht, weil die Limonade viel weniger süß schmeckte, als sie erwartet hatte. »Das klingt, als hättest du mehr als eine Schwester«, stellte sie fest. Es begann ihr Spaß zu machen, mehr über Matt zu erfahren und nicht nur den ICD-Agenten vor sich sitzen zu haben.

»Drei«, erwiderte er, und diesmal wirkte sein Schmunzeln echt. »Plus meine Mom. Mein Dad und ich hatten in dieser Familie nicht viel zu sagen.«

Elaine lachte. »Das kann ich mir vorstellen. Du musstest bestimmt oft als Puppenersatz und Haarschleifen-Modell herhalten.«

Er senkte lachend den Kopf, und für einen Moment konnte Elaine den Jungen erahnen, der später zu diesem Mann geworden war. Seine Augen blitzten herausfordernd, und in seiner Wange zeigte sich ein winziges Grübchen, leicht zu übersehen, aber ihr zeigte er es. Ein warmer Schauer rieselte über ihren Rücken, als hätte sie ein Sonnenstrahl berührt.

»Ich bin oft geflüchtet und mit dem BMX-Rad durch die Stadt gebrettert oder habe mich im Park versteckt.« Er stellte die Flasche mit deutlichem Klacken auf dem Tisch ab und verschränkte die Arme. »Und wo hat Elaine DeLacroix das Nest verlassen?«

Sie hatte mit dieser Frage gerechnet, und es war nur fair, sie auch zu beantworten, aber wohl war ihr nicht dabei. »New Orleans«, sagte sie schließlich, »aber ursprünglich kamen meine Eltern aus Kanada.«

»Sehr krasser Wechsel, was den Wohnort angeht«, warf er ein, und diesmal war es an Elaine, mit den Schultern zu zucken. »Ich weiß nicht, warum sie ausgerechnet in den Süden gezogen sind. Meine Mutter mochte das Klima dort nicht einmal sonderlich. Aber ich habe es dort geliebt.«

»Leben sie noch dort?«

Elaine schwieg lange Zeit. Dann sagte sie: »Nein. Sie starben bei einem Autounfall. Das ist aber schon eine ganze Weile her. Nach ihrem Tod verließ ich New Orleans und kam hierher.«

Es hatte etwas von einem Schachspiel – er gab etwas von sich preis und stellte dafür eine Frage, die sie beantworten musste, und dann war sie an der Reihe. Er wollte sie aushorchen, wollte ... *Stop*, gebot Elaine sich selbst Einhalt. Das ist kein Verhör, und niemand zwingt mich, ihm zu antworten. Es ist ein einfaches Gespräch unter ... Freunden. Wir essen und reden. Wie man es bei einem Date oder unter Freunden so macht. Punkt.

Es war schwierig, diese innere Stimme zum Schweigen zu bringen, aber ausnahmsweise wollte Elaine nicht auf sie hören. Sie blinzelte und war froh, dass in diesem Moment das Essen kam. Schweigend begannen beide zu essen, und Elaine war überrascht – sie hatte so viele Jahre in dieser Stadt verbracht und nie von diesem Restaurant gehört, aber Matt hatte nicht übertrieben. Das schmeckte nicht wie das übliche frittierte und mit dicker Soße überzogene Zeug von der Imbissbude. Dieses Hühnchen war von einer hauchdünnen, aber überraschend knusprigen Panade umhüllt, auf der die dunkle, vollmundige Soße und das sautierte Gemüse glänzten.

»Das ist gut!«, entfuhr es ihr, und sie konnte die Überraschung darüber nicht ganz verbergen. Matt musste lachen. »Du hast mir bis zum letzten Moment nicht geglaubt«, sagte er, aber es klang nicht böse.

Elaine lag so vieles auf der Zunge. Sie vertraute Menschen nicht, schon gar nicht ICD-Agenten, aber es erschreckte sie ein wenig, dass es bereits bei Kleinigkeiten wie einem frittierten Hühnchen so offensichtlich war. »Ich bin halt ein Feinschmecker und glaube nur meiner eigenen Zunge«, erwiderte sie und nahm noch einen Happen.

»Vielleicht solltest du mir öfter vertrauen. Wer weiß, was dir sonst noch entgeht.«

Sie hob den Kopf und begegnete seinem Blick. Er war ernst, aber er starrte nicht. Seine braunen Augen musterten einfach nur ihr Gesicht und schienen die einzelnen Konturen nachzufahren und sich einzuprägen. Hastig senkte sie ihren Kopf wieder und schob sich einen großen Batzen Reis in den Mund, verschluckte sich und griff hustend nach ihrer Limonade. Matt reichte sie ihr, und sie trank einen Schluck, um ihre Kehle wieder freizuspülen. Schweigend aßen sie beide auf. »Ich glaube, wir sollten zurückgehen«, sagte sie schließlich. »Ich bin ziemlich erledigt.«

Er nickte und bezahlte das Essen. Elaine wartete, und es fühlte sich immer noch richtig und gut an, sich bei ihm unterzuhaken. Es waren trotz der späten Stunde noch immer viele Menschen unterwegs, aber die Straße war breit genug, dass Elaine und Matt ungehindert nebeneinander zum Hotel zurückspazieren konnten. Die Nacht hatte die Hitze durch Kühle ersetzt, aber Matts Nähe war warm. Unbewusst schmiegte Elaine sich enger an seinen Arm und lehnte schließlich sogar den Kopf an seine Schulter, während sie über den Strip schlenderten. »Es tut mir leid«, sagte Matt abrupt, und Elaine spürte, wie sie sich wieder versteifte, weil sie damit rechnete, dass er sich von ihr losmachen würde, aber er blieb bei ihr und schob sie auch nicht weg.

»Was?«, fragte sie nach.

»Dass alles so gekommen ist, wie es jetzt ist. Wir hatten keinen besonders guten Start, und ich fürchte, ich habe einen miesen Eindruck auf dich gemacht.« Er sah sie an. »Ich wünschte, wir hätten uns unter anderen Umständen kennengelernt.«

Matt war kein Mann großer Worte, so viel hatte sie bereits begriffen. Manchmal wusste sie nicht, ob sich in seinen Worten eine geheime Botschaft versteckte oder nicht, aber sie konnte immer spüren, ob er es ehrlich meinte oder nicht. Heute Abend fiel es ihr erschreckend leicht. Und sie wollte ebenso ehrlich sein. Sie wollte nicht lügen. »Ich auch«, erwiderte sie und wunderte sich selbst darüber, wie dünn ihre Stimme klang.

Sie standen in der Nähe des Hotels, ein wenig abseits vom Strip, halb versteckt zwischen einigen Rhododendronbüschen. Aber die Luft roch stark nach Jasminblüten, die sich erst in der Dunkelheit öffneten, wenn die Sonne bereits lange untergegangen war. Das Wasserspiel vor dem Hotel plätscherte leise. Ihr Arm hatte sich bereits gelöst, war aus Matts Armbeuge gerutscht, aber ihre Blicke hielten einander fest. Die Verbindung zwischen ihnen war fast körperlich spürbar, und dann spürte sie seinen Arm um ihre Taille, den sanften Druck, mit dem er sie zu sich heranzog. Ihre Lippen berührten sich auf die unschuldigste Art, die Elaine sich hätte vorstellen können, aber genau deshalb war es perfekt. Sie genoss diesen Kuss, genoss Matts Nähe und wünschte sich, jetzt die Zeit anhalten zu können. Aber die Zeit drehte sich unerbittlich weiter, und nach einer Weile beendete Matt den Kuss. Er lächelte sie an und strich mit dem Rücken seines Zeigefingers über ihre Wange. Elaine erschauerte und verschränkte die Finger ihrer rechten Hand mit seiner Linken. Keiner von ihnen sprach ein Wort, als sie ins Hotel zurückgingen. Im Aufzug standen sie einfach nebeneinander, die Hände noch immer ineinander gelegt, als wäre es das Natürlichste der Welt.

Aber Elaine war wie elektrisiert. Sie konnte seine Nähe fühlen, diese Verbindung zwischen ihnen, als könnten sich ihre Hände einfach nicht voneinander trennen.

Der Aufzug hielt auf ihrer Etage, und Matt führte sie zu ihrem Zimmer. Mit einer nachlässigen Geste zog er die Schlüsselkarte aus seiner Hosentasche und zog sie durch den Schlitz. Elaine öffnete die Tür, drehte sich zu ihm um und küsste ihn, diesmal ohne jede Unschuld. Er erwiderte den Kuss und seufzte tief in ihren Mund, als sie sich an ihn presste. Sie spürte, wie hart er bereits war, hart für sie, hart wegen ihr. Langsam schob sie ihre Hand zwischen seine Beine, wollte diese Beule, die sich so deutlich und begierig an sie presste, berühren, streicheln und liebkosen, aber er umfasste ihr Handgelenk und zog ihre Hand sanft weg. Elaines Stimmung kippte, aber sie bemühte sich, ruhig zu bleiben, auch wenn diese neuerliche Zurückweisung schmerzte, mehr als sie zugeben wollte. »War es nicht das, was du wolltest?«

Er runzelte die Stirn, und für einen kurzen Moment glaubte sie, dass er sich einfach wütend umdrehen würde, aber seine Miene wurde weicher. »Nein«, sagte er, »deswegen habe ich dich nicht eingeladen. Mir ging es nicht darum, dich ins Bett zu bekommen.« Er beugte sich zu ihr und küsste ihre Stirn. »Ich wollte dich einfach nur besser kennenlernen. Du hast es zugelassen, und dafür danke ich dir.« Matt nickte ihr zu und berührte ihre Wange. »Schlaf gut, Elaine«, sagte er und verließ ihr Zimmer.

Elaine sah ihm nach, sah auf die Tür, die hinter ihm ins Schloss gefallen war und strich sich gedankenverloren über die Lippen, die noch immer von seinem Kuss prickelten. Sie lächelte. *Wer hätte das gedacht*, fuhr es ihr durch den Kopf, *er ist ein echter Gentleman*. Und vielleicht, nur vielleicht, gab es ja doch echte Ritter auf weißen Pferden.

Kapitel 13

William Davis hatte schon früh Sex gehabt. Eine Freundin seiner Mutter hatte ihn entjungfert, als er gerade fünfzehn Jahre alt war. Aber das war nicht das erste Mal gewesen, dass er mit Sex in Berührung gekommen war. Als er dreizehn Jahre alt war, waren neue Nachbarn in das Haus neben dem seiner Eltern eingezogen. Ihr Schlafzimmer lag genau gegenüber von Williams Zimmer, und in diesem Jahr war der Sommer heißer als jeder andere Sommer, den der damals dreizehnjährige William je erlebt hatte. Seine Nachbarn hatten keine Klimaanlage, oder vielleicht waren sie einfach Exhibitionisten. William war es egal – er hatte in diesem Sommer jede Nacht in seinem Bett unterhalb seines Fensters gelegen, das Fenster leicht gekippt und dem lauten Stöhnen und Ächzen seiner Nachbarn gelauscht, während sie es am offenen Fenster trieben. Nicht einmal bei seinem ersten Sex war er so erregt gewesen wie in diesen Nächten.

Seitdem ließ ihn das Zusehen nicht mehr los. William Davis wurde zu einem Voyeur, und er genoss es. Beruflich fiel ihm vieles zu, aber es schien, dass die Suche nach immer neuen Kicks, neuen Szenarien, die er sich ansehen konnte, zur wirklichen Herausforderung seines Lebens werden sollte. Anfangs ließ er seine Geliebten Szenarien aussuchen, aber es kamen immer wieder dieselben Spielereien auf: zwei Frauen, die es vor ihm trieben, Sex mit Wildfremden vor seinen Augen, Spiele mit sich selbst, während er zusah …

Dann begann er, sich selbst Szenarien auszudenken und sie

mit Prostituierten oder Leuten im *Original Sin* umzusetzen, aber diese Szenen waren niemals so aufregend wie die Vorstellungen in seinem Kopf, und meist langweilten sie ihn schon nach der ersten Durchführung.

Er wollte überrascht werden. Er suchte das Neue, das Unerwartete, aber je gieriger er ihm hinterherjagte, umso geschickter versteckte es sich vor ihm. Mittlerweile war es schon so weit, dass ihn sein restliches Leben nicht mehr interessierte. Geld war kein Problem, Beziehungen führte er schon lange keine mehr. Was er suchte, war der nächste Kick, mehr nicht. Dafür war er bereit, alles aufs Spiel zu setzen.

Die Einladung in seinen schlanken Fingern schimmerte ein wenig, als er sie im Licht der Scheinwerfer drehte. Die Wegbeschreibung darauf war präzise, und er hatte das Gebäude auf Anhieb gefunden. Was ab einer gewissen Entfernung auch nicht weiter schwer gewesen war – abgesehen von einem Wasserturm war es das einzige Gebäude weit und breit.

Er schaltete den BMW mit einem Druck auf seinen Zündschlüssel aus und wartete, bis sich seine Augen an die Dunkelheit gewöhnt hatten. Der Mond war verhangen, und von Sternen war weit und breit nichts zu sehen. Der Wind aus der Wüste war eisig kalt. William fröstelte und zog den Seidenschal fester um seine Schultern, ehe er sich endlich auf die Scheune zubewegte. Die Tür war, wie beschrieben, nicht abgeschlossen, aber auf sein Rufen hin meldete sich niemand. Das Innere des Hauses war vollkommen schwarz. Unsicher trat er ein und schloss die Tür hinter sich. Neugier begann, in seinem Nacken zu kribbeln. Das war ungewohnt und neu, aber nicht unangenehm. So hatte er sich lange nicht mehr gefühlt.

Ein Klacken ertönte, und ein Scheinwerfer durchschnitt die Dunkelheit, wie ein heißes Messer Butter. Der Spot landete einige Meter vor Davis auf einer Ansammlung von seltsamen

Möbeln – ein Tisch und ein Sessel. Einfaches Mobiliar, in jedem Kaufhaus zu erstehen. Aber etwas an ihm wirkte seltsam – etwas passte nicht ganz zusammen. Davis blinzelte und bewegte sich auf die einzige erleuchtete Stelle zu. Als er näher kam, erkannte er, was genau ihn an den Möbeln gestört hatte – es waren keine einfachen Möbel, sondern Menschen. Der Sessel war eine nackte Frau mit üppigen Kurven und Rundungen. Sie lag auf dem Rücken, die Beine angewinkelt und erhoben. Ihre Arme waren in die Luft gestreckt und an ihre Unterschenkel gefesselt, sodass sie weder die Beine senken noch die Arme lösen konnte, ohne sich auf die Seite fallen zu lassen. Die Beine hatte sie gespreizt, und ihre Pose bot Davis einen angenehmen Sitzplatz. Der Anblick, der sich ihm bot, war äußerst angenehm. Er setzte sich. Ihre Pussy war leicht gerötet – jemand hatte sich schon daran zu schaffen gemacht und mit ihr gespielt. Die leichte Feuchtigkeit, die im grellen Licht des Scheinwerfers darauf glänzte, war Beweis genug dafür. Die Frau trug einen Knebel, aber keine Augenbinde, und ihre Augen verengten sich lockend, als er sich auf ihren Schoß sinken ließ. Zu seiner Überraschung war der Sitz erstaunlich bequem und auch stabil. Die Frau unter ihm hatte eine ausgesprochen gute Balance und schien ihn ohne jede Mühe tragen zu können. Der Tisch setzte sich aus zwei Frauen zusammen. Sie hatten keine Knebel, dafür aber Augenbinden. Bei ihnen hatte der »Schöpfer« des Mobiliars ein wenig nachgeholfen – beide Frauen lagen auf dem Rücken, gestützt durch ein nahezu unsichtbares Gestell aus Metall unter ihnen. Sie hatten die Schenkel gespreizt und waren mit ihren Beinen ineinander gelegt worden, wie zwei Puzzlestücke. Ihre Pussys lagen direkt aufeinander, und ein leises Surren verriet Davis, dass sie sich offensichtlich einen doppelten Vibrator teilten. Ihre Arme hingen schlaff auf den Boden, die Unterschenkel waren an den Knien abgeknickt, sodass der Eindruck entstand, dass die beiden Frauen sich mit Armen und Beinen, wie die vier Beine eines Tisches, vom Boden abstießen. Beide gaben zeitgleich ein leises Seufzen von sich, was das Glas mit Wein auf dem flachen Bauch der einen Frau, deren Kopf sich näher an Davis befand, zum Zittern brachte. Aber es fiel nicht. Davis ergriff es und ließ es sich nicht nehmen, über die kaum vorhandenen Brüste des »Tisches« zu streichen und in die harten Nippel zu kneifen. Die Frau quiekte erstaunt auf, aber es war mehr Lust als Schmerz. Er lächelte und nippte an seinem Weinglas – ein einfacher roter Burgunder. Nichts Besonderes, wie es leider auch der Rest der Einrichtung war. Zwar hatte Davis selbst noch nicht auf so einem »Möbelstück« gesessen, aber er hatte derlei Vorführungen bereits des Öfteren gesehen. Ein wenig enttäuscht stellte er das Glas zurück an seinen Platz. Er hatte sich viel von diesem Abend versprochen, aber der Anfang war deutlich weniger aufregend, als er gehofft hatte. Aber vielleicht würde sich das noch ändern. Noch gab er die Hoffnung nicht auf.

Weitere Spots leuchteten auf, sanfter als das Licht, das auf ihn gerichtet war, und allesamt in verschiedenen Farben gehalten. Sie fielen auf andere kunstvolle »Möbelstücke« – Menschen, gefesselt und in den interessantesten Posen. Bei einigen von ihnen plagte Davis schon Phantomschmerz, aber er musste zugeben, das einige andere – wie sein »Sessel« – sehr interessante Blicke auf die Schwänze oder Pussys ihrer Besitzer zuließen. Mit einigen von ihnen hätte er gerne gespielt, aber das gehörte offenbar nicht zum Programm, denn ein letzter, großflächiger Spot erhellte genau das Zentrum all dieser Objekte, einige Meter vor Davis' »Tisch«. Ein Mann trat in die Mitte des beleuchteten Kreises. Er trug eine Art Robe aus glänzendem Leder. Darunter war er bis auf eine enge Lederhose nackt. Er verneigte sich tief vor Davis und sagte: »Ich heiße Sie herzlich willkommen, William Davis. Es freut mich, dass Sie meiner Einladung Folge geleistet haben, und ich hoffe, dass Sie heute Abend finden, was immer Sie auch suchen.«

Natürlich hoffst du das, schoss es Davis durch den Kopf. *Du willst bezahlt werden, und deine Auftraggeber werden wahrscheinlich nichts springen lassen, wenn sie heute Abend nicht den Code bekommen. Aber dafür müsst ihr schon ein bisschen mehr auffahren als nur das hier.*

Er lehnte sich etwas zurück und konnte sich recht bequem an den Waden seines »Sessels« abstützen. Der Mann in der Robe verneigte sich noch einmal und verschwand aus dem Licht im Schatten. Stattdessen betrat Ms Blanche den Lichtkreis. Davis lächelte milde. Er hatte damit gerechnet, dass sie ebenfalls in Erscheinung trat, aber ein Teil von ihm hatte dennoch erwartet, dass sie kneifen würde. Aber da stand sie, nackt, wie Gott sie geschaffen hatte, eine Porzellanpuppe, die als kostbares Kleinod am besten in einer Vitrine aufbewahrt werden müsste. Blanche passte zu ihr, auch wenn es sich hierbei sicher um einen Decknamen handelte. Ihre Haut war blass, das Haar lang und blond, Goldfäden vor der weißen Leinwand. Sie leuchtete regelrecht vor der Schwärze, die sonst in dem Haus herrschte. Sie sah Davis nicht an: Stattdessen hielt sie ihren Kopf zur Seite gedreht, den Blick auf den Boden vor ihr gerichtet. Ein verletzliches Opfer und sicherlich ... natürlich, wie auf Bestellung, dachte Davis bei sich. Black schälte sich aus der Dunkelheit. Er trug ebenfalls eine schwarze Lederhose, die sich eng an seine Schenkel schmiegte. Er trug nichts darunter, wie die beeindruckende Beule zwischen seinen Beinen bewies. Die dunklen, aus dem Gesicht gekämmten Haare schienen ebenfalls mit der Dunkelheit zu verschmelzen – ein Wesen aus Schatten und Dunkelheit. Davis musste über seine eigenen prosaischen Beschreibungen lächeln, aber Blanche und Black wirkten wie aus einem Theaterstück. Black bewegte sich angemessen langsam auf Blanche zu. Sie sah ihn nicht, aber zitterte überdeutlich. Sie schlang die Arme um ihren Leib, schloss die Augen und schien auf das zu warten, was unvermeidlich kommen musste. Durch diese Berührung wurden ihre Brüste nach oben gedrückt. Entweder hatte sie ihre Nippel mit etwas Farbe dunkler geschminkt, oder sie waren von Natur aus so rot, aber der Kontrast der roten Färbung zu der schneeweißen Haut gefiel Davis. Es war keine wilde Erregung, aber er spürte, wie er langsam begann, härter zu werden.

Black war hinter Blanche getreten. Er umfasste von hinten ihr Kinn und drückte es nach oben. Sie riss die Augen auf und sah wild um sich, wehrte sich aber nicht. Black zog sie herrisch an sich heran. Selbst wenn sie gewollt hätte, hätte sie sich nicht mehr wehren können – er war ihr körperlich überlegen. Er hob den anderen Arm, und in seiner Hand baumelte eine Rolle Seil, ebenso blutrot wie Blanches aufrecht stehende Nippel. Sie schüttelte den Kopf, sah in einer Mischung aus Flehen und Schmeicheln zu Black hinauf, aber dessen Gesichtsausdruck blieb unvermindert kühl. Er drückte sie sogar noch stärker an sich. Sie wand sich, versuchte diesmal wirklich zu entkommen, aber er ließ sie nicht. Ihre wilden Bewegungen rieben ihren kleinen herzförmigen Po immer wieder gegen seinen Schritt, und Davis konnte die beeindruckende Beule dazwischen mehr als deutlich sehen. Ihn machte ihre Gegenwehr noch geiler, und auch Davis konnte nicht umhin, seinen Schwanz in seiner Hose zu richten. Eine Bewegung aus dem Augenwinkel alarmierte ihn, aber er beruhigte sich schnell wieder, als er erkannte, was sich da bewegt hatte: Der »Tisch« war auf ihn zugekrochen. Die beiden ineinander verschlungenen Frauen hatten sich mit Händen und Beinen hochgestemmt und waren mitsamt dem Metallgestell ein winziges Stückchen näher gekrochen, gerade genug, dass der Mund der einen nah an seinem Schritt war. Davis überlegte nicht lange – die Vorstellung war amüsant, und auch wenn sie Blanche und Black sicherlich keinen Code einbringen würde, sprach doch nichts dagegen, dass Davis zumindest einen angenehmen Blowjob genießen konnte. Er knöpfte seine Hose auf, rutschte an den Rand seines »Sessels« und griff fest in das offene Haar der Frau. Sie legte gehorsam den Kopf in den Nacken, ließ ihn einfach locker herabhängen, sodass Davis seinen mittlerweile harten Schwanz zwischen ihre geöffneten Lippen schieben konnte. Sofort begann sie, an ihm zu saugen, und er stöhnte leise. Diese Art des Blowjobs war angenehm – er spürte die Zunge nicht wie sonst auf der Unterseite seines Penis, sondern fühlte sie gegen die Oberseite drücken. Die Frau saugte ein paarmal an der Spitze seiner Erektion und ließ die Zungenspitze darum kreisen, um die ersten Lusttropfen aufzulecken. Er musste sich nicht einmal bewegen, ihr geschickter Mund trieb ihn langsam, aber stetig auf den Höhepunkt zu.

Er widmete seine Aufmerksamkeit wieder den beiden im Spot. Black hatte Blanche in der Zwischenzeit an den Händen gefesselt und sie an einem unsichtbaren Haken irgendwo über ihren Köpfen festgemacht. Sie musste sich auf die Zehenspitzen stellen, und die Stellung bereitete ihr offenbar Unbehagen. Sie wand sich und versuchte immer, Black im Blick zu behalten, aber der hatte sich gut hinter ihr positioniert, in einem Winkel, den sie schlecht erreichen konnte, egal, wie sehr sie den Kopf drehte. Eine Weile betrachtete Black sie nur, ließ hin und wieder seine Hände über ihren Alabasterkörper streifen. Er benahm sich wie ein wütender Liebhaber, nahm sich einfach, was sie ihm widerwillig anbot. Ohne auf ihre Erlaubnis zu warten, tauchte er die Hand zwischen ihre zusammengepressten Schenkel, und sie schrie auf. Sein Mund fand ihre Brüste, sog deutlich sichtbar an ihnen und zog die empfindlichen Spitzen mit den Zähnen lang. Blanche schloss die Augen, die Lippen fest zusammengepresst, um ja keinen Laut von sich zu geben, aber sie verlor dieses

Spiel. Als Black sich der anderen Brustwarze widmete und ihr die gleiche Aufmerksamkeit zuteilwerden ließ, kniff er mit den Fingern in die andere. Blanche riss den Mund auf und schrie. Black lächelte zufrieden und zog sich zurück. Er bückte sich und holte aus der Dunkelheit hinter dem Spotlight ein weiteres Seil. Blanche hing matt in ihren Fesseln, den Kopf gesenkt, als hätte sie aufgegeben. Black würde sie mit Sicherheit weiter fesseln und es ihr vor seinen Augen besorgen.

Davis schmunzelte und schloss die Augen, als die Reize um seinen Schwanz intensiver wurden und dann doch wieder abebbten. Das musste er den beiden lassen, sie hatten gut recherchiert. Sie kannten seine Vorliebe für den Voyeurismus und hatten sich sogar selbst als Bühnenobjekt hergegeben, um ihn zu beeindrucken. So viel würde er ihnen zugestehen. Aber das wäre es dann auch schon gewesen. Er würde sich in Ruhe einen blasen lassen, den Anblick genießen und dann nach Hause gehen.

Wie erwartet begann Black mit einem einfachen Diamantenmuster auf dem schönen Körper der hübschen Blanche. Davis gefiel, wie ihre Brüste durch das rautenförmig geknotete Seil eingeschnürt wurden. Sie wurden etwas dunkler, als sich das Blut dort anstaute, nicht viel, nicht gefährlich, gerade genug, um ihre schneeweiße Haut mit ein bisschen mehr Leben zu erfüllen.

»An dieser Stelle«, hörte Davis eine Stimme aus der Dunkelheit, und selbst das angenehme Saugen an seinem Schwanz hielt inne, »möchten wir unseren geschätzten Ehrengast bitten, unserem Paar zur Hand zu gehen.«

Davis hob überrascht eine Augenbraue. Das kam unerwartet, und er war sich auch nicht sicher, ob es ihm gefiel. Er sah lieber zu und beobachtete, während er selbst nichts tun musste. Aber die Neugierde war stärker, also zog er seinen Schwanz aus dem Mund des »Tisches«, schloss seine Hose nur am obersten Knopf und stand auf. Seine Erektion richtete sich zwischen den Falten seines Hosenschlitzes auf, und er genoss den Anblick, wie sie auf- und ab wippte, als er sich auf Blanche und Black zubewegte. Black zeigte noch immer keine Regung, er beobachtete ihn nur kühl. Davis nickte ihm zu und trat neben Blanche, die noch immer wie eine Märtyrerin in ihren Fesseln hing und einfach auf das wartete, was ihr noch bevorstand. Davis kamen dazu schon ein paar Ideen, aber erst wollte er wissen, warum sie ihn dazugeholt hatten. »Und was genau soll ich tun?«, fragte er mit einem amüsierten, aber etwas ratlosen Lächeln.

Etwas legte sich rasend schnell um seine Handgelenke. Davis sah hinunter, aber in diesem Moment zog sich das Etwas fest zusammen, und seine Arme wurden mit einem Ruck in die Höhe gerissen. Es schmerzte, und er schrie auf. Black machte gerade Blanche los, die sich die Handgelenke rieb. »Was zur Hölle soll das?«, fluchte Davis und wollte sich auf die beiden stürzen und sich gleichzeitig losmachen, aber das Seil um seine Handgelenke war fest und der Knoten verdammt gut geschlungen. Black legte seinen Arm um Blanche, lächelte ihn nur kalt an und verschwand mit ihr in der Dunkelheit. Davis durchfuhr ein kalter Schauer. Verdammt, die beiden würden ihn doch nicht einfach hier hängen lassen, oder? Den Code würden sie so auf keinen Fall bekommen. Und wenn sie ihn folterten? Sein Blick fiel auf die ganzen gefesselten Menschen im Raum, die als Schmuckstücke inszeniert waren. Fast alle trugen Knebel. Waren sie überhaupt freiwillig hier? Mit einem Mal konnte er es nicht mehr mit Sicherheit sagen. Angst stieg in ihm auf, wurde zu Panik. Er zerrte stärker an seinen Fesseln, schüttelte sie, aber ein weiterer, wenn auch nicht ganz so schmerzhafter Ruck ging durch seine Arme. Etwas zog an ihnen, zog ihn hinauf, bis er selbst nur noch auf Zehenspitzen stehen konnte. Er presste die Augen zusammen. *Konzentrier dich, William!*, flüsterte er sich selbst in Gedanken zu. *Panik hat noch niemandem geholfen. Bleib ruhig.* Es half, wenn auch nicht lange. Hinter sich hörte er Schritte. Er versuchte, sich herumzuwerfen, aber dabei verlor er das Gleichgewicht und sein gesamtes Körpergewicht hing nur noch an seinen Armen. Er gab ein ersticktes Ächzen von sich.

»Bleiben Sie lieber ruhig stehen, William«, raunte jemand an seinem Ohr. Er war sich nicht sicher, glaubte aber die Stimme des Mannes in der Robe wiederzuerkennen. Er schielte über seine Schulter, und tatsächlich, das Profil dort gehörte zu dem Mann, der ihn kurz zuvor so blumig begrüßt hatte. »Was wollen Sie?«, keuchte Davis.

Der Mann strich über seinen Rücken, eine hauchzarte Berührung, die Davis aber eine Gänsehaut über den ganzen Körper rinnen ließ. Er erschauerte. »Ich möchte, dass sie sich etwas entspannen. Versuchen Sie es mal.« Er klang fast amüsiert, aber Davis war nicht zu Scherzen aufgelegt. »Machen Sie mich sofort los, Sie Irrer«, fauchte er und zerrte abermals an den Fesseln, aber immer mit dem gleichen Ergebnis. »Was soll das hier?«

Der Mann sagte nichts mehr, aber etwas klickte. Er trat vor ihn, und Davis erkannte ein aufgeklapptes Messer in der Hand des Mannes. Er wollte ihn abstechen! Davis wand sich, aber der Mann packte seine Kehle scheinbar ohne Mühe. »Halten Sie doch endlich still«, sagte er fast freundlich und setzte das Messer an Davis' Hose an. Er schnitt den obersten Knopf ab, und die Hose rutschte über seine Beine hinunter auf den Boden. Davis wand sich, aber auch sein Hemd fiel dem Messer zum Opfer. Sogar die Schuhe und Socken wurden ihm abgenommen, bis er nackt und wehrlos von der Decke hing. Davis zitterte und behielt den Mann im Auge.

»Sie sollten wirklich nicht so verkrampft sein.« Er ging hinüber zum »Tisch« und mit wenigen Handgriffen hatte er die beiden Frauen und den »Sessel« von ihren Fesseln befreit. Die drei Frauen streckten sich grazil und kamen auf die Beine. Offensichtlich wussten sie genau, was von ihnen erwartet wurde, denn der Mann musste ihnen nicht einmal eine Anweisung geben. Wie auf einen geheimen Befehl hin kamen die drei herüber zu Davis. Er wollte zurückweichen, aber das Seil gab ihm nicht viel Spiel, und bald war er umringt von den drei schönen Frauen. Sie schmiegten sich an ihn, umhüllten ihn mit ihren Körpern, und gegen seinen Willen konnte Davis spüren, wie sich sein Schwanz langsam wieder regte. Die unsanfte Behandlung und das Gefesseltwerden hatten seine Erektion kurzfristig schlaff werden lassen, aber nun kehrte sie umso heftiger wieder zurück.

Eine der »Tisch«-Frauen bückte sich gerade weit genug herunter, um seine Eichel in den Mund nehmen zu können. Sie saugte nicht, sondern ließ nur ihre Zunge gegen seinen Penis stupsen. Anders als ihr Gegenpart war sie vorsichtiger, reizte ihn mehr. Sie berührte ihn immer nur flüchtig, ließ ihre Zunge kaum spürbar den ganzen Umfang seines Schwanzes umspielen und blies ihren kühlen Atem auf die angefeuchteten Stellen. Davis erschauerte. Er sah zu dem Mann, der das Schauspiel einfach betrachtete.

Jemand berührte seinen Hintern, und ein weicher Mund küsste seine Schulter. Davis wusste nicht, welche der beiden Frauen hinter ihm stand und ihn zu liebkosen begann, möglicherweise waren es auch alle beide, aber allmählich fand er Gefallen an diesem Spiel. Weiche, warme Hände streichelten seine Haut, kratzten manchmal zart darüber. Der weiche Mund legte sich auf seine Pobacken. Er biss leicht hinein, saugte an dem weichen Fleisch, und Davis stieß unwillkürlich nach vorn in den weichen Mund, der ihn dankbar umfing. Ein Finger schob sich zwischen seine Pobacken, warm, weich und feucht und begann, seinen Anus zu umkreisen. Davis verkrampfte sich, aber mit einem Mal saugte die Frau vor ihm so drängend an seinem Schwanz, ließ ihn mit einem Mal so tief in ihre Kehle rutschen, dass er sich völlig entspannte. Der suchende Finger fand sein Ziel und schlüpfte zwischen die engen Muskelstränge, bahnte sich seinen Weg in Davis' intimste Zone. Diese Stelle hatte er bisher kaum selbst berührt oder sich von jemandem dort berühren lassen, aber bisher war auch niemand auf die Idee gekommen, gleichzeitig dabei seinen Schwanz zu lutschen. Davis konnte nicht anders, er stöhnte laut, warf sich vor und zurück, aber egal, wohin er sich drängte, immer war da ein feuchter Mund oder ein gieriger Finger, der über sein Innerstes strich, sich suchend wand und dabei Regionen erforschte, von denen Davis nicht einmal geahnt hatte, dass es ihn dort derart erregen würde. Er stieß immer heftiger vor und zurück, ließ sich einfach in diese Hitze und Wärme fallen, spürte, wie sich seine Eier zusammenzogen, spürte, wie die Lust sich hinauf bis unter seine Kopfhaut zog, er würde bald kommen, würde so heftig kommen, wie lange nicht mehr ... und dann verschwand die Stimulation mit einem Schlag. Er riss die Augen auf und sah entgeistert auf die drei Frauen, die sich von ihm entfernten, als wäre nichts passiert.

Die Dunkelheit schien sie regelrecht zu verschlucken, schwappte wie schwarzes Wasser über ihre Körper und nahm sie vollständig in sich auf. Nur der Mann in der Lederrobe stand vor ihm, die Arme verschränkt, und musterte ihn. Mit langsamen Schritten kam er auf ihn zu und umrundete Davis. »Sie machen das großartig, William«, schnurrte er einschmeichelnd und strich mit der Hand über dessen Flanke. »Hat Ihnen schon mal jemand gesagt, was für einen außergewöhnlich schönen Körper Sie haben?«

Davis spielte zwar manchmal mit Männern, stand aber mehr auf Frauen. Vor allem auf Frauen, die ihn nicht hinterrücks überfielen und dann an der Decke aufknüpften. »Lange, schlanke Muskeln und Gliedmaßen«, fuhr der Mann ungerührt fort und begutachtete ihn wie ein besonders erlesenes Stück Fleisch am Haken. »Perfekt für Seile.« Das war wohl sein Stichwort, denn er ergriff Davis' Knöchel und zog ihn in die Höhe, bis seine Hacke gegen seinen Po drückte. Er spürte die Seile, die in seine Haut bissen, während sein Peiniger sein Bein in dieser Stellung fixierte. Er nahm eine dünne Gerte und spreizte Davis' Beine. Der zuckte zusammen und versuchte auf seinem einzelnen Bein wegzurutschen, aber der Mann hielt ihn mühelos fest. »Keine Angst«, sagte er, und seine Stimme war wie weiches Wasser, beruhigend und ohne eine Spur Hinterlist. Aber Davis traute ihm nicht. Der Mann band auch sein anderes Bein auf die gleiche Weise fest und spreizte Davis' Schenkel. Die Gerte band er dazwischen fest, sodass Davis seine Schenkel nicht mehr schließen konnte. Er biss sich auf die Lippen und ließ den Kopf hängen. Zu seiner eigenen Überraschung stand sein Schwanz noch immer hart und steif von seinem Körper ab.

Weitere Seile wurden um seinen Rumpf und die Leiste gelegt. Im ersten Moment befürchtete er, dass sie ihn auch quälen sollten, aber nachdem sie festgezogen und an dem Haken über ihnen befestigt waren, spürte er, wie der Zug auf seine Arme merklich wich. Es war zwar nicht bequem, aber weit davon entfernt zu schmerzen. »Sie halten sich ausgezeichnet«, sagte der Mann, und seine Hände glitten über Davis' Seiten. »Und wie ich sehe, gefällt es ihnen.« Er griff um ihn herum und packte Davis' Erektion. Eigentlich hatte Davis nicht vorgehabt, ihm diese Genugtuung zu gönnen, aber der Mann fuhr mit raschen und geschickten Fingern über seinen Schaft, massierte seine Länge und verrieb die Lusttropfen auf seiner Eichel. Davis konnte nicht anders, seine kaum gedämpfte Lust brandete wieder auf, so stark, wie er es sich lange gewünscht hatte. »Was ... was soll das?« Er schloss die Augen, aber ein fester Kniff in seinen nackten Po ließ ihn wieder aufsehen. »Genießen Sie es denn nicht?«

»Kein bisschen.«

»Ihr harter Schwanz sagt aber etwas ganz anderes.« Der Mann

fuhr fort, ihn zu liebkosen, aber seine Bewegungen waren härter geworden. »Es gefällt Ihnen, hier zu hängen, nicht wahr? Leugnen Sie es nicht, ihr Schwanz sagt mir genau, was ich wissen will. Sie sind mein kleines Spielzeug, und jeder hier kann sehen, was für ein verkommenes Luder Sie sind, so wie sie sich hier feilbieten.«

Mit einem Mal wurde sich Davis der anderen Menschen im Raum bewusst. Die festgeschnürten Menschen hatten allesamt die Augen aufgeschlagen und sahen zu ihnen herüber. Nein, sie sahen ihn an, sahen, wie er nackt und aufgegeilt von der Decke hing, hilflos, voller Verlangen. Er spürte ihre Blicke auf seinem nackten Körper, wusste, dass sie ihn für seinen steifen Schwanz und sein laszives Stöhnen verurteilten. Ein Gefühl, das er seit Jahrzehnten in sich begraben hatte, bahnte sich seinen Weg an die Oberfläche: Scham. Er schämte sich, und gleichzeitig machte ihn die Vorstellung so sehr an, dass er fast direkt in die Hand dieses Mannes gekommen wäre. Er wand sich, keuchte und bewegte seine Hüften, so gut er konnte, um von selbst in seine Hand zu stoßen, aber der Reiz verschwand, die Hand senkte sich. »Ein geiles Stück, das gefickt werden will«, hörte er die Stimme an seinem Ohr, und mit einem Mal lösten sich die Fesseln der Menschen im Raum. Sie alle waren frei, bewegten sich auf ihn zu. Er war ihr Ziel. Er und niemand sonst. Davis gab einen erstickten Laut von sich, wusste nicht, ob er fliehen wollte oder sich anbieten. Verlangen und Erregung beherrschten sein Denken, machten jeden rationalen Gedanken unmöglich. Die erste Hand packte seinen Schwanz, rieb ihn, und ein heißer Mund widmete sich seinen Hoden, saugte an der weichen Haut und ließ sie über die Zunge hin- und hergleiten. Hände, Lippen, Zungen, überall, an jeder Stelle seines Körpers. Eine Zunge bahnte sich ihren Weg zwischen seine Arschbacken, seine Nippel wurden von weichen Fingern gedreht und gekniffen. Hunderte von Fingern streichelten seinen Bauch, seine Wange, seinen Hals. Er wurde geküsst, von jemandem dessen Gesicht er sofort wieder vergaß. Lippen auf seinem Rücken, Kratzer auf der Haut, Bisse und Knabbern an seinen Schenkeln. Ein heißer Schwanz ersetzte die Zunge an seinem Anus, und gleichzeitig spürte er, wie sein Schwanz in eine feuchte Pussy eingeführt wurde; bis zum Anschlag, bis er einen prallen Hintern an seinem Bauch spürte. Der Schwanz drang im gleichen Augenblick in ihn ein, tief und hart, drückte gegen seine Prostata. Die Hände und Lippen ließen dabei keinen Moment von ihm ab, Davis wurde geleckt, gefickt, fickte selbst und verlor sich in einem Meer aus Berührungen und Reizen. Er bewegte sich wie im Wahn, stieß zu, wurde gestoßen, wusste kaum noch, wo oder wer er war. Er spürte nur noch seine eigene Geilheit. Nichts anderes zählte mehr. Er wollte kommen, aber seine Spielpartner schienen das zu spüren. Jemand formte mit den Fingern einen Ring um den Ansatz seines Schwanzes und drückte zu. Der Schwanz in seinem Hintern verschwand, ebenso wie die feuchte Pussy. Noch immer wurde er gestreichelt und geküsst, aber niemand berührte seine Erektion oder seinen Hintern. Erst als er sich wieder etwas beruhigt hatte, ging es weiter. Es war ein anderer Hintern, der sich an ihn drückte, und ein anderer Schwanz, der sich in ihn schob – nicht lang und dünn, wie der vorige, sondern kurz und unwahrscheinlich dick. Davis blieb fast die Luft weg, aber er wehrte sich nicht mehr. Stattdessen sog er alles in sich auf, ließ sich wieder und wieder bis an den Rand des Höhepunktes treiben, erklomm ein immer neues Plateau der Lust, bis er endlich den Gipfel erreichte. Er schrie auf, explodierte regelrecht in dem engen Schoß um seinen Schwanz und spürte, wie fast gleichzeitig heißer Samen in seinen Hintern geschossen wurde. Davis kam, er kam wieder und wieder, und ein Teil in ihm hoffte, dass es immer so weitergehen und nie aufhören würde.

Kapitel 14

Matt stellte das heiße Wasser der Dusche ab und blieb einen kurzen Moment einfach im Badezimmer stehen. Der Spiegel war von dem heißen Wasserdampf beschlagen, der wie Nebel durch das enge Zimmer wallte, und die Hitze umgab Matt wie ein Kokon. Er genoss es. Es schien, als wäre in diesem Kokon die Zeit stehen geblieben, und zum ersten Mal seit sehr langer Zeit spürte er sich einfach nur im Hier und Jetzt. Der gestrige Tag und auch das Schauspiel in Xanders »Scheune« an diesem Abend waren Erfahrungen, die seine Gedanken völlig durcheinandergewirbelt und sie endlich zum Schweigen gebracht hatten, und er genoss diesen Zustand in vollen Zügen. Dass Elaine ihm später den USB-Stick mit dem Code präsentiert hatte, den Davis ihr überreicht hatte, bevor er wieder gefahren war, war nur das Tüpfelchen auf dem i gewesen. Irgendwann legte sich der Wasserdampf aber, und Matt begann zu frösteln. Er band sich ein Handtuch um die Hüften und nahm ein zweites, um sich die Haare trocken zu reiben, als es im Nebenzimmer piepte. Er ging hinüber und sah, dass das Zeichen des Videochats rot blinkte. Ein Anruf, höchstwahrscheinlich aus Deutschland und – wie er befürchtete – höchstwahrscheinlich unangenehm, weil Emilia ihm aufs Dach steigen würde, da er sich bisher noch nicht ausführlich gemeldet und Bericht erstattet hatte.

Obwohl er noch halb nackt und nass war, klickte er auf das blinkende Zeichen. Zu seiner Überraschung war es Mia und nicht Emilia, die in dem neu geöffneten Fenster erschien. Sie schien ebenso überrascht zu sein wie er, als sie ihn sah. »Wieso werde ich das Gefühl nicht los, dass du mit jemand anderem gerechnet hast?«, fragte sie mit hochgezogener Augenbraue und ließ ihren Blick über seinen Körper schweifen. Matt brummte und trocknete sich rasch ab. Mit einer knappen Handbewegung warf er das Handtuch in die Ecke, zog sein T-Shirt vom Bett und streifte es sich über, damit Mias aufreizende Blicke aufhörten. »Tu nicht so, als hättest du das noch nie gesehen«, zog er sie auf. Sie verdrehte spielerisch die Augen. »Ich wollte dir nur ein bisschen schmeicheln, du alter Miesepeter.«

»Hat funktioniert«, erwiderte er und setzte sich vor den Laptop. »Aber das ist doch bestimmt nicht der Grund, warum du mich mitten in der Nacht anrufst.«

»Emilia hat dich offensichtlich nicht ohne Grund eingestellt«, stichelte sie liebevoll weiter, aber ihr Blick lag bereits auf etwas, was sich unterhalb des Chatfensters befand.

»Was ist los?«, fragte er alarmiert.

Mia fuhr sich durch die Haare und wich seinem Blick aus. »Es gibt ein paar Dinge, wegen denen ich dich anrufe. Ich befürchte nur, sie werden dir nicht gefallen.« Sie druckste herum und schien nicht recht zu wissen, wie sie beginnen sollte. »Setz dich am besten. Oder hol dir was zu trinken. Am besten beides. Es wird dir nicht gefallen«, wiederholte sie.

»Mir gefällt nicht, dass du gerade versuchst, Zeit zu schinden«, gab er schärfer als beabsichtigt zurück. Alles in ihm schrie ihm zu, dass die wohlige Blase, in der er sich seit zwei Tagen befand, gleich platzen würde. Er wollte es nicht, er wehrte sich bereits jetzt, wollte nichts von dem hören, was Mia ihm zu sagen hatte, aber ein anderer weitaus energischerer Teil wusste, dass er nicht weglaufen konnte. Er musste wissen, was sie ihm zu sagen hatte. Aber dann sollte es wenigstens schnell gehen, ohne weiteres Hinauszögern, wie das Abreißen eines Pflasters – kurz und schmerzlos.

Mia nahm ihm sein Knurren nicht übel, was bedeutete, ihre Nachricht war noch weitaus schlimmer, als er befürchtet hatte. »Rück schon raus damit«, fügte er sanfter hinzu, und Mia nickte unmerklich. »Nachdem wir endlich Bildmaterial von Elaine DeLacroix hatten, habe ich das neue Material in Hera eingespeist. DeLacroix ist tatsächlich ihr richtiger Name, aber sie hat vor Jahren ihren Vornamen ändern lassen. Geboren wurde sie als Catherine DeLacroix.«

Matt stützte sich angespannt auf seinen Oberschenkeln ab und hörte Mia zu, während sie fortfuhr: »Über Elaine konnte ich bisher ja nichts finden, aber Catherines Name taucht auf. Sie hat das Vermögen ihrer Eltern geerbt, nachdem die beiden bei einem Autounfall gestorben waren.«

Matt nickte abwesend, das Gesicht halb hinter seinen verschränkten Händen verborgen. Was Mia erzählte, deckte sich mit dem, was er bisher von Elaine beziehungsweise Catherine erfahren hatte.

»Es gab auch Gerüchte, dass sie einen Halbbruder hatte, dem auch ein Teil des Erbes zugestanden hätte, aber offiziell ist er nie in Erscheinung getreten und hat nie die Erbschaft eingefordert.«

Das war schon wesentlich interessanter. Einen Bruder oder Halbbruder hatte Elaine nicht erwähnt. In Matts Magen begann sich ein eiskalter Klumpen zu formen.

»Kurz nachdem sie das Erbe angetreten hatte, verkaufte Elaine die Ölfirma ihrer Eltern an einen großen Magnaten.«

Matt schloss die Augen. »Ian Browning?«, fragte er, auch wenn die Antwort bereits auf der Hand lag.

»Genau der«, bestätigte Mia. »Kennst du ihn?«

»Das ist jetzt nicht wichtig – weiter«, sagte Matt leise, und sein Tonfall schien Mia zu überzeugen, dass er im Augenblick wirklich nicht darüber reden wollte. »Nachdem Browning die Firma übernommen hatte, war Catherine oft mit ihm zusammen. Sie änderte ihren Namen inoffiziell in Elaine und wurde seine Geliebte.«

Er glaubte, sich dunkel zu erinnern, dass sie eine engere Verbindung mit Browning erwähnt hatte. Aber selbst wenn sie keine Affäre mit ihm begonnen hatte, wusste er doch genau, was Mias Fakten für ein Bild schufen – es klang, als hätte Elaine ihre Eltern mithilfe von Browning getötet, um an das Erbe zu kommen. Das Geld fiel ihr zu, und er erhielt seinen Anteil durch den Kauf der Firma. Falls es wirklich einen Halbbruder gegeben hatte, war der wahrscheinlich eingeschüchtert worden, damit er nicht auf die Idee kam, etwas vom Kuchen abhaben zu wollen. Matt rieb sich über das Gesicht. Das sah alles andere als gut aus. Elaine mochte eine geschickte Diebin und Betrügerin sein, aber dieser Art von Betrug und Mord hatte er sie nicht für fähig gehalten. Hielt er sie noch immer nicht, aber er musste die neuen Fakten erst einmal verdauen.

Mia schien ihm genau anzusehen, dass er die gleichen Schlüsse zog, ziehen *musste,* wie sie auch. »Etwa ein Jahr später verließ sie ihn«, fuhr sie behutsam fort. »Allerdings nicht ohne einen letzten Knall – sie hat ihn wohl übers Ohr gehauen, einen Teil seines Geldes veruntreut und, um das hinzukriegen, einen seiner Wachmänner getötet.« Sie biss sich auf die Unterlippe. »Es tut mir so leid, Matt.«

Er fuhr sich über die Stirn, strich sich die Haare aus dem Gesicht und starrte lange Zeit nur auf die Tischplatte vor sich. *Sie ist keine Mörderin, niemals, nicht Elaine!,* ging es ihm wieder und wieder durch den Kopf, aber Matt war schon zu lange Mitglied der ICD. Mia hatte ihm eindeutige Fakten präsentiert, die er nicht einfach ignorieren oder wegerklären konnte. Das Problem mit diesen Enthüllungen war, dass sie genau zu dem Bild passten, das Elaine ihm bisher von sich vermittelt hatte. Nein, schlimmer noch, das Bild, das er hatte sehen sollen. Sie hatte keinen Bruder erwähnt, weil das Matt auf eine Spur geführt hätte, von der Elaine nicht wollte, dass er sie verfolgte. Sie hatte ihm Details aus der Vorgeschichte zu Browning unterschlagen, weil das den gleichen Effekt gehabt hätte. Elaine hatte mit der Tatsache gespielt, dass er bisher nichts weiter von ihr wusste, als dass sie sich Elaine DeLacroix nannte und eine Betrügerin war. Sie hatte ihn belogen und mit ihm gespielt.

Der kalte Klumpen in seinem Magen wurde größer, wurde zu einer Faust, die ausholte und ihn mit voller Wucht in den Magen traf. Er hasste nichts mehr als Betrug und Lügen. Und ausgerechnet Elaine, die Frau, bei der er tatsächlich die Chance gesehen hatte, dass er jemandem vertrauen, sich jemandem auf diese Weise öffnen konnte, hatte dieses Vertrauen missbraucht und ihn auf die übelste Weise hintergangen. Sie war eine Mörderin, eine Betrügerin, und sie log. Matt rang mit sich, am liebsten wäre er einfach zu ihr rübergegangen, hätte sie zur Rede gestellt und eine Erklärung von ihr gefordert. Aber in diesem Zustand traute er sich selbst nicht. Wenn sie jetzt eine weitere Lüge erfand, um ihre Haut zu retten, konnte es sein, dass er die Kontrolle über sich verlor und Dinge sagte, die er für immer bereuen würde. Oder, schlimmer noch, er würde ihre Lügen und Beteuerungen glauben, weil er sie glauben wollte, weil er mit aller Macht dieses kurze Gefühl des Glücks, das er an ihrer Seite erlebt hatte, festhalten wollte. Aber anscheinend war es jetzt an der Zeit loszulassen.

»Da ist noch etwas«, meldete sich Mias Stimme aus dem Lautsprecher zu Wort. Sie sprach leise, formte die Worte behutsam. Matt sah auf. »Noch mehr?«

»Leider ja.« Sie schluckte deutlich sichtbar. »Ich konnte Hera nicht ohne Emilias Einwilligung benutzen.« Matt nickte. Dass es zwei Chefs an der Spitze der deutschen Abteilung der ICD gab, hatte nicht nur organisatorische Gründe. Dieses System sollte auch dafür sorgen, dass diese beiden Posten sich gegenseitig überwachten und verhinderten, dass einer von beiden die sensiblen Daten, die sie mit Hera und der Arbeit der ICD-Agenten erhielten, missbrauchte. Das bedeutete aber auch, dass Mia Matt nicht mehr ohne Vorbehalte den Rücken freihalten konnte. »Das Vieraugenprinzip«, sagte er.

Mia nickte. »Elaine oder Catherine oder wie sie sich nennt ist nicht mehr nur als Klasse zwei eingestuft. Sie hat höchstwahrscheinlich einen Mord begangen und bei einem zweiten gibt es starke Anzeichen, dass sie darin verwickelt war. Vielleicht nicht unbedingt als Täter, aber zumindest hat sie ihn mit geplant. Deswegen ist sie jetzt in Klasse drei umgestuft worden. Du weißt, wie wenig Toleranz die ICD-Klasse drei Straffälligen gegenüber hat.«

»Wann ist das passiert? Für eine Umstufung müssen mindestens drei ICD-Büros zustimmen«, fuhr er auf.

»Beijing und Washington waren sich nach der Konferenz mit Emilia sehr schnell einig«, gab Mia scharf zurück. »Sie wollte die Informationen eigentlich abmildern, aber dein Bericht fehlt. Sie wusste nicht, wie sie dein Verhalten und dein Schweigen verteidigen sollte. Ohne deinen Bericht hatte sie nichts in der Hand, womit sie Elaine oder dich heraushauen konnte.«

Die Standpauke saß. Matt fluchte leise. »Was ist die Konsequenz?«

»Sie hat versucht, dich, so gut es ging, zu decken, aber Elaine wird auf diese Weise nicht mehr lange auf freiem Fuß bleiben. Was auch immer ihr beiden in Las Vegas da treibt, bring es zu Ende und bring Elaine endlich nach Berlin. Je länger Emilia nichts von dir hört, umso schneller wird der Einsatztrupp kommen, und dann wandert Elaine ins Gefängnis, ohne Chance auf einen Deal.«

In Matts Kopf rasten die Gedanken wie Kometen umher. Er versuchte, sie zum Stillstand zu bringen oder einen davon zu fassen zu bekommen, um sich darauf zu konzentrieren, aber hinter seinen geschlossenen Augen wirbelten sie nur noch schneller durcheinander. Er konnte Emilia jetzt keinen Bericht vorlegen, nicht wenn Elaine als Mörderin klassifiziert war. Wenn die ICD jetzt erfuhr, was er vorhatte, würden sie ihm die Kontrolle über diesen Fall entziehen und Elaine in das dunkelste Loch sperren, das die ICD finden konnte.

Aber warum sollte er ihr überhaupt noch helfen? Sie hatte ihn belogen, die Tatsachen verschleiert und ihn benutzt. Wahrscheinlich scherte sie sich einen Dreck um ihn. Warum sollte er also das Risiko auf sich nehmen und sich für sie gegen die ICD stellen?

Matt wusste es, die Antwort war für ihn wie in Stein gemeißelt. Wegen ihres Kusses. Es war irrational und vollkommen verrückt, aber er konnte sich nicht so sehr getäuscht haben. Auch wenn Elaine mit ihm gespielt haben mochte, dieser Kuss zwischen ihnen war echt gewesen. Matt war sich dessen so sicher, wie er sich bisher selten einer Sache sicher gewesen war. Dieser eine Kuss hatte etwas bedeutet. Nicht nur für ihn.

»Gib mir noch etwas Zeit«, sagte er schließlich zu Mia.

»Matt, du …«

»Bitte, Mia. Nicht viel. Ich regle das, aber ich brauche noch etwas Zeit.«

Sie schien mit sich zu ringen. Er konnte förmlich hören, was sie ihm sagen wollte, aber Mia war seine Freundin. Er vertraute ihr vollkommen, und jetzt konnte er nur hoffen, dass dieses Vertrauen auf Gegenseitigkeit beruhte. Erleichtert sah er, dass sie nickte. »Aber viel wird es nicht sein, was ich für dich herausschlagen kann. Du musst dich beeilen.«

»Das werde ich.«

Sie sah aus, als wollte sie die Verbindung unterbrechen, aber dann sah sie noch einmal auf. Zu Beginn ihres Gesprächs hatte sie noch gelächelt und ihn aufgezogen, als wäre zwischen ihnen alles wie früher. Aber das war nun verschwunden. Ihr Gesicht war voller Sorge. »Bitte, sei vorsichtig, Matt«, sagte sie so leise, dass er sie fast nicht gehört hätte. »Pass auf dich auf und komm heil nach Hause zurück.«

Er versuchte, aufmunternd zu lächeln, aber selbst er spürte, dass es aufgesetzt wirkte. »Das werde ich«, sagte er, und auch das fühlte sich auf seinen Lippen wie eine Lüge an.

Kapitel 15

Es war nur ein kurzer Film, wackelig und offensichtlich mit einer Handkamera gefilmt, aber die Aufnahme zeigte ihm alles, was er wissen musste. Ian Browning saß in seinem abgedunkelten Apartment in Hongkong, die großen Fenster, die ihm um diese Uhrzeit einen traumhaften Blick auf den Hafen gewährt hätten, waren mit blickdichten Vorhängen verschlossen, und außer der Leselampe auf dem Schreibtisch und dem kalten blauen Licht des Computerbildschirms brannte kein Licht im Zimmer. Obwohl es dunkel war, reichte allein die schiere Größe des Raums aus, um die Dunkelheit in ein seelenloses schwarzes Loch zu verwandeln, eine Höhle, deren Tiefe man nicht ausloten konnte und von der man ahnte, dass sich etwas Grausames, Hungriges in ihrem Innern verbarg. Browning hatte das bisher immer gefallen. Es war zum einen ein Beweis seines Reichtums und seiner Macht, denn Raum und Platz war das Kostbarste, was derzeit in Hongkong zu kaufen war. Zum anderen sah er sich selbst gerne als die Bedrohung, die im Innern der Dunkelheit lauerte, und schüchterte Gegner und Untergebene gleichermaßen damit ein. Aber in diesem Augenblick fühlte sich selbst das Grauen in der Dunkelheit verloren an.

Er starrte auf den Bildschirm, auf dem das Video gerade wieder zum Stillstand gekommen war und die letzte Einstellung eingefroren in der Mitte des Computers prangte. Browning wusste, dass er zuweilen Probleme hatte, seine Gefühle richtig auszudrücken, aber seit vielen Jahren war er in einer Position, wo gelegentliche Wutausbrüche und demolierte Hotelzimmer lediglich als exzentrisch galten und nicht als vollkommen durchgeknallt. Aber wenn Browning in diesem Moment seinem Wunsch nachgekommen wäre, nach Las Vegas geflogen und diesem verdammten Schnösel einfach die Hände um die Kehle gelegt hätte, bis dieser nur noch röcheln könnte, bis das Leben endgültig aus seinen Augen gewichen war ... dann konnte nicht einmal Brownings Geld ihn vor einer Gefängnisstrafe beschützen. Mit offenem Mord kam nicht einmal der Milliardär davon.

Er trat gegen den Tisch, klickte auf Play, und das Video wurde noch einmal abgespielt. Die Aufnahme wackelte etwas, der Detektiv hatte versucht, das Pärchen auf der gegenüberliegenden Straßenseite gut einzufangen und gleichzeitig das Handy nicht zu auffällig hoch zu halten. Die Frau hatte sich bei dem großen dunkelhaarigen Mann untergehakt, und beide schienen von der Welt um sie herum nichts mehr mitzubekommen. Sie sprachen vertraulich miteinander, und irgendwann lachte die Frau sogar. Sie warf dabei den Kopf zurück, das lange blonde Haar beschrieb einen Bogen, und ihr bloßer Hals wurde sichtbar. Sie bot sich ihm an wie eine Nutte, Elaine, diese Hure, bot sich einem beliebigen, gut aussehenden Schnösel an, der sie nicht einmal in ein richtiges Restaurant ausführte, sondern in einen abgeranzten chinesischen Imbiss. In Brownings Kopf tanzten Bilder – Elaine, wie sie sich vor diesem Bastard auszog, wie sie vor ihm auf die Knie ging, ihm den Schwanz lutschte und sich schließlich auf ihn setzte ...

Diese Hure. Diese verdammte, verräterische Hure!

Browning konnte seine Wut nicht mehr kontrollieren, es klirrte laut, und der Computer flog vom Tisch. Ein kurzer Knall, berstendes Glas, und der blaue Schein des Bildschirms erlosch. Alles, was blieb, war das Licht der Tischlampe.

Er fühlte sich nicht besser, aber er bekam die Wut jetzt etwas in den Griff. Nur die Eifersucht, die saß noch immer wie eine bittere Kröte in seiner Kehle, blähte sich auf und nahm ihm die Luft zum Atmen. Das Video war zerstört, aber er sah sie immer noch, Elaine, seine Elaine, seine Frau, sein verdammter Besitz! Er sah sie vor sich, mit diesem anderen Mann. Sie trug Brownings Zeichen auf ihrem Arm und wagte es dennoch, sich von einem anderen besteigen zu lassen, hatte es sogar gewagt, ihn, Ian Browning, zu verlassen, nach all dem, was er für sie getan hatte?! Er hatte sie von ihren ewig nörgelnden Eltern befreit, hatte sie ausgeführt, ihr die Welt gezeigt. Vielleicht hätte er ihr sagen sollen, was er alles für sie getan hatte. Ein Mord, ein Unfall – sie mochte es für einen Wink des Schicksals gehalten haben, aber er wusste es besser, er wusste, wem Elaines Treue und ihre Liebe, ihr Körper gehören sollten. Und bald würde sie es auch wieder wissen. Dafür würde er schon sorgen.

Kapitel 16

Elaine öffnete die Tür, als es klopfte. Sie musste versuchen, dieses dauerhafte Grinsen aus ihrem Gesicht zu bekommen, aber seit der letzten Nacht hatte es sich auf ihren Lippen festgesetzt und weigerte sich, sie zu verlassen. Sie hatte nicht viel geschlafen, eigentlich hatte sie gar nicht geschlafen, aber das merkte sie kaum. Gegen Morgen hatte sie sich gewundert, dass Matt sie nicht wie üblich zum Frühstück abgeholt hatte, aber er schlief wahrscheinlich länger. Also war sie auf eigene Faust durch Las Vegas geschlendert, hatte die Stadt genossen, hatte es genossen, sie zum ersten Mal mit ganz anderen Augen zu sehen. Wann immer sie früher durch die Stadt gegangen war, hatte sie nur Erinnerungen an eine Zeit gefunden, die sie am liebsten ausgemerzt hätte, wie das Tattoo auf ihrem Arm. Seit sie mit Matt hier entlanggegangen war, hatte ihr Blick sich verändert.

Sie fühlte sich … glücklich. Nach so langer Zeit, in der sie nicht mehr damit gerechnet hätte, fühlte sie sich wirklich glücklich. Eine Empfindung, so lange schon vergessen, dass sie sich ganz neu und unvertraut anfühlte. Neu, aber nicht unangenehm.

Gegen Nachmittag war sie ins Hotel zurückgekehrt, um noch etwas Schlaf nachzuholen. Sie und Matt hatten am Vorabend schon verabredet, dass sie am Abend im *Original Sin* sein würden, um die Maskerade weiter aufrechtzuerhalten. Elaine wollte außerdem Alex auf den neusten Stand bringen. Als sie sich für den Abend zurechtgemacht hatte, hatte sich ein Gefühl der Vorfreude in ihr ausgebreitet, und sie hatte über sich selbst lachen müssen. Sie benahm sich wie ein verliebter Teenager, aber für den Moment hieß sie diese Empfindung einfach nur willkommen und dachte nicht allzu sehr darüber nach.

»Nicht so ungeduldig«, rief sie und ging zur Tür. Mit einem strahlenden Lächeln öffnete sie die Tür und stützte die Hand auf der Hüfte auf. »Na?«, fragte sie kokett. »Bist du auch endlich da?«

Matt trug einen der teuren Anzüge, die er nur für den Klub reserviert hatte. Sie liebte ihn in diesem Outfit, konnte sich daran kaum sattsehen, aber als sie ihm ins Gesicht blickte, entdeckte sie nicht den leisesten Anflug eines Lächelns darin. Im Gegenteil, er wirkte … wütend? Elaines Lächeln verblasste. »Matt, stimmt etwas nicht?«

Er wich ihrem Blick aus. »Ich habe keine Lust, hier herumzustehen. Bist du endlich fertig?«

Das klang ganz anders als am Abend davor. Elaine blinzelte überrascht und wich ein wenig zurück. »Was soll das?«, fragte sie leise und sah sich unsicher auf dem Flur um. War das ein Scherz? Stand noch irgendjemand versteckt hinter einer der Türen und wartete nur darauf, aus seinem Versteck zu springen und »reingelegt!« zu rufen? Aber Matts Miene blieb kalt, und der Flur schien menschenleer zu sein.

»Komm endlich«, knurrte er. Ihre Verwirrung begann, in Wut umzuschlagen. So ließ sie sich nicht behandeln, schon gar nicht von irgendeinem Typen, der sich vielleicht kurz eingebildet haben mochte, dass er ihr gefiel. »Was soll der Mist? Ich bin nicht deine Gefangene«, zischte sie.

In Matts Gesicht kam endlich eine Reaktion, es zuckte, als könnte er sich nur mit Mühe zurückhalten, nicht das zu sagen, was er eigentlich sagen wollte. Sein Kiefermuskel zuckte, seine Augen blitzten wütend, und schließlich knurrte er: »Du bist eine verdammte Kriminelle, Elaine. Ich habe mich schon viel zu sehr auf dich eingelassen, aber damit ist jetzt Schluss. Wir werden jetzt ins *Sin* fahren, und sobald diese Sache erledigt ist, werden wir beide getrennte Wege gehen.« Er sah sie kalt an, kälter, als sie es sich jemals hätte vorstellen können. Dann wandte er sich ab, und Elaine stand allein in ihrem Zimmer.

»Mir reicht es. Ich bin raus.« Elaine lief unruhig in der kleine Privatgarderobe umher, die sie gemeinsam mit Alex benutzen durfte. Die Klubbesitzerin saß auf dem breiten, weichen Sofa, das die hintere Hälfte des Zimmers dominierte, und beobachtete ihre Freundin ruhig dabei, wie sie hin und her lief und dabei unabsichtlich Tuben und Tiegel vom Schminktisch fegte. »Ich meine, ich habe auch meinen Stolz. Warum soll ich mich wie eine Puppe benehmen und dankbar um jedes bisschen Aufmerksamkeit betteln, wenn es dem Herrn gerade beliebt, mich zu beachten?!«

Es klirrte, und eine Tube mit Foundation landete auf dem Parkettboden, dicht gefolgt von einer Wimpernzange. »Und warum steht hier überall etwas herum?!«, fauchte Elaine.

Alex seufzte und fuhr sich mit der Hand über das Gesicht. »Okay, wird Zeit, dass du wieder etwas runterkommst. Ich habe mir lange genug angesehen, wie du meine Garderobe demolierst. Was ist los?«

Elaine setzte an und wollte es ihr sagen – aber ihr versagte die Stimme. Zu viele Gedanken und Worte versuchten auf einmal, aus ihr herauszustürmen, sodass am Ende nicht ein einziger Laut aus ihrer Kehle kam.

»Verstehe schon.« Alex stand auf, drückte dafür Elaine in den Sessel und ging zu ihrem kleinen »Geheimvorrat«, wie sie es nannte. Der bestand eigentlich nur aus einem Holzschränkchen, dessen Inneres aber perfekt temperiert und auch befeuchtet war, damit die Kostbarkeiten darin keinen Schaden erlitten. Mit einem Tumbler in der Hand kam sie wieder zurück – das bauchige grüne Glas schimmerte, als sie es drehte und Elaine in die Hand drückte. Auf dem Boden befand sich eine bernsteinfarbene Pfütze, und ein starker, torfiger Duft schlug Elaine entgegen. Sie stürzte den Whisky auf einen Zug hinunter und hustete. Ihre Hand streckte Alex aber schon wieder das Glas entgegen. »Mehr, bitte«, krächzte Elaine, während der erste Schluck sich noch brennend ihre Kehle hinabfraß und erst in ihrem Magen zu wohliger Wärme wurde.

Alex lächelte schief, holte ihr aber noch Nachschub und setzte sich neben sie. »Trink den lieber langsamer – ich will dich nicht vom Boden aufkratzen müssen.« Sie sah zu dem Schminktischchen hinüber. »Das werde ich nachher ohnehin mit meinen ganzen Utensilien machen müssen.«

»'tschuldigung«, nuschelte Elaine und nippte an ihrem Glas. Der Whisky brannte noch immer, aber nicht mehr so stark wie bei ihrem ersten Schluck. Sie seufzte und nippte abermals an ihrem Glas. »Das hilft.«

»Freut mich. Bist du jetzt so weit, mir zu erzählen, wer dich so wütend gemacht hat?«

Elaine seufzte abermals, starrte in den Tumbler und sagte: »Matt.«

»Ah, unser ICD-Agent. Den hatte ich ohnehin im Verdacht. Was hat er dir denn Schreckliches angetan?«

»Er ... er hat... er schläft nicht mit mir. Also ... so richtig.« Elaine schielte wieder in ihr Glas. Eventuell hatte sie unterschätzt, wie stark der Whisky war. Versuchsweise trank sie noch einen Schluck.

Alex hob die linke Braue. »Aha, der böse, böse ICD-Mann wird nicht gleich zudringlich und will mit dir schlafen?«

»Nein! Ich meine, doch!« Elaine rieb sich die Schläfe. »Aber nur für den Job. Also, so wie gestern. Verstehst du?« Sie leerte das Glas.

Alex legte den Kopf leicht schief, und um ihre Mundwinkel zuckte es verdächtig.

»Das ist nicht witzig!« Aus irgendeinem Grund hatte sie ihre Zunge nicht mehr recht im Griff. »Ich meine, wenn ich ihn lange genug reize und bohre, wird er scharf genug, um mit mir zu schlafen. Oder wenn ich ihm drohe. Aber nie ... nie von sich aus, weißt du? Und jedes Mal, wenn wir Sex haben, will ich gleich wieder mehr. Ich kann gar nicht mehr aufhören, daran zu denken. Er ist so unfassbar ... ich weiß auch nicht. Ich brauche mehr davon.« Bei den letzten Worten hob sie das Glas an. Alex sagte auch dazu nichts, stand aber auf und schenkte ihrer Freundin ein. »Das ist aber der letzte Nachschub.«

Elaine nickte und nippte wieder am Whisky. Diesmal brannte es gar nicht mehr. Sie versuchte sich zu erinnern, wann sie das letzte Mal Alkohol getrunken hatte. Das war an dem Abend gewesen, als sie Gerome das letzte Mal gesehen hatte ...

»Liebes, alles in Ordnung?« Alex' amüsierte Miene war verschwunden. Sie legte den Arm um Elaines Schultern und setzte sich wieder zu ihr. »Was ist denn los?«

Anfangs wusste Elaine nicht einmal, was Alex meinte, bis ihr ein Wassertropfen auf den Handrücken fiel. Verwirrt wischte sie sich über das Gesicht und merkte erst jetzt, dass sie weinte. »Ich weiß nicht ...«, flüsterte sie.

Alex strich ihr sanft über den Rücken. »Beschäftigt er dich wirklich so sehr? Oder ist es Gerome?«, fragte sie behutsam.

»Beides«, erwiderte Elaine. »Glaube ich zumindest.« Sie fuhr sich durch die offenen Haare und wischte sich die Tränen von der Wange. »Ich kann Matt nicht einordnen. Ich verstehe ihn einfach nicht, und das wäre auch kein Problem, wenn ich endlich aufhören könnte, an ihn zu denken. Bei ihm fühle ich mich das erste Mal seit Geromes Tod sicher. Ich fühle mich, als hätte ich endlich so etwas wie ein Zuhause oder zumindest etwas … jemanden, das oder der mal mein Zuhause werden könnte, aber … ich kann das nicht. Vor allem nicht mit ihm. Und er will es auch gar nicht.« Vor den letzten Worten hatte sie sich gefürchtet. Sie waren immer im hintersten Winkel ihres Kopfes gewesen, sie hatte sie dort herumkriechen gespürt, hatte sie ignoriert, aber jetzt waren sie ausgesprochen, und nichts auf der Welt konnte das wieder ungeschehen machen. Fassungslos sah Elaine Alex an. »Oh Gott, er will mich nicht, Alex! Er will mich nicht.«

Alex strich ihr sanft über die Stirn. »Du solltest heute nicht hier sein. Ich weiß, im Hotel fällt dir die Decke auf den Kopf, aber du solltest ins Bett gehen und dich ein bisschen ausruhen. Du grübelst zu viel, und du bist betrunken. Morgen sieht das alles gleich wieder anders aus.«

Elaine schniefte. »Du hast wahrscheinlich recht«, murmelte sie und stürzte den Rest des Whiskys hinunter, bevor Alex sie aufhalten konnte. »Ich suche mal meinen ›Fahrer‹, damit er mich zurückbringt.«

Alex sagte etwas, aber Elaine ignorierte es und verließ die Garderobe. In der Lounge blitzten immer wieder Lichter auf. An diesem Abend wurde getanzt, eigentlich ein biederer Klub, wären da nicht die halb oder ganz nackten Frauen und Männer in den Käfigen oder auf den Tischen gewesen, die die Besucher anheizen sollten. Es roch nach Blumen, Alkohol und teurem Duftwasser, ein Geruch, der Elaine sonst gefiel, aber im Augenblick wurde ihr übel davon. Die blitzenden bunten Lichter wurden von den schwarzen Wänden reflektiert und ließen die Lounge größer erscheinen, als sie ohnehin schon war. Elaines angesäuselter Zustand sorgte dafür, dass sie die Orientierung verlor. Suchend sah sie sich nach Matt um. Sie fand ihn kurz darauf an einem der Tische, die etwas abseits standen. Eine der Kellnerinnen beugte sich gerade zu ihm – Elaine erinnerte sich nicht mehr an ihren Namen. War es Betsy oder Babs? Es kümmerte sie eigentlich auch nicht. Aber Betsy-Babs beugte sich gerade mit einem lasziven Augenaufschlag zu Matt hinunter, und er sagte ihr etwas ins Ohr, woraufhin Betsy-Babs albern kicherte und ihn anstieß.

Elaine ballte unwillkürlich die Fäuste. Was wollte das Miststück da von ihrem Mann? Sie blinzelte. Ihrem Mann?

Hastig überquerte sie die Tanzfläche und stellte sich neben die beiden. Sie ignorierte die Kellnerin und beugte sich zu Matt, um ihn auf sich aufmerksam zu machen, als sie jemand hart im Nacken packte. »Der gehört mir«, zischte Betsy-Babs ihr ins Ohr. »Hey!« Matt stand auf und wollte sie offensichtlich trennen, aber Elaine hatte schon Betsys Handgelenk gepackt und ihr mit einer Drehung den Arm auf den Rücken gedrückt. »Vergiss das ganz schnell wieder«, zischte sie in Betsys Richtung, ehe sie ihren Arm wieder losließ. Betsy sah sie fassungslos und mit schmerzverzerrtem Gesicht an. Für einen Augenblick befürchtete Elaine schon, dass die Kellnerin sie anfallen würde, und machte sich kampfbereit, aber Betsy suchte doch lieber das Weite.

»Was sollte das?«, fragte Matt.

Elaine drehte sich zu ihm um und war sich bewusst, dass die Umstehenden das kleine Spektakel mitbekommen hatten. Sie ignorierte sie, legte ihre Hand auf Matts Brust und drängte ihn wieder zurück auf den Stuhl. »Ich habe meine Beute verteidigt«, sagte sie mit schwerer Zunge, »und jetzt hole ich sie mir.«

Matt wirkte nicht besonders überrascht. Am liebsten hätte Elaine sein Revers gepackt, ihn geschüttelt und angeschrien, damit er eine Regung zeigte, irgendeine, die nicht Gleichgültigkeit war, oder seine verdammte Distanz, aber stattdessen schob sie seine Schenkel energisch mit ihrem Fuß auseinander und begann, sich im Takt der Musik zu bewegen. Sie war nicht die Erste und auch nicht die Einzige, aber in diesem Moment wollte sie, dass sie für Matt die Einzige war. Er sollte sie sehen, seine Augen sollten sich nicht mehr von ihr abwenden können. Sie wollte eine Regung in diesem schönen, männlichen, verdammt unbewegtem Gesicht. Irgendeine.

Der Boden vibrierte regelrecht unter den stampfenden Bässen, um sie herum schmiegte sich nackte Haut an Haut. Elaine fuhr sich durch die offenen Haare. Ließ die weichen Strähnen über ihren Körper gleiten und schob ihr Spitzenoberteil ein wenig höher, weit genug, dass die Rundung ihrer Brüste sichtbar wurde. Bevor die Höfe der Nippel zu sehen waren, ließ sie den Stoff wieder fallen und ließ ihr Becken kreisen. Sie spürte Matts Blicke auf sich, seine Aufmerksamkeit gehörte ihr, und ein primitiver Instinkt in ihr schnurrte befriedigt. Aber Elaine war das noch nicht genug. Sie kniete sich auf Matts Schoß, ließ ihre Pussy gegen seinen Schritt kreisen und warf den Kopf in den Nacken. Sie spürte seine Finger auf ihrer Taille, schob seine Hand aber energisch wieder weg. Das waren ihr Tempo und ihr Tanz. Sie tat, was sie schon seit ihrer ersten Begegnung tat: Sie versuchte ihn zu reizen, wollte ihn endlich aus seiner Reserve locken, damit er ihr gab, was sie sich so sehnlich wünschte. Ihr Körper war geschmeidig, dafür sorgte sie, seit sie vierzehn war, und sie konnte sich ohne große Mühe wie eine Schlange auf ihm bewegen. Ihr Oberkörper beschrieb einen Bogen, und sie beugte sich vor. Mit den Zähnen fuhr sie über den Stoff seines Hemdes, biss hinein und zog es weit genug nach oben, dass sein muskulöser Bauch freigelegt wurde. Elaine seufzte vor Behagen und fuhr die einzelnen Muskeln mit der Zungenspitze nach. Matts Hand griff in ihr Haar, brachte sie dazu aufzusehen, aber sie lächelte nur und machte sich los. »Meine Beute«, erinnerte sie ihn und richtete sich wieder auf. Ihr Becken kreiste schneller an ihm, und sie konnte unter all den Lagen Stoff spüren, wie hart er bereits geworden war. Sein Blick lag auf ihrem Körper, glitt darüber wie ein Liebhaber, streichelte sie, berührte sie auch an den Stellen, die nicht jeder sehen konnte. Sie genoss es und zeichnet den Weg seines Blickes mit ihren Händen nach, ließ sie über ihre Seiten, ihren Bauch und die Erhebung ihrer Brüste fahren. Ihre eigene Berührung entfachte ein Feuerwerk in ihr, heiß, prickelnd, und von ihren Lippen kam ein Stöhnen. Als sie den Blick senkte, war Matts Miene noch immer unbewegt. Seine Augen verrieten seine Lust, aber ... war da noch mehr? Elaine musste ehrlich zu sich selbst sein. Sie schluckte und spürte, wie ihre eigene Erregung schlagartig verging. Vorsichtig stieg sie von ihm herunter, aber der Alkohol machte sich bemerkbar, und sie strauchelte. Bevor sie auf den Boden fallen konnte, fingen Matts große Hände sie auf. »Ich denke, es ist genug.«

»Nein«, protestierte Elaine und versuchte, sich loszumachen, aber er hielt sie fest an sich gedrückt. Gegen seine Kraft kam sie in diesem Zustand nicht an. »Ich bringe dich nach Hause.«

Elaine bekam kaum mit, wie er sie durch den Klub trug. Erst als ihr die kalte Nachtluft entgegenschlug, wurde sie etwas klarer im Kopf. Er fuhr sie mit dem Impala zurück zum Hotel, und als sie aussteigen wollte, hielt er sie auf und trug sie wieder. Elaine versuchte noch einmal, sich zu befreien und zu protestieren, aber es hatte keinen Zweck. Er stellte sich taub. Schließlich gab sie auf und lehnte sich an seine Brust, während er mit ihr auf seinen Armen mit dem Aufzug zu ihrem Hotelzimmer fuhr. Sein Duft umgab sie vollkommen, eine ganz eigene Welt nur für sie und ihn, in der es außer ihnen sonst niemanden gab. Elaine hätte es vor Matt niemals zugegeben, aber sie hätte alles dafür gegeben, wenn dieser Moment niemals geendet hätte. Aber so viel Glück hatte sie nicht. Er schloss gerade ihr Zimmer mit seiner Karte auf und trug sie zum Bett. Durch die offenen Fenster drang das Lichtergewirr des nahen Strip ins Zimmer und verlieh ihm eine Art künstliches Zwielicht. Es malte blaue Schatten in Matts

Gesicht und auf ihren Körper. Elaine konnte seine Augen kaum mehr von der Dunkelheit unterscheiden, nur das Glitzern darin zeigte ihr, wo sie waren.

Behutsam setzte er sie auf dem Bett ab. Sie hatte befürchtet, er würde gleich wieder gehen, aber er blieb neben ihr sitzen und strich ihr das Haar aus der Stirn. »Ich hole dir ein Glas Wasser. Das trinkst du, und dann solltest du schlafen.«

»Nein«, murmelte sie, und diesmal war ihre Zunge nicht mehr nur vom Whisky schwer. »Kein Wasser. Bleib noch.« Seine Hände auf ihren Wangen, seine Fingerspitzen strichen ihr Strähnen aus der Stirn. »Danke«, flüsterte sie, ohne noch recht zu wissen, was sie da sagte, »danke, dass du auf mich aufpasst.« Und dann war sie eingeschlafen.

Kapitel 17

»Diese Frau treibt mich in den Wahnsinn!«, fluchte Matt.

»Das ist eine Computerkamera«, informierte Mia ihn. »Die folgt deinen Bewegungen nicht. Also hör auf herumzulaufen und setz dich wieder hin.«

Schon die zweite Frau an diesem Tag, die ihn herumkommandierte.

Matt fluchte noch lauter, ließ sich aber wieder vor dem Schreibtisch nieder, auf dem der aufgeklappte Laptop stand. »Besser?«, fauchte er.

Mia verdrehte die Augen. »Hey, ich bin nicht diejenige, die dich in den Wahnsinn treibt«, schoss sie zurück. Es war früher Abend in Deutschland, aber Mia hatte noch gearbeitet und saß daher in einem cremefarbenen Kleid vor dem Computer, nicht im Pyjama. Seit sie Ryan getroffen hatte, verzichtete sie bei der Arbeit auf ihre üblichen langweiligen Anzughosen und kleidete sich modischer.

»Jetzt gerade schon«, sagte Matt, war sich aber nicht sicher, ob Mia es gehört hatte oder ob sie es einfach ignorierte. Er fuhr sich mit allen zehn Fingern durch die Haare und stützte den Kopf in die Hände. »Du kannst dir nicht vorstellen, was sie mit mir macht«, murmelte er gedämpft durch seine Finger hindurch. »Und ich bekomme sie einfach nicht aus meinem Kopf.«

»Oh, ich glaube, ich habe eine ziemlich gute Vorstellung davon, was sie mit dir macht«, erwiderte Mia, und Matt musste nicht einmal aufsehen, um das Grinsen in ihrem Gesicht zu sehen. Es war deutlich aus ihrer Stimme herauszuhören. »Diese Frau schafft es, dich endlich mal aus deinem ›Ich brauche nur die Arbeit und meine Computerspiele‹- Schneckenhaus zu holen.«

»Ich gehe auch zum Training«, knurrte Matt und versuchte, damit zu übertünchen, dass Mia genau ins Schwarze getroffen hatte.

»Natürlich, das macht es gleich um so vieles besser«, erwiderte sie trocken.

»Wenn ich mich beleidigen lassen will, gehe ich einfach rüber.«

»Mann, diese Elaine geht dir ja wirklich unter die Haut!«

Matt seufzte. »Wie kommst du nur darauf?«, fragte er müde.

»Ich glaube trotzdem, dass dir das guttut.«

»Wie soll mir das guttun?!«

Mia rieb sich über die Stirn.

»Matt«, sagte sie, und ihr Ton wurde deutlich weicher, »du bist ein guter Mensch. Der beste, den ich kenne. Du verdienst es, glücklich zu werden. Aber ...« Sie zögerte, als wüsste sie nicht, ob sie ihm die folgenden Worte sagen konnte, fuhr dann aber fort: »Seit unserer Trennung hast du dich auf keine neue Beziehung mehr eingelassen. Nicht einmal auf einen One-Night-Stand. Und erzähl mir jetzt nicht, es liegt daran, dass es keine Interessentinnen gibt. Wenn du aufhören würdest, dich so abzukapseln, würde dir das gesamte weibliche Personal der Berliner ICD zu Füßen liegen.«

Matt lächelte ungläubig. »Unsinn.«

»Du hast von Frauen eben noch nie etwas verstanden.« Mia lachte, wurde aber schnell wieder ernst. »Was ich dir zu sagen versuche, ist, ... ich bin froh, dass es jemanden gibt, der dich wachrüttelt. Du reagierst auf Elaine, und das ist ein gutes Zeichen.«

Matt schüttelte den Kopf. »Du hältst es für ein gutes Zeichen, dass ich beim Anblick einer Kriminellen, vielleicht einer Mörderin eine Dauererektion bekomme?«

»Wenn das bedeutet, dass du endlich mal wieder ernsthaftes Interesse an einer Frau zeigst – dann ja.«

Matt schnaubte. Das Telefon klingelte. »Ich muss schlussmachen.«

»Okay. Melde dich morgen noch einmal – Emilia will endlich wissen, was genau bei euch los ist.« Sie wirkte mit einem Mal ungewohnt ernst. »Und das meine ich auch so.«

Matt beendete die Verbindung, ohne darauf einzugehen, und nahm den Hörer des altmodischen Hoteltelefons ab. »Ja?«, brummte er.

»Wow, ich dachte, nach dem kleinen Lapdance wärst du etwas entspannter.«

Elaine. Wer auch sonst. Matt zwang sich, ganz tief durch die Nase ein- und wieder auszuatmen, und rieb sich müde über die Augen.

»Ist es nicht noch ein bisschen früh, um mir auf die Nerven zu gehen?«, fragte er unhöflich, aber sie schien ihm das nicht übel zu nehmen.

»Es ist zehn Uhr. Ich bin bereits seit drei Stunden wach.« Sie klang, als wäre die letzte Nacht nicht passiert. Gut, er würde das kleine Spielchen mitspielen.

»Dann rufst du mich mit Sicherheit nicht an, um mich zum Kaffee einzuladen.«

Elaine lachte. Ein Laut, der Matt einen heiß-kalten Schauer über den Rücken jagte.

Was war nur mit ihm los, dass jede noch so kleine Geste dieser Frau ihn gleich aus der Fassung brachte? »Eigentlich hatte ich genau das vor«, sagte sie. »Im *Sin.*«

Matt stutzte. »Der Klub ist doch kein Café?«

»Nein. Aber ich muss einiges mit der Besitzerin und mit dir

besprechen. Und das geht am einfachsten im *Sin*. Dort kann ich sicher sein, dass niemand mithört.«

»Na meinetwegen«, erwiderte Matt. »In zehn Minuten im Auto.«

Elaine trug eine züchtige Jeans und ein T-Shirt, das sich deutlich über ihren prallen Brüsten spannte. Anfangs hatte Matt nicht gewusst, wie er nach dem gestrigen Vorfall auf Elaine reagieren sollte, aber die tat, als wäre nichts geschehen, also hatte er ihre Taktik einfach übernommen.

Der Parkplatz vor dem Klub war leer. Selbst wenn das *Sin* geöffnet war, wirkte es von außen nicht besonders beeindruckend, aber im Tageslicht sah der graue Betonklotz mitten auf dem Parkplatz regelrecht abstoßend aus. Matt ließ die Tür des Impala hinter sich zufallen und folgte Elaine zum Hintereingang. Sie gab einen Zahlencode in das Schloss ein, zog eine Chipkarte hindurch und zog die schwere Metalltür auf. Aus Gewohnheit kam Matt dazu, drückte die Tür noch weiter auf, damit Elaine als Erste hindurchgehen konnte, und erntete von ihr einen irritierten Blick.

Er zuckte nur mit den Schultern und folgte ihr in das dunkle Innere des Klubs.

Der Unterscheid war nicht so groß, wie Matt erwartet hatte – es gab zwar mehr Licht, aber anstatt das *Sin* damit in eine runtergekommene Lasterhöhle zu verwandeln, erschien es eher wie ein extravaganter Salon.

Die Farben der Blumenbouquets in den Vasen und auf den Tischen kamen durch die geschickt eingesetzte Beleuchtung besser zur Geltung. Vor den schwarzen Wänden und Möbeln leuchteten sie richtig.

»Du sagtest, der Klub gehört einer Frau?«

»Alex Ravine«, erwiderte Elaine, während sie ihn durch den Klub führte. Matt runzelte die Stirn, als ihm die Begegnung mit der einschüchternden Frau namens Alex wieder in den Sinn kam. Jetzt kannte er zumindest auch ihren Nachnamen. Sie erreichten die Lounge, in der Matt ihr zum ersten Mal begegnet war. Heute war die Lounge leer, bis auf die schlanke, hochgewachsene Frau mit dem schwarzen Haar, das sie in einem kompliziert aussehenden geflochtenen Zopf trug. Sie nippte an einer gläsernen Tasse, in der sich schwarzer Kaffee befand. Sie sah auf, als Matt und Elaine sich näherten, und ein schmales Lächeln erschien auf ihren Lippen. »Das ging ja schnell.«

»Schnelles Auto«, erwiderte Elaine und ließ sich neben der Frau auf die Bank fallen. Sie stellte sie Matt als Alex vor, und er grüßte kurz. Da Alex so tat, als sähe sie ihn zum ersten Mal, spielte er das Spielchen mit, ehe er sich den beiden Frauen gegenüber an den Tisch setzte. Es war für Elaine einfach gewesen, dieses Treffen zu organisieren – es wäre für sie sicherlich ebenso ein Leichtes, jemanden zu kontaktieren, der ihr dabei half zu verschwinden. Aber etwas sagte Matt, dass sie das nicht tun würde. Zumindest nicht in nächster Zeit. Elaine schien fest entschlossen zu sein, diesen Browning zu ruinieren.

»Kann ich euch etwas anbieten? Kaffee? Tee? Oder etwas ganz anderes?«, fragte Alex. Ihre Stimme war rau, und ihr Blick hatte etwas Kokettierendes.

Er dachte daran, dass Alex die Spinnenfrau war, mit der er Elaine in der Box gesehen hatte. Dieser Gedanke war seinem Gesicht wohl deutlich anzusehen, denn Alex' Lächeln wurde breiter. »Ja, wir kennen uns bereits«, schnurrte sie. Elaine verdrehte die Augen und stieß sie mit dem Ellenbogen in die Seite. »Lass ihn in Ruhe«, murmelte sie, und ihre Wangen färbten sich rot. »Wir müssen besprechen, wie es weitergeht.«

»Du hast bereits zwei Codes«, half Matt ihr auf die Sprünge.

Elaine nickte. »Der letzte Deal ging zum Glück reibungslos über die Bühne – der ›Kunde‹ hat die Show genossen und den Code anschließend wie vereinbart übergeben. Mir fehlen noch zwei. Der Code von Jeff Stevens, Brownings engstem Vertrauten, und der Code von Browning selbst.«

»Wo liegt das Problem?«, hakte Alex nach.

»Stevens ist ziemlich loyal.« Elaine zog einen Schmollmund.

Matt musste grinsen. »Sieh an, jemand, den du nicht ausrauben oder bestechen kannst?«

Elaines Schmollmund vertiefte sich. »Ich kann jeden bestehlen«, gab sie scharf zurück. »Aber Stevens ist ein verflucht cleverer Hund – er trägt den Code am Körper.«

»Wo genau?«, meldete sich Alex zu Wort.

»Das weiß ich nicht. Bisher konnte mir das niemand sagen, egal, wie gründlich ich auch gesucht habe.«

Matt rieb sich über den Nacken. »Dann war es das wohl. Wir können zurück ins Hotel, du packst deine Sachen, und wir fliegen nach Deutschland«, sagte er zufrieden lächelnd, auch wenn er wusste, dass Elaine mit Sicherheit noch ein Ass im Ärmel hatte.

»Lass dein Flugticket noch stecken«, fauchte sie ihn an. »Ich habe schon einen Plan.«

»Und wie soll der aussehen?«

Elaine deutete auf Alex, die ebenso überrascht wirkte, wie Matt sich fühlte. »Dafür brauche ich Alex.«

»Aha, wenigstens werde ich vorher eingeweiht?«, erkundigte sich die Klubbesitzerin.

»Wenn du brav bist.« Elaine lachte. »Wenn ich nicht an Stevens herankomme, muss es eben über jemand anderen sein.«

In Alex' Augen blitzte etwas auf. Sie schien zu wissen, worauf Elaine hinauswollte, aber Matt tappte noch im Dunkeln. Allerdings schwante ihm Böses. »Ich nehme an, dieser Jemand ist schon des Öfteren zu Besuch im *Original Sin* gewesen?«, fragte Alex und nippte an ihrem Kaffee.

»Er ist sogar ein Stammkunde – Xander Matthews ist Jeffs Liebhaber. Du solltest ihm vorschlagen, dass er seinen Liebsten mal mitbringt.« Elaine grinste.

»Und dann nehme ich ihn mir vor«, fügte Alex hinzu, aber Elaine schüttelte den Kopf. »Diesen Job muss Matt übernehmen. Jeff Stevens steht nur auf Männer.«

Matt runzelte die Stirn und hob abwehrend die Hände, als fürchtete er, die beiden Frauen würden gleich mit Messern über ihn herfallen. Das, was ihm blühte, war aber noch schlimmer. »Auf keinen Fall! Es war nie die Rede davon, dass ich mich mit ... Penissen befassen muss.«

»Das musst du auch nicht – zumindest nicht intensiv. Wir lenken ihn ab, und du hast dann genug Möglichkeiten seinen Körper nach dem Code zu untersuchen.«

»Keine Schwänze«, beharrte Matt.

Elaine und Alex sahen erst sich und dann ihn an. »Wovor hast du Angst?«, schnurrte Alex, und Elaine rückte näher an ihn. »Du hast doch selbst einen – er wird dich schon nicht beißen.«

»Dass die Dinger nicht beißen, weiß ich selbst«, knurrte er. »Ich habe nur kein Interesse daran, mir das Teil von einem anderen Kerl ansehen zu müssen. Ich bin nicht schwul.«

»Oje, Farmboy, aus welchem Kuhkaff haben sie dich denn freigelassen?«, stieß Alex aus und griff sich an die Stirn. »Das hat doch nichts mit schwul oder hetero zu tun.«

»Wie definierst du schwul denn bitte sonst?«, versuchte Matt, sich zu verteidigen.

»Zumindest nicht als harmloses Spiel zwischen zwei erwachsenen Personen.« Sie wurde schlagartig ernst und stützte sich mit den Armen auf dem Tisch ab. »Sex ... sexuelle Lust kann jeder erhalten oder geben. Es ist okay, wenn du sagst, dass dich Schwänze nicht heiß machen. Aber wenn dir jemand einen Hand- oder Blowjob gibt, ist es egal, ob es ein Mann oder eine Frau ist – die Lust ist die gleiche.«

Matt hatte da so seine Zweifel. »Ich glaube nicht, dass es mir kommen würde, wenn mir ein Mann einen runterholt«, murmelte er verärgert, vor allem, weil er spüren konnte, wie er rot wurde. Das Thema war ihm unangenehm.

»Bei Erregung geht es nicht um Penisse, Pussys oder Brüste«, sagte Elaine sanft. Matt wurde das Gefühl nicht los, dass sie versuchte, Alex' harschen Ton etwas abzumildern. »Zumindest nicht nur. Durch die richtige Technik kann jeder zum Orgasmus kommen, aber wirkliche Erregung – Lust, die dich ganz erfüllt, die dich bis ins Innerste berührt, die erreichst du nicht, wenn du einfach stumpf an einer Pussy herumspielst.«

Wie das zwischen uns?, lag ihm auf der Zunge, aber er schwieg, sah Elaine nur an. War da ein Rotschimmer auf ihren Wangen zu sehen? Er war sich nicht sicher.

»Echte, tiefe Lust nimmt all deine Sinne gefangen«, fuhr Elaine fort. »Sie erreicht deinen ganzen Körper. Und wenn du in diesem Zustand bist, ist es egal, was genau dich zum Höhepunkt bringt – es gehört alles dazu.«

Er hatte sie bisher noch nie mit solchem Eifer und solcher Leidenschaft über etwas sprechen hören. Ihr Blick verriet ihre Hingabe an dieses Thema, und sie strahlte mit einem Schlag eine Sinnlichkeit aus, die ihm Gänsehaut verursachte.

»Das klingt ja alles sehr romantisch«, versuchte er, seine Erregung herunterzuspielen, »aber für mich klingt das zu esoterisch. Ich finde nichts an Schwänzen. Punkt.«

Wieder wechselten die beiden Frauen einen Blick. Alex nickte unmerklich, erhob sich und verschwand aus der Lounge. Irritiert sah Matt ihr nach. Elaine hob die Hand und legte sie auf seinen

Arm. »Entschuldige, ich habe dich mit dem Thema ganz schön überrumpelt.«

Ihre nachgiebige Art machte ihn misstrauisch. »Ein wenig.«

»Das wollte ich nicht. Ich will nur … mit diesem Kapitel in meinem Leben endlich abschließen.«

Er hob eine Braue. »Browning?«

Sie machte eine unbestimmte Geste mit der Hand, die den Klub, sie beide oder gleich ganz Las Vegas einschließen mochte. »Das alles hier. Es ist anstrengend, ständig auf der Flucht zu sein.« Sie seufzte und drückte seine Hand ein wenig. »Ich habe aus den letzten Jahren nicht einmal Fotos, geschweige denn irgendwelche persönlichen Dinge oder eine Wohnung. Ich muss immer über die Schulter sehen, um sicher zu sein, dass mich niemand verfolgt. Das hat mich ausgelaugt.«

Sie sah ihn an. Matt beugte sich zu ihr, spürte, wie sie ihm entgegenkam. Ihr Atem wurde ein wenig schneller, die weichen, feucht schimmernden Lippen teilten sich, sie schloss die Augen, und Matt konnte ihren warmen, süßen Atem spüren, die Hitze ihrer Lippen so nah an seinen … »Das war ein bisschen dick aufgetragen«, sagte er und registrierte schmunzelnd, wie Elaines verträumter Gesichtsausdruck sich zu einer empörten Maske verzog. Er lehnte sich zurück. »Wenn du meine Hilfe bei diesem Spiel willst, hättest du mich einfach fragen müssen«, fuhr er fort.

Ihr Mund öffnete sich, als wollte sie etwas sagen, dann runzelte sie die Stirn und schien das Gespräch in Gedanken noch einmal durchzugehen. Elaines Mund klappte zu, und sie biss sich auf die Unterlippe. »Können wir irgendetwas essen gehen? Ich habe Hunger.«

Matt hatte eigentlich mit einer Entschuldigung gerechnet. »Meinetwegen«, sagte er. Das Thema schien damit durch zu sein, auch wenn nicht klar war, ob sie jetzt davon ausging, dass er ihr half oder nicht.

Sie standen auf, und Elaine führte ihn aus der Lounge, diesmal aber auf einem anderen Weg, als sie hereingekommen waren.

»Willst du dich nicht von Alex verabschieden?«

Elaine schüttelte den Kopf. »Sie ist in ihrem Büro. Da hört und sieht sie nichts mehr.«

Matt zuckte mit den Schultern und fuhr mit der Hand über die Tasche seiner Jeans, um sicherzugehen, dass der Autoschlüssel sich noch an Ort und Stelle befand. Als er wieder aufsah, war Elaine verschwunden. Matt stand allein in einem schmalen Flur, den er noch nie zuvor gesehen hatte. Vor ihm lag eine Abzweigung. Er runzelte die Stirn – Elaine konnte sich unmöglich unbemerkt an ihm vorbeigeschlichen haben, also blieb nur der Weg nach vorn. »Elaine?«, rief er in der Hoffnung, dass sie einfach nur weitergegangen war und nicht bemerkt hatte, dass er kurz stehen geblieben war, aber es war wahrscheinlicher, dass sie die Chance genutzt und sich aus dem Staub gemacht hatte. Es überraschte Matt, und es schmerzte ihn mehr, als er zugeben mochte. Er biss die Zähne zusammen und folgte dem Flur, bis er vor einer Tür stehen blieb. Viel Hoffnung, Elaine dahinter zu finden, hatte er nicht, dennoch drückte er die Tür auf. Dahinter befand sich vollkommene Dunkelheit, ähnlich wie in der Box. Aber dieser Raum hatte keine versteckten Lämpchen oder LEDs. Nur tintenschwarze Finsternis, so undurchdringlich wie ein Tuch. Das Licht vom Flur drückte sich durch die halb offene Tür und erhellte den Bereich um Matt, konnte aber gegen die Dunkelheit nichts ausrichten. Matt fluchte unterdrückt und wollte schon umkehren – da wurde ihm die Tür vor der Nase zugeschlagen. Er befand sich allein in der Dunkelheit, und diesmal fluchte er nicht nur leise.

»Falls das ein Scherz sein soll, finde ich ihn nicht besonders witzig«, rief er in die Finsternis hinein. Was eine Lüge war. Wäre Elaine nicht das, was sie war, und er kein ICD-Agent – er hätte es bestimmt lustig gefunden. Aber nicht, wenn er andauernd fürchten musste, dass sie ihn übers Ohr haute.

Ihm antwortete nur Stille. Versuchsweise rüttelte er am Türknauf, aber wie erwartet war die Tür verschlossen.

Matt atmete tief ein und legte die Hand auf die Tür. Dann begann er, sich langsam an den Wänden entlangzutasten. Der Raum schien nicht besonders groß zu sein, und er konnte sich irren, aber er war allein hier drin. Als er wieder an der Tür ankam, überlegte er sich schon, sie einfach aufzubrechen – sie war nicht besonders massiv und mit ein wenig Druck …

Ein Duft stieg ihm in die Nase. Ein Duft nach Sonnenlicht. Elaines Duft. Wo kam der her? Er war sich doch sicher gewesen, allein zu sein. Versuchsweise drehte Matt den Kopf zur anderen Seite. Der Duft wurde schwächer. Er sah wieder nach rechts – es war fast, als würde sie neben ihm stehen. Matt ließ die Tür los und folgte dem Duft. Er wurde stärker, dann wieder schwächer. Durch die Dunkelheit konzentrierten sich all seine Sinne in diesem Moment nur auf das Riechen, und Matt war sich fast sicher, dass Elaine in diesem Raum war. Aber wie war sie hierhergekommen?

Er blieb stehen, und ein neuer, unvertrauter Duft mischte sich unter den ersten. Langsam drehte Matt sich um sich selbst, um die Gerüche auseinanderzuhalten. »Hab keine Angst«, flüsterte Elaine plötzlich an seinem Ohr. Er fuhr herum und streckte die Hand aus, aber da war nichts. Jetzt war er sich nicht einmal mehr sicher, ob er wirklich Elaine gehört hatte. Die Stimme war weiblich gewesen, aber hatte sie nicht eine Nuance dunkler, rauchiger als die der Diebin geklungen? Er war so darauf konzentriert gewesen, die Düfte zu identifizieren, dass seine Ohren nur noch auf Sparflamme zu funktionieren schienen. Er schloss die Augen, um die aufgezwungene Dunkelheit verschwinden zu lassen, und konzentrierte sich auf seine Ohren. »Was soll das?«, fragte er leise, aber nicht scharf. »Das ist der Raum der Sinne«, fuhr die weibliche Stimme fort, und diesmal wusste Matt nicht einmal mehr zu sagen, ob es sich dabei um eine oder zwei Frauen handelte. Alex und Elaine? Der Gedanke ließ die Bilder aus der Box in ihm aufsteigen, und zu Matts Ärger regte sich sein Schwanz in seiner Hose. Verdammter Mist.

»Was soll ich hier?«

Die Frau lachte leise, und Matt war sich fast sicher, dass es sich um Elaine handelte. Allerdings nur fast, nicht ganz. »Sinne«, fuhr die Stimme fort. »Sinnlich. Du bist doch ein kluger Junge, du solltest wissen, was das bedeutet.«

Matt runzelte die Stirn, versuchte wieder, nach der Person zu greifen, erwischte aber nur Luft. »So wird das nichts«, tadelte die Frau lachend.

Er bewegte sich nicht mehr und ließ die Arme sinken. Offensichtlich kam er hier erst wieder heraus, wenn er das Spielchen mitspielte. *Zumindest bedeutet das, sie ist nicht abgehauen,* schoss es ihm durch den Kopf, und ein großer Teil von ihm war darüber viel erleichterter, als er jemals vor irgendwem zugeben würde.

Die Frage war aber, wie man dieses Spiel spielen sollte.

»Raum der Sinne« hatte sie gesagt. Klang ein wenig schwülstig, aber der Schlüssel lag darin verborgen. Er musste sich auf seine Sinne verlassen. Das hatte er versucht, aber weder sein Gehör noch seine Nase hatte ihn irgendwie näher zu der Frau geführt. *Vielleicht, weil ich mich zu sehr auf die falschen Dinge konzentriert habe?*, fragte er sich.

Matt hob den Kopf. Die Augen noch immer geschlossen, blendete er die Stimme, die mal in seiner Nähe, mal ganz woanders seinen Namen flüsterte, aus. Sie wurde zu einem Hintergrundgeräusch. Er suchte, versuchte, das zu hören, von dem sie wollte, dass er es nicht hörte. Nein, überhörte. Es war da, so subtil, dass er es anfangs gar nicht bemerkte, aber es war da: ein leises Schaben. Anders als die Stimme wechselte es nie die Richtung, sondern kam immer aus genau der gleichen Ecke. Matt senkte den Kopf, tat, als würde er weiter versuchen, sich zu konzentrieren. Dann katapultierte er sich nach vorn, sprang blind direkt auf die Ecke zu. Ein erstickter, hoher Schrei ertönte, und er bekam eine Tür zu fassen. Wahrscheinlich eine Geheimtür, die er bei seiner ersten Inspektion nicht bemerkt hatte.

Jemand packte ihn an den Schultern, drehte ihn um seine eigene Achse. Durch seinen eigenen Schwung verlor er das Gleichgewicht, taumelte und fiel direkt auf einen Sitz – wie es sich anfühlte, einen gepolsterten Stuhl. »Entspann dich«, schnurrte die Frau, und diesmal war Matt sich absolut sicher, dass es sich um Elaine handelte. Entspannen konnte er sich nicht, aber zumindest verlor er etwas von seiner Anspannung.

»Das war sehr gut«, sagte sie, und etwas Weiches legte sich über seine Augen – eine Augenbinde. Elaine knotete sie an seinem Hinterkopf zusammen, auch wenn Matt nicht wusste, was das sollte. Es war so dunkel im Raum, dass sie unnötig war. Dennoch ließ er Elaine ihren Willen. »Du warst schneller, als ich erwartet hatte. Deine Ohren sind ziemlich gut. Aber kannst du auch erraten, um welchen Sinn es als Nächstes geht?«

Riechen, Hören ... »Schmecken?«

»Kluger Junge.« Elaine lachte leise, aber bald schon spürte er ihren weichen Mund, der sacht über seinen streifte. »Elaine, nein, ich ...«

»Entspann dich, Matt«, flüsterte sie. »Du bist in Las Vegas. Was hier geschieht, bleibt auch hier. Weißt du das nicht?« Sie lachte leise.

Matt biss die Zähne zusammen – zwischen seinen Beinen versuchte seine Erektion gerade, ihn in zwei Hälften zu brechen. Der Stoff der Jeans drückte sich schmerzhaft gegen seinen Schwanz, der ohnehin schon schmerzte, weil er so hart war. Er knurrte unterdrückt, aber seine Selbstbeherrschung war bereits zum Teufel gegangen. Es war Las Vegas – vielleicht ein Ausrutscher, nur ein einziger, wenn …

Jeder klare Gedanke wurde von Elaines Zunge fortgetragen. Ihr Geschmack war ebenso süß wie ihr Duft, und Matt erwiderte das Spiel, indem er ihr neckend in die volle Unterlippe biss. Sie zuckte zusammen und schmiegte sich für den Bruchteil einer Sekunde an ihn, wich aber genauso schnell wieder zurück. »Noch nicht«, flüsterte sie. »Fühlen kommt später dran.«

Matt erwiderte nichts, ließ sich aber auf einen zweiten Kuss ein. Wenn es nach ihm gegangen wäre, hätte er Elaine am liebsten gepackt und auf seinen Schoß gezogen, aber sie schob seine Hände immer wieder zurück, wann immer er es versuchte, und blieb selbst sittsam von ihm abgerückt. Wenn man den Kuss, den sie teilten, sittsam nennen konnte. Matt konzentrierte sich wieder nur auf einen seiner Sinne, ertastete und liebkoste Elaines Mundhöhle, als wollte er die feinen Nuancen in ihrem Geschmack wahrnehmen. Wenn es nach ihm gegangen wäre, hätte er auch an anderer Stelle von ihr gekostet, aber das musste wohl warten.

Jemand berührte seinen Bauch. Matt registrierte es mit einem erleichterten Stöhnen. Aus zwei Händen wurden allerdings bald vier, die über seine Brust und die Innenseite seiner Beine streichelten. Er stutzte.

»Elaine?«

Sie antwortete nicht, vertiefte nur den Kuss und presste sich endlich an ihn. Er konnte deutlich die pralle Form ihrer Brüste spüren, die sich an der Außenseite seines T-Shirts rieben. Sie war nackt. Die Erkenntnis sorgte für ein weiteres Stöhnen, diesmal aber vor Schmerz. »Mein …«, fing er an, aber eine der beiden Frauen – er hoffte, dass es sich um Frauen handelte – hatte den Grund für sein Stöhnen bemerkt und öffnete seine Hose. Kühle

Luft strich über seinen harten Schwanz. Die Erleichterung fühlte sich fast schon wieder wie Schmerz an, aber er ließ bald nach.

Für eine Sekunde hörte das Streicheln auf, Elaines Mund verschwand, und es wurde still. Matt blinzelte, bis ihm die Augenbinde wieder einfiel. Er wollte gerade aufstehen, als sich wieder jemand auf ihn setzte. Es war eine Frau, dessen war er sich zumindest sicher. Sie küsste ihn nicht, aber ihre feuchte Pussy rieb sich aufreizend an seinem zitternden Schaft. Ihre Arme hielt sie um Matts Nacken geschlungen, und sie stöhnte an seinem Ohr, während sie sich an ihm rieb. Gleichzeitig spürte er, wie jemand begann, sich an der anderen Seite seiner Erektion zu schaffen zu machen. Eine feuchte, warme Zunge glitt die gesamte Länge auf und ab. Matt stöhnte und legte die Hände auf den Po der Frau, die auf ihm saß, packte fest zu, krallte sich an dem weichen Fleisch fest. Sie gab einen erstickten, sehr hohen Schrei von sich. War es Elaine? Oder hatte sie ihre Freundin Alex hereingeschmuggelt? Und wer leckte dann an seinem Schwanz? Etwa doch ein Mann?

Der nasse, kundige Mund zwischen seinen gespreizten Beinen wanderte tiefer, nahm seine Hoden in den Mund und sog zärtlich daran. Das Gefühl schoss blitzartig durch seinen gesamten Körper, hinauf bis unter das Kinn. Matt keuchte heiser. Es wäre ein Leichtes gewesen, die Hände tiefer rutschen zu lassen und der Person zwischen seinen Beinen über den Kopf zu streichen, um herauszufinden, ob er den- oder diejenige kannte. Aber er wollte es gar nicht. In seiner Fantasie wechselten immer wieder Alex und Elaine die Plätze. Er genoss einfach den Blowjob, genoss die Lust, die sich in ihm ausbreitete. Er senkte das Kinn ein wenig, saugte, leckte und biss in den bloßen Hals der Frau, die sich wie im Fieber wand und an ihm rieb. Er konnte deutlich hören und spüren, wie nass sie war. Gleichzeitig fuhr die Person unter ihnen mit ihrem Blowjob fort, sie leckte die Säfte fort und massierte Matts Hoden mit der Hand. Die Finger waren zwar schmal, aber kräftig, sie wussten genau, was sie taten. Wann immer Matt kommen wollte und kurz vor seinem Orgasmus stand, zogen sie sanft an seinen Eiern, und der winzige Schmerz sorgte dafür, dass seine Erregung nicht überschwappte.

Matt verlor jedes Gefühl für die Zeit. Seine Erregung kletterte immer weiter, immer höher, und jedes Abbremsen sorgte dafür, dass er noch geiler, noch gieriger wurde. Mit dem letzten zusammengekratzten Rest seiner Selbstbeherrschung konnte er sich davon abhalten, die Frau auf seinem Schoß einfach hochzuheben und direkt auf seinen Schwanz zu setzen. Ihr schien es zu reichen, sich an ihm zu reiben, und er würde das respektieren – aber verdammt, alles, was er wollte, war, in ihre weiche, seidige Pussy zu stoßen, so tief und hart, dass sie sofort kam.

Die Vorstellung brachte ihn fast um den Verstand. Er konnte nicht mehr, und kein Eierziehen der Welt würde ihn zurückhalten können. Er stieß der Frau und der leckenden Zunge entgegen, packte ihren festen kleinen Hintern, grub die Finger hinein und kam so heftig, wie er es nie zuvor erlebt hatte.

Kapitel 18

Elaine hatte das Gefühl, innerlich zu verbrennen. Ihre Haut war bereits glitschig vom Schweiß, und sie klammerte sich an Matt, aus Angst, einfach die Kontrolle über ihren Körper zu verlieren und von seinem Schoß zu rutschen. Er war gekommen, das hatte sie genau gespürt, aber sie war noch lange nicht befriedigt.

Alex war bereits aufgestanden. Sie nickte Elaine zu, und die nahm mit zitternden Fingern die Nachtsichtbrille ab – es war kein klobiges Gerät, wie sie es früher benutzen mussten, sondern eine weiterentwickelte Version, die sich kaum noch von einer einfachen Sonnenbrille unterschied. Kaum dass Elaine sie abgenommen hatte, wurde es hell im Raum. Alex hielt ihre Brille ebenfalls in der Hand. Sie hatte das Licht wieder angemacht und sah fragend zu Elaine, die nur den Kopf schüttelte und in Richtung der Geheimtür in der Ecke deutete. Alex lächelte wissend, verdrehte aus Spaß die Augen und verließ den Raum.

Elaine sah auf Matt herab. Er trug noch immer die Augenbinde und schien noch zu Atem kommen zu müssen. Sie konnte genau sehen, wie sich seine muskulöse Brust unter dem T-Shirt hob und senkte. Auch auf seinem Hals und seinem Gesicht glänzte Schweiß – ein feines Glitzern in dem weichen Licht. Elaine presste die Augen zusammen, aber sein Bild hatte sich in ihre Netzhaut gebrannt, ein Bild, das jedes Nervenende zwischen ihren Schenkeln zittern und vibrieren ließ. Sie brauchte ihn, sie wollte ihn, sie konnte nur noch an seinen Schwanz in ihrer Pussy denken. Ihr Verlangen nach ihm, das sie seit ihrer ersten Begegnung zu unterdrücken versucht hatte, brach sich Bahn, wie Wasser hinter einem Damm, Wasser, das zu lange eingesperrt gewesen war und dessen Macht drohte alles in seinem Weg zu verschlingen. Elaine hatte keine Chance.

Sie beugte sich vor, leckte über seinen Hals und genoss die Mischung aus Salz und leichter Bitterkeit. Matt zuckte zusammen und machte Anstalten, die Augenbinde abzunehmen, aber sie hielt ihn zurück und biss ihn leicht in den Hals. Er gab ein heiseres Zischen von sich, ließ die Hand aber wieder auf ihren Po sinken. Die Berührung ließ Elaine aufkeuchen. Sie zerrte sein Shirt höher und streifte es ihm mit seiner Hilfe ab. Es landete unbeachtet auf dem Boden, neben der Brille, und Elaine sah auf ihn herab – sein Bauch bewegte sich hastig, sie konnte die deutlich definierten Muskeln darauf sehen, den feinen Schweiß. Unbewusst leckte sie sich über die Lippen und fuhr mit den Nägeln ihrer Finger über seine Haut. Diesmal zischte Matt nicht auf, er knurrte, ein Wolf, den sie geweckt hatte. Die Vorstellung gefiel ihr – sie wollte alles von ihm, sie wollte, dass er ihr sein Innerstes offenbarte.

In einer fließenden Bewegung rutschte sie von seinem Schoß und kniete sich zwischen seine gespreizten Beine. Der Geruch seiner Lust, seines Orgasmus, stieg ihr in die Nase und unwillkürlich gab sie ein heiseres Stöhnen von sich. Ihre Finger gruben sich in den Stoff seiner Jeans. Seine großen, breiten Hände legten sich auf ihren Kopf, streichelten unerwartet zärtlich ihr Haar; seine Hände, die Hände eines groben, wilden Mannes, und doch so zärtlich wie die eines Liebenden …

Elaine wurde die Kehle eng, und sie konnte nicht einmal sagen, warum. Sie schluckte, drängte sich enger an ihn und legte die Wange an seinen Oberschenkel. Matts Finger glitten über ihren Scheitel zur Seite ihres Gesichts, berührten ihre Wange, ihre Lippen und ihre Stirn. Es war ein Funke, der eine seltsame

Mischung in ihrem Inneren entfachte – sie konnte vor Lust kaum noch klar denken, aber etwas anderes kam dazu, aus ihrem tiefsten Innern, von einem Punkt, den sie schon lange vergessen hatte.

Elaine kniff die Augen zusammen, um dieses Gefühl beiseitezuschieben. Als sie die Augen wieder öffnete, fiel ihr Blick auf Matts Erektion, die noch immer hart zwischen seinen Beinen hervorstand. Elaine leckte über den prallen Schaft, schmeckte seine Lust und ihre eigene auf der Haut. Sie nahm ihn noch tiefer auf, ließ die Eichel zwischen ihren Lippen verschwinden und saugte an ihm. Matt warf den Kopf zurück, seine Hüften zuckten vor, und er stöhnte, tief und kehlig. Ein animalisches Geräusch, das Elaine direkt in den Unterleib traf. Sie keuchte und umfasste den Teil von Matts Schwanz, der nicht mehr in ihren Mund passte mit der Hand. Sie bewegte den Kopf vor und zurück, saugte dabei weiter an ihm und rieb ihn mit ihren Fingern. Matt gab ein gepresstes Stöhnen von sich, seine Hände hatten jede Zärtlichkeit verloren, sie wühlten, gelenkt von seiner Erregung, durch ihr langes Haar, brachten es in Unordnung, aber das war Elaine egal. Als sie spürte, dass Matt wieder hart war, härter sogar noch als zuvor, hockte sie sich wieder auf seinen Schoß. Sie hielt sich an seinen Schultern fest und musterte sein Gesicht. Er bewegte sich nicht mehr, gab keinen Laut von sich, als würde er auf das harren, was da kommen mochte.

Sie beugte sich vor, ihr Oberkörper lag auf seinem, und ihre Lippen streiften seine Wange. Mit einer Hand hielt sie seinen prallen Schwanz in Position und ließ sich langsam – Millimeter für Millimeter – auf seine Erektion sinken. Elaine keuchte, bemühte sich aber, nicht zu stöhnen. Auch Matt schwieg, und abgesehen von dem Laut seines Schwanzes, der in ihre Pussy glitt, und ihrer beider Atem, war es still im Raum. Schließlich war er ganz in ihr. Elaine genoss das Gefühl, ihre feuchten Lippen spürten das leichte Kratzen der Haare zwischen seinen Beinen. Sie legte die Stirn auf seine Schulter, die Finger in seine Brust vergraben. Das neue Gefühl kam zurück, so stark, dass sie es für einen Augenblick nicht beiseiteschieben konnte. Geborgenheit, schoss es ihr durch den Kopf. Ich fühle mich geborgen.

Seine Arme schlangen sich um ihren Körper. »Elaine«, flüsterte er. Sie erstarrte und sah ihn an, auch wenn sie wusste, dass er ihren Blick nicht erwidern konnte. Dann fragte sie leise: »Woher weißt du das?«

»Ich habe es gespürt«, erwiderte er. »Gerade auch schon. Ich wusste, dass du es bist. Und ich bin froh, dass du es bist.«

Elaine biss sich auf die Unterlippe. Sie wusste nicht, was sie sagen sollte, aber Worte waren auch nicht nötig. Matts Hände glitten tiefer, packten ihren Po und begannen, sie auf seinem Schwanz auf und ab zu bewegen. Er war groß, er füllte sie vollkommen aus, und sein Tempo trieb ihn so tief in sie, dass sie gar keine Gelegenheit hatte, ihm die Kontrolle abzunehmen und selbst das Tempo zu bestimmen. Wenn sie ehrlich zu sich selbst war, wollte sie das auch gar nicht. Matts große Hände trieben sie wieder und wieder auf seinen Schwanz, er stöhnte heiser in ihr Ohr, flüsterte ihren Namen, und Elaines Beherrschung brach. Sie schrie laut und gellend auf, kam mit einer Intensität, die sie selbst erstaunte, und brach schließlich auf ihm zusammen.

»Ich weiß nicht, wie es dir geht, aber ich muss dringend etwas essen«, murmelte Matt nach einer gefühlten Ewigkeit, in der sie sich einfach an ihn geschmiegt und versucht hatte, ihren Herzschlag wieder unter Kontrolle zu bringen. Sie fühlte sich noch immer fahrig, und das lag nicht allein am Sex. Hastig richtete sie sich auf und zog Matt die Augenbinde vom Kopf. Er wirkte nicht anders als zuvor. Seltsam, eigentlich hatte sie mit mehr Drama gerechnet. »Klingt gut«, sagte sie so unbeteiligt wie möglich.

Bloß nichts anmerken lassen.

Sie glitt von seinem Schoß und erschauerte, als sein Penis aus ihrer Spalte rutschte. Mit dem Rücken zu ihm richtete sie ihr Höschen und zog sich BH und Top wieder an. Als sie sich umdrehte, war auch Matt angezogen, und nur sein zerzaustes Haar deutete auf die kleine Episode hin, die sich noch vor wenigen Minuten zwischen ihnen abgespielt hatte.

Sie wollte sich gerade zur Tür wenden, als Matt sie sanft aufhielt. Elaine hörte ihren eigenen Herzschlag. Er dröhnte in ihren Ohren, ein Geräusch, das selbst das Denken lahmlegte. Was hatte er vor?

Matt stand vor ihr, wie eine Mauer, undurchdringlich, unverrückbar, aber sie hatte keine Angst. Im Gegenteil, sie wollte sich an ihn lehnen, wollte für einen kurzen Moment nicht fliehen, planen oder misstrauisch sein müssen. Für einen Augenblick Frieden finden.

Seine Hand berührte ihre Wange und strich Elaine zärtlich, fast kaum spürbar, eine Haarsträhne hinters Ohr. »Was hältst du von Pfannkuchen?«, fragte er leise.

Vergiss die verdammten Pfannkuchen!, schrie alles in ihr, aber sie brachte kein Wort heraus. Also nickte sie nur. Matt lächelte und nahm ihre Hand. Er führte sie zur Tür, als wäre es das Selbstverständlichste auf der Welt, und gemeinsam verließen sie den Klub. Elaine fand noch immer keine Worte – irgendetwas lief hier verflucht schief. Sie merkte, wie sie Stück für Stück die Kontrolle über sich verlor, und versuchte mit aller Macht, die restlichen Teile von sich festzuhalten. Was war passiert? Wieso wusste sie gerade nicht mehr, wo ihr der Kopf stand?

»Hey, aufwachen«, rief Matt, und Elaine blinzelte irritiert. »Was?«

»Du sollst einsteigen.« Er klang nicht wütend, eher amüsiert, weil er sie beim Träumen erwischt hatte.

Sie knirschte mit den Zähnen und ließ sich auf den Beifahrersitz des Impala fallen. Kaum dass sie die Tür hinter sich zugeschlagen hatte, fuhr er los. »So hungrig?«, fragte sie.

»Du nicht?« Er schmunzelte noch immer, was Elaine so langsam zur Weißglut trieb. Wann hatten sich ihre Rollen vertauscht? Seit wann war er so selbstsicher und so verdammt entspannt?

»Ich lade dich ein«, sagte er, aber Elaine murmelte nur etwas und sah aus dem Fenster. Lag es an ihm oder an ihr? Sie wusste es einfach nicht zu sagen und fühlte sich verwirrt und hilflos. Das war schon seit Jahren nicht mehr vorgekommen, nicht mehr seit ...

Sie hatte es vergessen! Wie hatte sie es vergessen können?!

Elaine fluchte unterdrückt. In diesem Moment fuhren sie an einer Kirche vorbei, und sie legte Matt die Hand auf den Arm. »Halt bitte hier an.«

Er wurde langsamer und sah zu dem altmodischen Gebäude im mexikanischen Stil. Alles an der Kirche war winzig, nicht einmal der Kirchturm ragte besonders weit in den Himmel. Es war kaum mehr als eine Kapelle, aber für diesen Zweck musste es reichen.

Matt sah sie misstrauisch an, aber Elaine wiederholte ihre Bitte, und er fuhr auf den kleinen Parkplatz direkt hinter der Kirche. »Was sollen wir hier?«, fragte er und folgte ihr ins Innere. Sie antwortete nicht, sondern trat ein.

Die Kirche war nach der Vormittagshitze angenehm kühl, aber auch dunkel. Die Fenster waren klein und nicht besonders sauber. Es roch nach Weihrauch und billigem Putzmittel. Ein kleines Weihwasserbecken begrüßte den Besucher am Eingang, und das Innere der Kirche war mit drei Reihen Holzbänken und diversen Ikonen vollgestopft. Unwillkürlich musste Elaine bei diesem Anblick lächeln. Das hätte Gerome sicherlich gefallen.

»Soll ich draußen warten?« Matt sah sich misstrauisch um.

»Nein, schon gut.« Sie sah ihn an. »Du bist offensichtlich kein Kirchgänger«, bemerkte sie, aber zum ersten Mal seit Langem dachte sie nicht an ihre Situation oder die Aufgabe, die vor ihr lag. Ihr Blick lag auf dem Altar mit dem Triptychon darauf. Daneben flackerten Dutzende von dünnen Wachskerzen. Ihr gelbes Licht war wie ein Wegweiser für Elaine. Sie konnte ihren Blick nicht davon abwenden.

Elaine kramte in der Tasche ihres Rocks und zog eine Vierteldollarmünze hervor. Das Geld warf sie in ein Kästchen neben dem Altar, nahm sich eine neue Kerze und entzündete sie an einer der kleinen Flammen. »Alles Gute zum Geburtstag«, flüsterte sie heiser. Die kleine Flamme fand schnell neue Nahrung an dem Docht und fraß sich tief in das Wachs. Zu Elaines Überraschung zitterte ihre Hand, als sie die Kerze zu den anderen steckte.

Matt trat hinter sie. Elaine schloss die Augen, wollte sich der Situation nicht stellen, aber als er ihre Schulter berührte, konnte sie die Tränen nicht mehr zurückhalten. Sie schluchzte nicht, sie schrie nicht, nur ihre Tränen zeugten von ihrem inneren Aufruhr. In diesem Moment der Schwäche gestattete sie es sich, sich an den Mann hinter sich anzulehnen, damit er ihr für eine Weile die Last von den Schultern nehmen konnte. Matt schien sie zu verstehen – er gab ihr Halt, strich mit den Händen über ihre Oberarme, ohne sie zu sehr festzuhalten oder einzuengen.

»Wer war er?«, fragte Matt sanft. Elaine blinzelte die Tränen weg. »Mein Bruder«, sagte sie leise. »Er starb bei einem Unfall.«

»Hast du sonst keine Familie?«

Elaine versteifte sich. Typisch ICD, schnüffelten herum, sobald man ihnen die Chance dazu gab. »Sollte das nicht in einer eurer kostbaren Akten stehen?«, gab sie kalt zurück. Matts Hände auf ihren Armen hielten still, aber sie konnte spüren, wie er sich wieder distanzierte. Gut, so würde es auch ihr leichter fallen, sich wieder von ihm zu lösen. »Lass uns gehen. Wir sind hier fertig.«

Kapitel 19

Matt hatte genug davon, wie ein eingesperrtes Tier durch sein Zimmer zu laufen. Es brachte den Aufruhr in seinem Kopf nicht zur Ruhe und machte ihn nur noch unruhiger. Rausgehen wollte er auch nicht, allein der Gedanke an die Menschenmengen dort draußen war ihm zuwider. Er musste mit jemandem reden. Versuchsweise schielte er auf die Uhr an seinem Handgelenk – sechs Uhr abends. Er konnte versuchen, Mia anzurufen, aber wahrscheinlich war sie längst im Bett. Außerdem würde sie ihm bestimmt die Hölle heißmachen, weil er sich noch nicht bei Emilia gemeldet hatte.

Aber er musste mit jemandem reden. Und es fiel ihm niemand anderes ein außer Mia. Er knurrte und schwor sich, sich endlich mal wieder bei ein paar alten Freunden in Deutschland zu melden, sobald er wieder da war, während er den Laptop öffnete und den Videochat mit Mia aktivierte. Es dauerte, aber schließlich erschien ihr Bild auf dem Bildschirm. »Klasse, diesmal hast du es geschafft mal vor vier Uhr morgens anzurufen«, nuschelte sie und stützte den Kopf auf ihrer Hand ab.

Matt schmunzelte. »Du hast mich gut trainiert«, erwiderte er. »Ich würde dir ja Kaffee anbieten, aber bis er bei dir angekommen ist, ist er kalt. Und mehrere Stunden alt.«

Der schlechte Witz brachte Mia dazu, wenigstens zu grinsen, und sie sah nicht mehr so aus, als würde sie ihn erwürgen wollen, sobald sie wach genug war. »Was ist denn los, Loverboy? Und warum meldest du dich nicht mehr bei Emilia?«

»Schlimm?«

»Sehr schlimm. Sie spielt jeden Tag Rumpelstilzchen und schreit Leute an. Du weißt ja selbst, wie sie ist, wenn sie Leute anschreit.«

Matt musste kurz nachdenken, um sich zu erinnern, wer oder was Rumpelstilzchen war. Dann fiel ihm ein, was für ein Getöse Emilia veranstaltete, wenn sie richtig schlecht gelaunt war und schauderte. »Entschuldigung.«

Mia winkte ab. »Du wirst deine Gründe haben. Und Emilia habe ich im Griff. Aber du machst mir ein wenig Sorgen.« Sie beugte sich etwas vor, und ihr Gesicht nahm fast den gesamten Bildschirm ein. Scherzhaft kniff sie ein Auge zusammen und starrte, wie mit einem Mikroskop, in die Laptopkamera. »Bist du etwa krank?«

Diesmal war Matt derjenige, der lachen musste. »Nein.« Er grinste breit. »Du kannst deine Untersuchungen also stecken lassen, Dr. Mia.«

Sie streckte ihm die Zunge raus und setzte sich wieder richtig hin.

»Aber du hast nicht ganz unrecht«, fuhr Matt ernster fort, und dann sprudelte alles aus ihm heraus – er erzählte ihr von seinem Deal mit Elaine, seiner Beihilfe in den letzten beiden Fällen mit dem ersten Kunden und von Davis und was ihre Bedingung gewesen war, um zur ICD zu kommen.

Als er geendet hatte, sagte sie lange Zeit nichts und sah nachdenklich auf einen Punkt auf ihrem Arm. »Das ist ... kompliziert«, sagte sie schließlich.

»Was du nicht sagst.«

Sie ignorierte seinen Sarkasmus und fuhr fort: »Es war richtig, dass du Emilia nichts davon erzählt hast. Sie darf das nicht wissen, falls es doch zu Komplikationen kommt und ihr beiden bei der Sache mit Browning geschnappt werdet. Das könnte sie den Kopf und die gesamte ICD-Abteilung in Berlin den Job kosten.«

»Das weiß ich.« Verdammt, das wusste er sehr gut.

Mia lächelte schief, wurde aber schnell wieder ernst. »Da ist noch mehr, oder?«

Matt zögerte und fuhr sich durch die Haare.

»Es ist schlimmer geworden«, brachte er nach einer ganzen Weile schließlich heraus. Er konnte deutlich sehen, dass sie ihn fragen wollte, was genau er damit meinte, aber sie kannte ihn gut und drängte ihn daher nicht. Matt war ihr dankbar dafür und fuhr fort: »Ich habe wieder mit ihr geschlafen. Mehr als einmal. Heute morgen habe ich es schon wieder getan und … verflucht, ich verwandle mich in ein wildes Tier. Ich meine, sie scheint es darauf anzulegen, mich immer wieder in Situationen zu locken, in denen ich die Beherrschung verliere, aber letztendlich bin ich doch derjenige, der sich zusammenreißen sollte. Aber es klappt nicht. Jedes Mal bröckelt meine Selbstbeherrschung ein Stück mehr.«

»Hat sie dir gesagt, dass es ihr nicht gefallen hat?«

»Das nicht, aber sie zieht sich immer mehr zurück. Ich kann kaum noch normal mit ihr reden – wann immer ich etwas sage, ist sie kurz darauf still und spricht kaum noch mit mir.«

Mia seufzte tief. »Du hast wirklich so absolut keine Ahnung davon, was in Frauen vor sich geht, dass es schon nicht mehr schön ist«, dozierte sie und schüttelte den Kopf.

»Was soll das jetzt schon wieder heißen?«, knurrte er.

»Ich meine, dass du offensichtlich alles missdeutest. Ich kenne dich, du hattest früher schon ein Händchen dafür, die eindeutigsten Signale falsch zu verstehen.«

»Mia, es hilft mir einen Scheiß, wenn du dauernd in Rätseln sprichst«, sagte er bedrohlich leise. Ihre Verzögerungstaktik fing an, ihm ernsthaft auf die Nerven zu gehen.

»Wow, sie scheint dich wirklich eingewickelt zu haben.« Mia lachte.

»Nicht witzig!«

»Schon gut. Frag sie demnächst doch einfach mal, was sie wirklich will.«

Er runzelte die Stirn. »Das ist nicht dein Ernst – du glaubst doch nicht wirklich, dass sie mir dazu etwas sagen wird?!«

Mia zuckte mit den Schultern. »Es schadet nichts, wenn du es mal ausprobierst. Glaub mir, das wird wahre Wunder wirken.«

Matt wollte etwas erwidern, aber in diesem Moment lief ein nackter Mann hinter Mia durchs Bild. Sie hatte es offensichtlich nicht mitbekommen. Matt lachte. »Was ist so witzig?«, fragte Mia irritiert und sah über die Schulter. »Was ... verdammt!«

Matts Grinsen kehrte zurück, breiter als zuvor. »Du hältst Emilia noch etwas für mich hin, ja? Ansonsten werde ich ihr flüstern, dass du deinen Yakuza-Lover Ryan bei dir zu Hause versteckst.«

»Er ist nicht mehr bei der Yakuza«, fauchte sie, und auch wenn das genau genommen stimmte, war Ryan doch ein Krimineller, der von der ICD und der Yakuza gesucht wurde. Kein Mann, mit dem eine ICD-Agentin sich einlassen sollte.

»Ich muss los«, erwiderte Matt fröhlich. »Grüß mir deinen Yakuza.«

»Warte noch, Matt«, hielt sie ihn auf und zog den Laptop näher zu sich heran. Ob sie damit verhindern wollte, dass er Ryan zufällig noch einmal sah, oder ob sie einfach eine intimere Atmosphäre kreieren wollte, konnte er nicht sagen. »Du solltest dich selbst auch noch etwas fragen. Nämlich, warum du dich so dagegen wehrst, mit ihr schlafen zu wollen.«

Matt öffnete den Mund, aber Mia hatte schon die Verbindung unterbrochen, und der Bildschirm des Chats war einfach nur noch weiß.

Großartig, was sollte er mit dieser Frage jetzt anfangen? Matt fluchte und stand auf. Er fühlte sich noch verwirrter als zuvor und hielt es im Zimmer nicht eine Sekunde länger aus. Er nahm die Schlüsselkarte und verließ das Hotel. Ohne wirklich zu wissen, wo er hinwollte, lief er durch die Stadt. Inzwischen war es dunkel geworden und jenseits des Strip und der glitzernden Welt der Hotels und Kasinos war Las Vegas ebenso schmutzig und verschlafen wie jede andere Stadt in Amerika. Für den Moment genoss Matt die Stille, die dort herrschte, nur unterbrochen von dem Gebell eines Hundes, der ihn gewittert hatte und nun versuchte, sein Territorium zu verteidigen, und ab und an einem Auto, das durch die Straßen fuhr. Was zum Teufel meinte Mia damit? Er wehrte sich nicht dagegen, mit Elaine zu schlafen. Zumindest nicht, wenn die Situation sich ergab. Er genoss es jedes Mal aufs Neue, mehr als er sich anfangs hatte eingestehen wollen. Wenn er ehrlich zu sich selbst war, liebte er es sogar. Es war erfüllend, heiß, leidenschaftlich und dennoch so ganz anders als der Sex, den er bisher mit anderen Frauen gehabt hatte. Dennoch blieb immer eine Art seltsamer Nachgeschmack, wenn er mit Elaine geschlafen hatte. Als wäre etwas falsch, nein, als würde etwas fehlen.

Er fuhr sich mit beiden Händen über das Gesicht und stöhnte leise. Es war nicht der Sex selbst. Es war der Grund, aus dem sie Sex hatten. Sie wollte nicht ihn, sondern sie wollte seine Hilfe. Der Sex zwischen ihnen fühlte sich immer wie eine Art Bezahlung an, ein Mittel, um ihn ruhigzuhalten, damit er nicht aufbegehrte. Aber das wollte er nicht. Er wollte mit ihr schlafen, er wollte in ihrer Nähe sein. Sie war klug und gewitzt, es war schön, mit ihr zu sprechen. Und sie war verletzlich – zumindest das schien nicht gespielt gewesen zu sein, als er sie in die Kirche begleitet hatte. Oder war es das doch? Aber irgendetwas an ihm – etwas, das er gesagt oder getan hatte – hatte sie wieder verärgert, und sie hatte ihm den Blick auf dieses verletzliche Wesen entzogen. Dabei wollte er davon viel mehr sehen. Er wollte so viel mehr von ihr sehen, als er … Die Erkenntnis traf ihn so blitzartig, dass er stehen blieb und in die Nacht hinausstarrte. Verdammt, es war so einfach, so eindeutig, und er hatte es nicht gesehen? Kein Wunder, dass Mia ihn derart aufzog. Er hatte sich in Elaine verliebt!

Kapitel 20

Elaine saß im *Original Sin* und stocherte in ihrem Kuchen herum. Kirschen, heiß, mit einem Klecks Sahne und einer Kugel Vanilleeis. In der Vitrine hatte das noch köstlich ausgesehen, aber Elaines Magen streikte. Alex hatte ihr den Kuchen gekauft und war mit ihr heimlich in den Klub gefahren, nachdem sie sie angerufen hatte. Zum Glück hatte sich Matt den ganzen Tag über nicht gemeldet, und Elaine war froh darum, auch wenn sie sich eingestehen musste, dass sie gerne mit ihm geredet hätte. »Na komm, iss schon, so verschlafen, wie du aussiehst, kannst du ein bisschen Fett und Zucker gut gebrauchen«, sagte Alex und nippte an ihrem eigenen Kaffee. Sie hatten es sich in der Lounge gemütlich gemacht, offiziell weil sich dort die Bar befand und sie schneller an Kaffee und Wasser kamen, aber Elaine vermutete, dass Alex nur Angst davor hatte, dass Elaine wieder irgendetwas herunterwarf.

»Ich habe noch nie gesehen, wie jemand nach drei Gläsern Whisky so betrunken war«, zog ihre Freundin sie weiter auf. Elaine schnaubte nur und zerhackte den Kuchen in winzig kleine Stücke. Eigentlich hatte sie darauf spekuliert, dass ein Tag reichen würde, damit Alex es vergaß. »Ich hätte darauf verzichten können.«

»Ich habe dich nicht gezwungen, alles auszutrinken.«

Elaine stöhnte und fuhr sich über das Gesicht. »Ich habe dich eigentlich nicht angerufen, damit du mich den ganzen Tag piesacken kannst.«

»Wir unterhalten uns doch einfach nur nett«, flötete Alex und schob ihre Tasse zur Seite. »Warum hast du denn sonst angerufen?«

»Ich musste einfach mal raus«, wich Elaine ihr aus und schob sich hastig ein Stück des klebrigen Kuchens mit der Kirschfüllung in den Mund. Es war noch viel süßer, als sie gedacht hatte.

»Einfach mal weg von unserem lieben ICD-Agenten?«, riet Alex, und Elaine verschluckte sich. Sie hustete, griff nach der Kaffeetasse ihrer Freundin und spülte das Essen mit dem schwarzen Getränk hinunter. »Ich nehme an, das heißt, ich habe ins Schwarze getroffen.« Alex lachte.

»Glaub doch, was du willst«, erwiderte Elaine und legte die verschränkten Arme auf dem Tisch ab.

»Kommt es dir nicht komisch vor, dass du derart abwehrend reagierst, wenn ich ihn erwähne?«

»Ich will ihn nicht – ich brauche ihn nur, damit ich an Browning herankomme. Und sobald das erledigt ist, verschwinde ich.«

»Das klang vorgestern Abend aber noch ganz anders«, konterte Alex und zog sich den Teller mit dem Kuchen heran. Im Gegensatz zu Elaine aß sie mit sichtbarem Genuss.

»Ich war betrunken.« Elaine biss sich auf die Unterlippe. »Ganz abgesehen davon warst du doch diejenige, die mir gesagt hat, Männer wollen nur Sex oder Geld.«

Alex leckte sich über den Mundwinkel, um einen Krümel wegzuwischen, und tippte sich mit der Kuchengabel nachdenklich gegen den Mund. »Ja, das klingt nach mir. Aber ich bin zum Glück nicht unfehlbar.«

Elaine sah auf. Das waren ganz neue Töne. Sie kannte Alex jetzt schon seit einigen Jahren – einer der wenigen Menschen, die sie seit ihrer Kindheit begleiteten, und sie vertraute ihr. Allerdings hatte sie noch nie erlebt, dass Alex auch nur ansatzweise zugab, eventuell einen Fehler gemacht zu haben. »Du denkst also, Matt ist die große Ausnahme?«

Alex zuckte mit den Schultern. »Ich kenne deinen Wachhund dafür nicht gut genug, aber ich sehe, was du alles anstellst, um ihn zwischen deine bezaubernden Schenkel zu zerren. Er geht dir nicht mehr aus dem Kopf, das merke ich doch. Du willst ihn.«

»Als Ablenkung«, erwiderte Elaine trocken.

»Das glaube ich nicht. Aber wenn dich ein Mann derart beschäftigt, muss er entweder ein besonders großes Arschloch sein oder der Traumprinz.« Alex schob sich noch ein Stück Kuchen in den Mund und kaute. »Der letzte Mann, bei dem du dich so verhalten hast, war ein riesiges Arschloch.«

»Browning hat damit nichts zu tun«, begehrte Elaine auf.

»Das sehe ich anders.« Alex legte die Gabel auf den Teller zurück und beugte sich zu Elaine. »Der Mistkerl hat dein Vertrauen zerstört und dir genommen, was dir am liebsten war. Jetzt gibt es jemand Neuen in deinem Leben – ich weiß nicht, ob es gut oder schlecht ist, aber du versuchst, es vor dir selbst zu verleugnen, und deshalb machst du Fehler. Du bist unkonzentriert, verlierst den Fokus, und genau solche Fehler führen dazu, dass Browning dir entwischen wird.« Ihre Hand legte sich auf Elaines. »Du bist meine beste Freundin, und ich will, dass du deine Rache bekommst. Browning soll büßen für das, was er dir angetan hat. Aber genau deshalb musst du einen kühlen Kopf bewahren. Du musst dir eingestehen, dass du etwas für diesen ICD-Mann empfindest. Wenn du weiterhin versuchst, es zu unterdrücken, wird das dein Untergang sein.«

Elaine sah auf den Tisch mit der Glasoberfläche. Ihr eigenes Spiegelbild starrte ihr entgegen, und das, was sie dort sah, gefiel Elaine überhaupt nicht. »Du bist verdammt dramatisch, Alex«, sagte sie und schüttelte den Kopf. »Aber du weißt nicht, was in meinem Kopf oder in meinem Herzen vor sich geht. Ich habe das alles im Griff.«

Alex' fein geschwungene Augenbrauen zogen sich in die Höhe. Sie ließ Elaines Hand los und zog ihr Smartphone aus der Tasche. Mit flinken Fingern wählte sie eine Nummer und hielt sich das Handy ans Ohr. »Es findet jetzt sofort statt«, sagte sie kalt und legte dann wieder auf. Sie sah Elaine an und sagte nur: »Dann beweise es mir.«

Wenige Minuten später fand Elaine sich in einem der Spielzimmer wieder. Es war eines der harmloseren – die Spielwiese lediglich eine riesige kreisrunde Fläche auf dem Boden, die mit einer passenden Matratze ausgestattet war. Ein paar Kissen waren darauf verstreut. Die Wände waren schwarz wie im übrigen *Sin*, und als Dekoration gab es nur wenige große Vasen mit Blumengebinden darin. Alex hatte Elaine wortlos ein Unterbrust-Korsett aus Stoff und einen knappen String hingehalten, aber nicht auf deren Fragen geantwortet. Aus Neugierde und um des lieben Friedens willen hatte Elaine sich umgezogen und war ihr dann hierher gefolgt. »Bist du immer noch der Meinung, dass du nichts für den ICD-Wachhund empfindest?«, hakte Alex nach. Sie trug ein ähnliches Ensemble wie Elaine, darüber aber einen seidenen Morgenmantel.

Elaine verschränkte die Arme vor der nackten Brust. »Natürlich«, gab sie kühl zurück. Sie hatte kein Problem damit, vor Alex nackt zu sein, oder vor anderen Menschen. Sie fühlte sich wohl in ihrem Körper und war zufrieden mit sich, aber die Unwissenheit sorgte dafür, dass sich Gänsehaut auf ihrem Körper abzeichnete und ihre Brustwarzen sich zu kleinen harten Nippeln verformten. »Willst du mich jetzt so lange vögeln, bis ich das Gegenteil sage?«

Alex ging wortlos zur Tür und öffnete sie. Zwei Männer traten ein, beide von der Statur her Sportler oder Bauarbeiter. Einer von ihnen hatte den Kopf glatt rasiert, der andere dafür lange Haare, die er in einem einfachen Knoten trug. Auf ihren Armen prangten kunstvolle Tätowierungen, und sie begrüßten sie beide, als sie eintraten. »Elaine, das sind Liam und Bobby. Sie wollen demnächst im Klub anfangen, und ich dachte, wir könnten sie auf ihre Ausdauer und Fähigkeiten testen?«

Elaine presste die Zähne zusammen und stellte sich zu Alex. »Was soll das? Willst du die Antwort jetzt aus mir herausvögeln lassen?«

»Aber nein«, schnurrte Alex leise genug, damit die beiden Männer es nicht mitbekamen. »Aber du warst früher schon keine Kostverächterin. Wenn du wirklich nichts für deinen Matt empfindest, macht es dir doch sicherlich nichts aus, dich von den beiden Hengsten hier ein bisschen verwöhnen zu lassen?«

»Das ist ein kindisches Spiel«, zischte Elaine. Die beiden Männer beobachteten sie beide bereits aufmerksam.

»Das du gerade verlierst«, schnurrte Alex, ohne ihren Blick von Liam und Bobby zu nehmen.

Elaine kannte Alex. Sie war ein verdammter Dickschädel, und wenn sie sich etwas in den Kopf gesetzt hatte, war sie auch überzeugt davon, dass es stimmte. Natürlich würde sie sie nicht hier festhalten und sie zu irgendetwas zwingen – so weit vertraute Elaine ihr, sonst würde sie nicht halb nackt mit zwei kräftigen Männern in diesem Zimmer herumstehen. Aber tief in ihrem Innern wusste Elaine, dass nicht Alex diejenige war, die sie überzeugen wollte. Sie selbst war es und niemand sonst. Zwischen zusammengebissenen Zähnen murmelte sie: »Na schön – aber ich will beide.«

Alex pfiff anerkennend durch die Zähne und nahm aus einem Schrank, der in die Wand eingelassen war, zwei Leinen mit passenden Halsbändern heraus. »Das hatten wir ja schon im Vorstellungsgespräch besprochen, Jungs«, sagte sie fröhlich und wandte sich den beiden Männern zu. »Heute möchte ich gerne sehen, wie ihr euch in der Praxis verhaltet. Ihr werdet im Klub oft genug mit Kundinnen konfrontiert werden, die außergewöhnliche Vorlieben haben. Ein Dreier mit zwei Männern gehört zum Standardrepertoire. Traut ihr euch das zu, oder will jemand jetzt schon aufgeben? Das ist keine Schande, aber sagt es mir lieber gleich.«

Liam und Bobby sahen sich kurz an, aber beide nickten recht schnell. Viele Männer schreckten vor einem Dreier mit einem anderen Mann zurück, aber in Alex' Klub galt Offenheit für fast alles. Das war es, was ihre Kunden wünschten und auch bekamen. Und dafür bezahlten sie Alex Unsummen.

Elaine zog ihre Pumps aus und ging hinüber zur Spielwiese, während Alex sich um die beiden Männer kümmerte. Sie hatten sich gerade ausgezogen, und sie legte jedem von ihnen eines der Halsbänder an. Als sie befestigt waren, ergriff sie die Enden der Leinen und führte die beiden Männer zu Elaine, der sie die Lederriemen in die Hand drückte. »Bitte sehr«, sagte sie mit einem vieldeutigen Augenzwinkern. »Sie gehören ganz dir.«

Elaine antwortete nicht, sondern ließ sich Zeit, um ihre beiden »Spielzeuge« genauer unter die Lupe zu nehmen. Bobby, der Mann mit der Glatze, war breiter gebaut als Liam. Sein gesamter Körper war mit Tätowierungen bedeckt, die Elaine für asiatisch hielt – Drachen und Blumen waren zu sehen und ein paar japanische Kois. Liam war schmaler und hatte nur eine Tätowierung auf dem Arm. Sein Körper wirkte geschmeidiger, aber nicht ganz so kräftig wie Bobbys. Beide waren attraktive Männer auf ihre Weise, und vielleicht hätte sich Elaine zu einer anderen Zeit irgendwo auf der Straße nach ihnen umgedreht. Aber jetzt fühlte sie nur so etwas wie ... Wehmut.

Sie blinzelte, um das Gefühl zu vertreiben, und ließ ihren Blick tiefer wandern. Bobby war nicht beschnitten, Liam schon. Dessen Glied war schon im schlaffen Zustand erstaunlich lang, aber wie sein Besitzer auch verhältnismäßig schmal. Bobbys Penis war dafür dick und nur wenig kürzer als Liams. Der Anblick half ihr, sich wieder auf den Moment zu konzentrieren. Sie zupfte an den Leinen, und gehorsam betraten beide Männer die Spielwiese. »Ein schöner Anblick«, schnurrte Elaine und strich ihnen über die Wangen. Sie stellte sich zwischen die beiden, Liam vor sich, Bobby in ihrem Rücken. Bobbys Leine zog sie dabei zwischen ihren Schenkeln hindurch. Sie rieb sich angenehm an dem Tanga, und eine vertraute Wärme begann sich in Elaine auszubreiten. »Dann zeigt mir mal, was ihr könnt«, murmelte sie. Es war ein Klischee, aber in solchen Situationen erfüllten Klischees durchaus ihren Zweck. Liam lächelte sie an und umfasste ihre Brüste mit seinen Händen. Er wog sie ein wenig auf den Handflächen und beugte sich dann herunter, um die kleinen Nippel zu küssen. Gleichzeitig spürte sie Bobbys Lippen auf ihrem Hals. Ein wohliger Schauer ging durch ihren Körper, und sie atmete tief den Duft beider Männer ein – eine Mischung aus den verschiedenen Rasierwassern, Sand und ein herber Geruch nach Holz. Ihre Hände gingen auf Wanderschaft, begannen, ihren Körper zu erkunden. Sie konnte deutlich spüren, wie Bobby härter wurde und sich sein aufgerichteter Schwanz in der Spalte zwischen ihren Pobacken bewegte. Es erregte sie, aber noch wurde sie nicht nass.

Liam wurde in der Zwischenzeit mutiger. Seine Hände glitten über das Korsett, zu der Leine zwischen ihren Beinen. Elaine stöhnte, als er sie straff zog. Bobbys Hals wurde dadurch tiefer gezogen, aber er beschwerte sich nicht, sondern ging auf die Knie und packte Elaines Po. Langsam strich er mit schwieligen Fingern über die weiche Haut und küsste die prallen Rundungen. Elaine schloss die Augen und versuchte, sich in diesen Berührungen zu verlieren. Es war ihr früher doch auch nicht schwergefallen, warum also jetzt?

Liam schien zu spüren, das sie nicht ganz bei der Sache war. Er hob ihr Kinn an und wollte sie küssen, aber Elaine drehte den Kopf zur Seite. Der Gedanke, sich küssen zu lassen ... er fühlte sich falsch an. Um ihre Schwäche zu überspielen, zog sie an Liams Leine, bis auch er vor ihr kniete. Er küsste die Haut zwischen dem Saum des Korsetts und ihres Tangas, schob die dünnen Träger dann tiefer und ließ ihren Slip bis auf die Knie rutschen. Bobby schien das als Aufforderung zuzusehen – Elaine spürte, wie seine Hände ihre Pobacken auseinanderzogen und seine Zunge dazwischen spielte. Sie keuchte und stützte sich auf seiner breiten Schulter ab. Die Knie wurden ihr weich, und ihr entfuhr ein heiserer Schrei, als seine Zungenspitze fand, wonach sie gesucht hatte. Behutsam und doch beharrlich tastete sie sich über ihren runzeligen Anus und schob sich hinein. Liam warf einen Blick zur Seite, und als er merkte, was Elaine zum Zittern brachte, schob er die Leine zwischen ihren Schenkeln etwas beiseite und legte seine Lippen auf ihre Klit. Elaine musste sich an beiden Männern festhalten, wollte sie nicht umkippen. Ihre Beine drohten unter ihr zu versagen, aber sie hielt sich fest. Man hörte nichts mehr im Raum, außer das Lecken der beiden Männer, die sie oral an all ihren empfindlichen Stellen befriedigten, und Elaines immer lauter werdendes Stöhnen und Keuchen. Sie schob sich beiden Männern entgegen, konzentrierte sich ganz auf die körperliche Lust, die beide in ihr auslösten, und auf den nahenden Orgasmus, der sich unaufhaltsam ankündigte.

Liam und Bobby wussten, was sie taten. Einer von ihnen – sie konnte gar nicht sagen, wer, und wollte es auch nicht wissen – schob zwei Finger in sie, fickte sie damit, passend zum Rhythmus der beiden Zungen. Weitere Hände lagen auf ihrem Körper, streichelten und kneteten ihre Hüften, die Flanken, ihren Po und die Brüste. Es waren mehr als nur drei Hände auf ihrem Körper, zumindest fühlte es sich so an. Es war ein Meer aus Berührungen, jedes Streicheln eine Welle, die ihre Lust höher und noch viel weiter trieb. Eine vertraute Ekstase, in die sie sich fallen lassen wollte. Elaine zitterte, stöhnte und versank in diesen Reizen, rieb sich an Fingern und Zungen, spürte, wie sie kurz davor war zu kommen – und sah Matt vor sich. Matt, der sie an sich drückte, ihr Lust schenkte, ihr zuflüsterte: *Ich bin froh, dass du es bist.*

Auf einen Schlag fühlten sich diese Finger, diese Zungen, das alles hier, falsch an, völlig falsch. Elaine riss die Augen auf, ließ beide Leinen los und schob die Männer von sich. »Nein«, keuchte sie außer Atem und wich vor ihnen zurück, während sie sie anstarrten, als hätte sie den Verstand verloren. Vielleicht hatte sie das auch.

»Nein?«

Elaine hatte gar nicht mitbekommen, dass Alex noch da war. Vielleicht war sie aber auch einfach gegangen und dann wieder zurückgekommen. Wen kümmerte es schon. »Bitte schön«, fauchte sie ihre Freundin an. »Bist du nun zufrieden? Du hast gewonnen. Er bedeutet mir etwas, okay? Ich liebe Matt.«

Kapitel 21

Es blieb nicht mehr viel Zeit bis zu Brownings Ankunft. Vielleicht war das der Grund dafür, dass Elaine wortkarg war und Matt aus dem Weg ging. Zumindest hatte er diesen Eindruck. Er hätte gerne mit ihr geredet, um herauszufinden, ob an seinen Gefühlen wirklich etwas dran war, aber wann immer er versuchte, sie zu einem Gespräch zu bewegen, verschwand sie auf ihr Zimmer. Sie kam nicht mehr zum Frühstück und antwortete ihm nur einsilbig. Matt hatte schon überlegt, mit Mia darüber zu sprechen, aber nach der letzten Videochat-Unterhaltung war er wie ein geprügelter Hund durch Las Vegas gelaufen. Wer wusste, was diesmal dabei herauskommen würde? Stattdessen hatte er mit Elaine wenigstens die groben Züge ihres Plans besprochen. Mit Alex' Hilfe hatten sie erfahren, wo Stevens mit seinem Liebhaber absteigen würde. Sobald sie die Suitennummer hatten, konnten sie festlegen, wie sie Stevens' Suite durchsuchen wollten. Ihnen lief die Zeit davon, und entweder fanden sie dort direkt Hinweise auf den Code oder wenigstens einen Hinweis, um Stevens zu erpressen.

Observationen und Auskundschaften gehörten zu Matts Spezialgebiet, das hieß, normalerweise gehörten sie dazu, wenn er nicht völlig überrumpelt war und sich konzentrieren konnte. Mit Elaine DeLacroix neben sich, die einen hautengen schwarzen Catsuit trug, war die Chance hoch, dass er sich wie ein blutiger Anfänger anstellen würde.

Er trug auch dunkle Hosen und ein eng anliegendes Long-sleeve-Shirt, aber er sah bei Weitem nicht so sexy aus wie Elaine. »Ich dachte, wir hätten uns auf unauffällige Kleidung geeinigt«, sagte er und versuchte, die Stimmung zwischen ihnen etwas aufzulockern, aber sein Scherz entlockte ihr nicht einmal ein Schmunzeln. Sie musterte ihn nur und begann dann, ihr Haar hochzustecken.

Elaine ließ sich in einen Sessel der Hotellobby fallen und griff nach einer Zeitschrift, die für die Gäste auslag. Das konnte ja noch heiter werden.

Matt stellte sich etwas abseits und wartete auf Alex. Sie hatten abgesprochen, dass Alex Stevens' Liebhaber und ihm einen Drink spendieren würde, um sie zu einem »exklusiven Event« einzuladen. In der Zwischenzeit blieb Elaine und ihm hoffentlich genug Zeit, um einen ausgiebigen Blick in die Suite der beiden Männer im Hotel zu werfen.

Die Fahrstuhltür glitt auf, und Stevens kam heraus. Er war nicht besonders groß, aber sehr schlank. Ein Mann mit blassen Augen, hellem Haar und der Figur eines Fechters. Der Mann an seiner Seite überragte ihn um etwa einen Kopf und war massiger gebaut – die beiden gaben ein hübsches Paar ab. Das musste Matt zugeben. Er widmete sich seinem Smartphone und warf einen Seitenblick zum Eingang des teuren Hotels direkt am Strip. Alex kam auf die Minute genau durch die Tür geschwebt, und Matt musste tatsächlich zweimal hinsehen, um sie zu erkennen. Die Besitzerin des *Sin* trug ein körperbetont geschnittenes Kleid in tiefem, sündigen Rot. Das schwarze Haar fiel ihr weich auf die Schultern, bis über den Rücken. Für einen Sekundenbruchteil streiften sich ihre Blicke, und sie berührte ihren linken Ohrring, wie um ihn zu richten. Matt hörte in diesem Moment ein Knacken, und Alex im Ohr, die auf Stevens und seinen Partner zuging und sagte: »Zayne, wie schön, Sie wieder in Las Vegas zu sehen.« Sie begrüßte den größeren Mann mit einem Kuss auf die Wange und wandte sich dann Stevens zu. »Das muss Ihr attraktiver Lebensgefährte sein. Mein Name ist Alex Ravine, Mr Stevens. Ich freue mich sehr, dass wir uns endlich kennenlernen.«

Matt wandte sich Elaine zu, die noch immer ungerührt in ihrer Zeitung blätterte. Den Kopf hielt sie elegant zur Seite geneigt, als wollte sie einen Artikel besonders aufmerksam studieren, aber Matt ahnte, dass sie sich damit von den Überwachungskameras abwandte, damit niemand ihr Gesicht sah.

»Darf ich Sie in meine Lieblingsbar entführen?«, hörte er in diesem Moment Alex in seinem Ohr.

»Das ist wirklich sehr freundlich, aber wir sind sehr müde nach dem langen Flug. Würde es Ihnen etwas ausmachen, wenn wir den Drink an der Hotelbar nehmen?«, fragte Stevens.

Alex war eine gute Schauspielerin. Matt hörte ihr nicht einmal das kleinste Zittern an, als sie antwortete: »Aber natürlich, das ist kein Problem.«

Er drehte sich um und fasste Elaine am Arm. »Wir müssen uns beeilen«, murmelte er. Sie stand auf und drehte sich mit ihm zu den Fahrstühlen. »Was ist los?«, zischte sie.

»Sie wollen in der Hotelbar was trinken und müde sind sie auch noch. Wir haben nicht viel Zeit.«

»Na großartig«, fluchte Elaine, ließ sich aber widerstandslos in den Fahrstuhl bugsieren. Matt besaß dank Mias Einsatz eine Blancokarte für das gesamte Hotel, und so brauchte es nicht lange, bis sie die Tür geöffnet und in die Suite geschlüpft waren. Kaum waren sie eingetreten, flammte blaues Licht auf und erhellte die Suite. Sie standen mitten im größten Zimmer, vor dem ein Panoramafenster Ausblick auf den hell erleuchteten Strip etwa dreißig Stockwerke unter ihnen gab. Eine weitläufige Wendeltreppe führte in den nächsten Stock, in dem sich das Schlafzimmer befand; das wusste Matt von den Bauplänen, die sie sich heruntergeladen hatten. Das Bad befand sich auf der linken, das Ankleidezimmer auf der rechten Seite. »Willst du dir das Schlafzimmer vornehmen?«, fragte Elaine kühl. Ihre ersten Worte seit gestern.

»Willst du vielleicht endlich aufhören, wie ein kleines Mädchen zu schmollen?«, knurrte er und ging in das Ankleidezimmer. Es war mehr eine schmale Abstellkammer, in der zwei Koffer standen.

»Hey, du hast kein Recht, mich als kleines Mädchen zu bezeichnen«, fauchte Elaine. Sie begann, die Sessel- und Sofakissen anzuheben und zu durchsuchen.

»Ich habe jedes Recht dazu, wenn du dich so benimmst«, brummte Matt. Er drückte auf den Empfänger in seinem Ohr, um Alex' Stimme für kurze Zeit abzustellen. Er konnte sich nicht auf drei Dinge gleichzeitig konzentrieren. Für den Moment waren sie sicher – der Drink würde mindestens fünfzehn Minuten in Anspruch nehmen.

»Ich brauche dich hierfür nicht, ich kann das auch sehr gut alleine«, zischte sie.

Matt schnaubte. »Können wir das vielleicht später ausdiskutieren? Wir haben wirklich keine Zeit für so einen Quatsch.«

Elaines linkes Auge zuckte, aber sie presste die Lippen zusammen und ging ins Schlafzimmer. Matt suchte weiter im Eingangsbereich und auf dem Schreibtisch. Vielleicht hatte Stevens irgendwo ein Papier hinterlegt oder sich eine Zahlenkombination aufgeschrieben …

Nach gut zehn Minuten ging er ins Schlafzimmer. Seine Suche hatte nichts gebracht, und er befürchtete jeden Moment, Stevens und seinen Liebhaber in der Suite zu sehen.

Im Schlafzimmer hatte Elaine gerade den Wandschrank geöffnet und hob mit geübten Händen die Hemden in einer der Schubladen an. Sie hob jedes einzelne Hemd binnen einer Zehntelsekunde an, schien aber nichts zu finden. »Ich habe schon einmal gesagt, ich brauche dich hier nicht«, sagte sie scharf, ohne sich auch nur zu ihm umzudrehen oder ihre Tätigkeit zu unterbrechen. Matt war eigentlich ein geduldiger Mensch, aber so langsam riss selbst ihm der Geduldsfaden. »Du hast gesagt, du brauchst meine Hilfe.«

»Danke, aber ich kann ab jetzt darauf verzichten. Mach es gut, ICD-Mann.«

Er biss die Zähne zusammen, zählte bis zehn, kam aber nur bis fünf, ehe er sie mit einer harten Bewegung zu sich herumdrehte, damit sie ihn wenigstens ansah. »Was zur Hölle ist dein Problem?«, knurrte er. »Ich weiß, ich bin nicht dein Lieblingsmensch auf Erden, aber kannst du dich wenigstens für die drei Tage, die uns noch bleiben, bis Browning hier auftaucht, zusammenreißen?«

Sie funkelte ihn wütend an und stieß die Schublade mit lautem Krachen zu. »Warum sollte ich das?«, gab sie zurück. »Du willst doch nur endlich hier fertig werden und deinen Hintern zurück in Richtung Heimat schwingen, damit du ihn dir in deinem Sessel plattsitzen kannst. Mich schmeißt du dann wahrscheinlich ins Kittchen oder, schlimmer noch, in eines eurer tollen kleinen Büros, wo ich dahinvegetieren werde, und du kannst dir brav auf die Schulter klopfen, weil du die kleine Diebin so wirkungsvoll eingewickelt hast.«

Okay, das kam mehr als unerwartet. Im ersten Moment begriff Matt gar nicht, was sie ihm da alles an den Kopf warf. Als er es endlich realisierte, wurde er wütend. »Was soll der Scheiß?«, fragte er gefährlich ruhig. »Ich habe dir niemals Grund zum Zweifeln gegeben, Elaine. Wir haben eine Abmachung, und ich habe dir mein Wort gegeben, dass ich sie halten werde. Du bist in Sicherheit, ich würde dich niemals betrügen oder nicht zu meinem Wort stehen. Zur Hölle, ich mache mich seit ein paar Tagen vollkommen zum Idioten und das alles nur für dich! Was soll ich noch tun, um dich davon zu überzeugen, dass du mir vertrauen kannst?«

Sie zitterte vor Wut, aber Matts Ratlosigkeit wuchs. Was hatte er getan, um diese Wut auszulösen? Hatte er sie verletzt? Sie belogen? Das Letzte, was er wollte, war, sie anzuschreien, im Gegenteil, er wollte, dass sie ihm vertraute, sie sollte sich endlich sicher bei ihm fühlen. Aber irgendetwas an ihm trieb sie weiter weg von ihm als jemals zuvor.

Elaine blinzelte, schien etwas sagen zu wollen und zuckte dann zusammen. »Scheiße«, zischte sie, packte sein Handgelenk und zerrte ihn in den Schrank. Das Ding war überraschend tief – er hatte es für einen einfachen Wandschrank gehalten, aber die Maße hatten eher etwas von einem begehbaren Kleiderschrank, der fast die gesamte Wand einnahm. Elaine zog ihn hinter sich her, zwischen diverse Mäntel und Jacketts.

»Was ist ...«

»Halt die Klappe!«, zischte sie und legte einen Zeigefinger auf die Lippen.

Oh nein. Matt fuhr sich mit der Hand über das Gesicht. Konnte er wirklich so blöd sein? Er aktivierte den Empfänger in seinem Ohr und hörte Alex' Stimme: »... ist, warum meldet ihr euch nicht? Ich sagte, Zayne und Stevens sind auf dem Weg zu ihrer Suite!«

Matt schaltete den Empfänger wieder aus, denn in diesem Moment knarrte die Tür des Schlafzimmers. Das also hatte Elaine gehört. Er musste sie später noch zu ihren Fledermausohren beglückwünschen. Wenn sie jemals wieder hier herauskamen. Matt spürte Elaines Hand in seiner. Sie drückte sie, und er erwiderte den Druck, um sie zu beruhigen. In der Enge des Schrankes standen sie dicht aneinandergepresst, umso unsichtbar wie möglich zu werden. Nur durch den Spalt zwischen den

Scharnieren der Schranktür konnte Matt hinausschauen und sehen, was dort vor sich ging. Zayne betrat das Zimmer als Erster. Er band seine Krawatte auf und warf sie aufs Bett. »Und, was hältst du von der Idee?«, fragte er. Stevens kam direkt nach ihm herein. »Von was?«, fragte er.

»Von dem Maskenball, zu dem Alex uns eingeladen hat.«

Matt sah zu Elaine hinunter, die sich gerade auf die Unterlippe biss. Ihre Hand lag noch immer in seiner.

»Du weißt, ich bin kein Freund von solchen Veranstaltungen«, brummte Davis und ließ sich auf das Bett sinken. Zayne knöpfte sein Hemd auf. »Außerdem bin ich geschäftlich hier.«

»Du könntest es mir zuliebe trotzdem versuchen«, schmeichelte Zayne ihm und ließ sein Hemd fallen. »Es ist lange her, dass du mal richtig Spaß hattest.«

Stevens ließ seinen Blick eindeutig über Zaynes nackten Oberkörper wandern. »Und wie nennst du das, was gestern Nacht war?«

Zayne zuckte spielerisch mit den Schultern und lachte leise. »Ich meine Spaß mit anderen.«

»Ich bin müde«, wich Stevens aus. Zayne trat langsam näher ans Bett, Schritt für Schritt, lasziv und sinnlich. Stevens' Blicke wurden glühender und verfolgten jede Bewegung. »Morgen wirst du ausgeschlafen sein – der Maskenball findet erst am Abend statt.«

»Und was, wenn ich heute Nacht Grund hätte, wenig Schlaf zu bekommen?« Stevens sah zu seinem Liebhaber auf, und ein breites Grinsen erschien auf seinem Gesicht. Er packte Zaynes Gürtel, zog ihn mit einem Ruck näher zu sich heran und begann, die Schnalle zu lösen. »Oh nein, Mr Stevens, an die Wundertüte darfst du erst ran, wenn du mir versprichst, morgen mit mir ins *Original Sin* zu gehen.«

Matt sah hinunter zu Elaine, die leise nickte. Offensichtlich hatte Alex ihren Job gut gemacht und auch Zayne richtig eingeschätzt. Das hieß aber auch, dass Matt morgen Zaynes Part würde übernehmen müssen. Ihm wurde flau im Magen, aber der ICD-Agent in ihm konzentrierte sich genau auf das, was sich auf dem Bett vor ihm abspielte. Genau das konnte ihm morgen Abend von Nutzen sein.

Stevens verdrehte die Augen und fuhr mit der Hand zwischen seine Beine. Er umfasste seine eigene mittlerweile deutlich sichtbare Erektion, die sich unter der Stoffhose abzeichnete und massierte sie. »Willst du das jetzt wirklich auf die Spitze treiben?«, fragte er seinen Liebhaber. Zayne schmunzelte. »Ja.«

Stevens warf ihn rücklings aufs Bett und zerrte seine Hose ein wenig tiefer, bis die erste Spur seines sorgsam zurechtgestutzten Schamhaars sichtbar wurde. »Meinetwegen«, knurrte er und biss ihm in die Leiste. Zayne lachte, aber es mündete in ein Keuchen. Er krallte die Finger in Stevens' Schultern und spreizte die Beine. Die beiden Männer hielten sich nicht mit einem langen Vorspiel auf. Bald lagen sämtliche Kleidungsstücke auf dem Boden neben dem Bett, und sie lagen ineinander verschlungen auf den Laken. Ihre Küsse und das Stöhnen waren deutlich bis in den Schrank hinein hörbar. Matt sah sich suchend um, in der Hoffnung, eine Art Geheimgang oder Wäscheluke aus dem Schrank heraus zu finden, aber vergeblich. Elaines Hand legte sich auf seinen Arm und strich beruhigend darüber. Er sah sie nicht an, war aber dankbar für diese Geste.

Stevens lag mittlerweile auf dem Bauch – sein Liebhaber hatte das Gesicht tief zwischen dessen Pobacken vergraben. Er leckte ihn, und Stevens schien das mehr als nur zu gefallen, denn sein heiseres Stöhnen hatte sich in leise Schreie verwandelt, die bei jedem Zungenstrich Zaynes immer lauter wurden. Er hielt ein Kissen umklammert und drückte sein Gesicht hinein, als die Lautstärke zu wild wurde. Zayne hob den Kopf, als er es bemerkte. »Nein, lass mich das machen«, murmelte er und hob eines der T-Shirts vom Boden auf. Es war dünn, aus sehr leichtem Stoff, und mit wenigen Handgriffen hatte er es zu einer Rolle gedreht. Er legte es zur Seite, griff in die Nachttischschublade und zog eine Tube mit Gleitgel heraus. Er küsste Stevens' Schultern, der jetzt ruhig und erwartungsvoll auf dem Bett lag, und befeuchtete seine Finger mit dem Gel. »Noch etwas Geduld«, sagte er heiser und schob Zeige- und Mittelfinger zwischen Stevens' Pobacken. Matt konnte deutlich sehen, wie Stevens das Kissen fester umklammerte und die Zähne in einer Mischung aus Schmerz und Erregung zusammenbiss. Zayne und er waren ein eingespieltes Paar, das konnte er deutlich sehen, denn Zayne brauchte nicht viele Handgriffe, bis Stevens sich willenlos in den Laken wand und unverständliches Zeug vor sich hin murmelte. Zayne lächelte wissend und kniete sich zwischen die gespreizten Beine seines Liebhabers. Er rieb sich einige Male über seine Erektion, die dick und zuckend von seinem Körper abstand. Vorsichtig setzte er die Spitze an und schob sich mit einem überraschenden Ruck bis zum Anschlag in Stevens hinein. Sein Schrei wurde von dem Kissen notdürftig gedämpft, aber Matt konnte ihn trotzdem noch deutlich hören. Zayne verlor jede Zärtlichkeit – er drückte eine Hand auf Stevens' Arsch und begann, ihn richtig durchzunehmen. Stevens' Becken wurde unerbittlich in die Matratze gedrückt, und er hatte gar keine Chance, sich zu wehren, selbst wenn er es gewollt hätte. Zayne behielt sein Tempo bei, beugte sich aber vor und nahm die T-Shirt-Rolle vom Bett. Er nahm beide Enden in die Hände und legte das improvisierte Seil um Stevens' Hals. Der keuchte, aber der Laut wurde bald von dem Seil im wahrsten Sinne des Wortes erstickt. Zayne fickte ihn weiter und drückte gleichzeitig fester zu. Er würde ihn erwürgen! Matt wollte schon aus dem Schrank stürmen und dazwischengehen, aber Elaine hielt ihn mit einem energischen Kopfschütteln zurück.

Sie deutete auf Stevens' rechte Hand. Matt sah, dass Daumen und Zeigefinger einen Kreis bildeten, die Geste für »Alles in Ordnung«, wie sie auch Taucher benutzten. Auch Zayne schielte dorthin. Er schnaubte zufrieden und fuhr fort, Stevens das Hirn aus dem Leib zu vögeln. Matt war baff – Stevens ließ sich die Luft abdrücken, um zu kommen? Davon hatte er noch nie etwas gehört, und wenn er ehrlich war, konnte er sich auch nicht vorstellen, dass so etwas irgendjemandem gefallen könnte. Aber er hatte in seiner Ausbildung auch gelernt, seinen Kopf und seinen Hals immer zu schützen, falls er angegriffen wurde. Entweder vertraute Stevens Zayne blind, oder er war ein perverser Irrer, der sich einfach von jedem die Luft abdrehen ließ. Aber das war etwas, was er auf jeden Fall für den morgigen Maskenball nutzen konnte.

Stevens hob den Kopf und krächzte etwas. Zayne stöhnte, schrie und kam laut hörbar. Seine Hände glitten von dem improvisierten Seil, und auch Stevens röhrte seinen Orgasmus hinaus. Beide Männer fielen erschöpft auf das Bett zurück, und für eine ganze Weile regten sie sich nicht mehr. Matt fuhr sich über das Gesicht – durch die Enge im Wandschrank wurde ihm verdammt warm, und Elaine, die in ihrem engen Catsuit an ihn gedrückt war, machte es nicht einfacher. Schließlich standen Zayne und Stevens auf und gingen ins Bad. Dabei blitzte in Stevens' Schritt etwas auf, das Matt genauer hinsehen ließ. Er sah zu Elaine herab, aber die schien nichts gesehen zu haben. »Lass uns verschwinden«, flüsterte sie, als im Bad die Dusche angestellt wurde. Matt nickte, und gemeinsam schlichen sie sich aus der Suite.

»Ich muss noch ins *Sin*.«

Matt sah Elaine überrascht an, während sie in den Fahrstuhl stiegen. »Ich hätte gedacht, du willst nach diesem gefährlichen Spielchen lieber deine Ruhe?«

Elaine zuckte mit den Schultern. »Offiziell bin ich heute Abend zum Arbeiten im Klub eingeteilt, und ich will mit Alex über morgen sprechen.«

Eigentlich war das Gespräch mit Alex für den nächsten Morgen angesetzt, aber Matt war froh, dass Elaine überhaupt wieder etwas sagte. Gleichzeitig spürte er, wie die Frustration und der Ärger zurückkehrten. »Denkst du nicht, wir hätten etwas zu besprechen?«, fragte er in der Hoffnung, dass sie endlich mit ihm reden würde. Elaine senkte den Blick. Der Fahrstuhl hielt, und ein junges Paar stieg ein. Elaine atmete erleichtert auf, und Matt beschloss, sie zumindest an diesem Abend in Ruhe zu lassen. Zumindest für eine Weile.

Das *Original Sin* löste mittlerweile fast schon eine gewisse Behaglichkeit in ihm aus – es war ein vertrauter Ort, ein Platz, an dem er vieles gelernt und erfahren hatte. Wäre er nicht aus beruflichen Gründen hier, könnte er sich im *Sin* vielleicht sogar wohlfühlen. Aber wann immer er Elaine ansah, spürte er den Knoten im Magen größer werden – unmöglich, auch nur an Wohlfühlen zu denken. Sie betraten den Klub einzeln – Elaine stieg einfach aus dem Impala aus und verschwand in Richtung des Angestellteneingangs. Matt nahm den offiziellen Eingang – es hatte sich eine kleine Schlange gebildet, weil der Klub fast voll war, aber der Türsteher hatte ihn oft genug mit Elaine kommen und gehen sehen und ließ ihn daher ohne Protest und trotz seines legeren Outfits eintreten. Auf dem Weg zur Lounge kam ihm Alex entgegen – sie trug noch immer das aufreizende Kleid, das sie schon im Hotel getragen hatte, und lächelte, als sie ihn sah. »Schön, dich zu sehen – hast du unsere Kleine schon hergebracht?« Im Halbdunkel des Eingangsbereichs ergriff sie seine Hand. Matt spürte etwas Hartes darin und steckte es sich in die Hosentasche, nachdem sie ihn losgelassen hatte – es war das als Ohrring getarnte Mikro. »Sie ist vor mir reingegangen«, sagte er und rang mit sich. Alex war Elaines Freundin, sie kannte sie am besten, aber Alex war eben Elaines Freundin, und eigentlich hatten sie Matts Gefühle nichts anzugehen, dennoch ... sie war die Einzige, die ihm möglicherweise helfen konnte. Er biss in den sauen Apfel. »Können wir kurz reden?«

Alex wirkte überrascht und sah sich rasch um. Dann deutete sie auf eine Tür. Matt folgte ihr dorthin – dahinter war eine enge Wendeltreppe eingelassen. Alex ging trotz ihrer hohen Schuhe ohne jede Mühe hinauf, und Matt tat es ihr nach. Die Treppe mündete in ein fast schon bieder eingerichtetes Büro, dessen Fenster nicht auf Las Vegas hinausgingen, sondern in den Klub. Von hier aus hatte man die Lounge und den Eingangsbereich genau im Auge. Alex ließ sich in einen Drehsessel hinter dem mit Papier und Ordnern übersäten Schreibtisch sinken und deutete auf den Stuhl davor. Der Schreibtisch hätte in jedes andere, normale Büro gepasst, wären nicht diverse Dildos, Fetischmasken und Gerten darauf verteilt gewesen. »Was hast du auf dem Herzen?«, schnurrte Alex.

Matt fuhr sich mit allen zehn Fingern durch die Haare. »Hast du in letzter Zeit mit Elaine gesprochen?«

Alex schlug die Beine übereinander. »Du warst meistens dabei«, wich sie aus.

»Nein, nicht wegen Browning, sondern privat.«

Alex leckte sich über den Mundwinkel und begann, breit zu grinsen. »Oh, privat?«, fragte sie. »Willst du etwa wissen, ob sie etwas über dich gesagt hat?«

»Nein ... ja. Ich meine, hat sie erwähnt, ob ich sie irgendwie verletzt oder beleidigt habe?«

Damit schien sie nicht gerechnet zu haben, denn das Grinsen verschwand. Alex verzog das Gesicht. »Hast du ihr etwa wehgetan, Farmboy?«, fragte sie schon deutlich schärfer.

Matt hob abwehrend die Hände. »Falls ja, kann ich mich nicht daran erinnern. Aber sie geht mir aus dem Weg, ignoriert mich, so gut es geht. Ich weiß wirklich nicht, was schiefgelaufen ist.«

»Kann dir das nicht eigentlich egal sein? Immerhin steht sie doch unter deiner Aufsicht, und sobald ihr hier fertig seid, packst du sie hübsch verschnürt ins Flugzeug und bringst sie nach Deutschland.«

»So etwas in der Art habe ich schon von ihr zu hören bekommen.«

»Dann weißt du ja, was schiefgelaufen ist.«

Matt ballte die Hände zu Fäusten und atmete tief durch. »Das war aber bisher kein Thema«, gab er scharf zurück.

»Zwischen euch?«

Verdammt, diese Alex schien ein geheimes Gespür dafür zu haben, wo sich Matts schwache Stellen befanden, und sie drückte schonungslos darauf herum. »Ich will einfach wissen, ob ich irgendetwas getan habe, was sie verletzt hat«, versuchte Matt abzulenken, indem er wieder auf seine ursprüngliche Frage zurückkam.

Alex lehnte sich vor, die angewinkelten Arme auf den Schreibtisch gestützt. »Elaine ist etwas Besonderes«, sagte sie, aber es klang nicht nach einem Lob, sondern einfach nach einer Tatsache, die sie noch einmal deutlich hervorheben wollte. »Sie hat ihre eigenen Gründe, warum sie tut, was sie eben tut, und auch, warum sie Browning kriegen will. Aber was immer sie bisher auch getan hat, sie war immer allein dabei. Du bist der erste Partner, von dem ich je gehört habe, und du bist auch nur dabei, weil du dich ihr aufgezwungen hast.«

Matt wollte protestieren, aber sie hob mahnend die Hand zum Zeichen, dass sie noch nicht fertig war. »Du bist ihr näher gekommen als jeder andere Mann, den ich bisher gesehen habe, vielleicht mit Ausnahme von Gerome. In mehr als einer Weise.« Sie senkte die Lider ein wenig und musterte sein Gesicht. »Du musst dir darüber klar werden, was du willst. Und dann verstehst du auch, was sie will.«

Alex verabschiedete ihn recht schnell aus ihrem Büro, und Matt verfluchte sich, weil er wieder auf das kryptische Orakeln einer Frau hereingefallen war. Erst Mia, jetzt Alex – und er war keinen Deut schlauer als vorher. Im Gegenteil, jetzt wusste er gar nicht mehr, ob er Elaine etwas getan hatte oder nicht. Was er eigentlich nur wollte, war, mit ihr reden, aber das hatte sie bisher gekonnt abgeblockt. Wahrscheinlich hatte er es bereits in dem Moment versaut, in dem er in ihrem Appartement mit ihr geschlafen hatte. Spätestens aber zu dem Zeitpunkt, ab dem er sie erpresst hatte, damit sie zur ICD kam. So oder so, er hatte es vermasselt. Er saß in der Lounge und ließ sich immer wieder Drinks kommen, während er in seinen Gedanken versank. Tiefsinnige Grübeleien sind selten eine gute Idee, wenn sie mit Reue über vergangene Fehler kombiniert werden. In Matts Fall kamen auch noch drei bis vier Drinks dazu. Er stand auf und lief durch den Klub, sah kaum etwas und wusste auch nicht so recht, wo er hinwollte. Aber seine Füße führten ihn, zeigten ihm den Weg, ohne dass er auch nur eine Sekunde darüber nachdenken musste.

Er roch sie, bevor er sie sah. Ein leichter Hauch von Apfel, von Sandelholz und Blüten. Elaine bewegte sich elegant durch die Menge, ging von Tisch zu Tisch und brachte den Gästen Getränke und kleine Snacks. Manchmal ließ sie sich auf einen kleinen Flirt ein, und allein das ließ Matts emotionale Mischung aus Bedauern, Angst und Alkohol explodieren.

Elaine trug ihr Haar an diesem Abend offen, die Maske fest vor dem Gesicht. Ihr Körper wurde von einem hauchdünnen Spitzenbody bedeckt, dessen Ausläufer gerade so ihre Brustwarzen bedeckten. Die feine schwarze Spitze bewegte sich wie

Wasser auf ihrem Körper, getragen von jeder Bewegung. Elaine beugte sich gerade zu einem Mann hinunter, der ihr etwas ins Ohr flüsterte. Sie richtete sich auf und lachte, lachte auf diese herausfordernde Weise, die jedem, der es hören wollte, sagte: »Ich bin anders als jede Frau, der du jemals begegnet bist.« Und verdammt, sie hatte recht damit.

Matt biss die Zähne zusammen, ging zu ihr, packte ihren Arm und zog sie mit sich. Sie protestierte, machte aber keine Anstalten, sich zu befreien. Gut. Das würde noch früh genug passieren – spätestens, wenn sie merkte, was er vorhatte.

Kapitel 22

Elaine runzelte die Stirn, als Matt sie ohne ein Wort durch den Klub schleifte, die Flure zu den Spielzimmern entlang. »Was soll das?«, zischte sie, als sie sich sicher sein konnte, dass keiner der Gäste sie hören konnte. Aber Matt hüllte sich in Schweigen und zog sie einfach hinter sich her. Er wirkte nüchtern, aber sie hatte bereits gesehen, wie er sich einen Drink genehmigt hatte. Er würde doch nichts Dummes anstellen? »Matt, lass es endlich gut sein«, sagte sie und versuchte, sich loszumachen, aber er hielt sie fest und öffnete eine Tür. Sie war nicht abgeschlossen – entweder hatte er einen Schlüssel von Alex, oder sie hatte ihm per Fernknopf die Tür geöffnet. So oder so, sie steckte mit ihm unter einer Decke. Wahrscheinlich hatte sie ihm auch längst erzählt, was Elaine für ihn empfand. Sie rammte ihre Fingernägel in Matts Arm und drückte zu. Der knurrte und ließ sie überrascht los. »Was soll das?«

»Das sollte ich dich fragen«, gab sie kühl zurück. »Warum schleifst du mich hierher?«

Matt sah sich um und rieb sich über die Nasenwurzel. »Ich wollte ... nur reden.« Er schüttelte den Kopf, als würde ihm erst beim Klang der Worte bewusst, was er da sagte. »Nein. Weißt du was? Ich habe genug davon, reden zu wollen. Jedes Mal, wenn ich versuche, mit einer Frau zu reden, endet es in einer Katastrophe. Ich habe genug davon. Genug geredet.«

Bevor Elaine protestieren konnte, hatte er sie schon an die Wand gedrückt und küsste sie so leidenschaftlich, dass ihr die

Luft wegblieb. Ihr Protest wurde von seinem Mund erstickt und zu einem dumpfen »Mpf« gedämpft. Sein Gewicht hielt sie an die Mauer gedrückt. Sie wand sich, wehrte sich gegen seinen Körper, hart wie Stein, der sich keinen Zentimeter wegschieben ließ. »Matt«, keuchte sie in seinen Mund. Sie war erregt, heiß, willenlos, aber sie wollte ihm nicht ohne Weiteres die Führung überlassen. Schlimm genug, dass sie sich in ihn verliebt hatte – er hatte bereits die Kontrolle über ihre Gefühle, die über ihren Körper würde er nicht bekommen. Zumindest nicht so einfach.

Er schien sie nicht zu hören, also trat sie ihn gegen das Schienbein. Er schrie heiser auf und funkelte sie wütend an. Das konnte sie auch. »Nein«, sagte sie und schüttelte den Kopf, ohne den Blickkontakt zu unterbrechen. »Nicht so.« Woher diese letzten beiden Worte kamen, konnte sie nicht sagen, aber sie entsprachen der Wahrheit.

Matt sah aus, als würde er aus einem langen Traum erwachen. Er blinzelte und schien dann erst wirklich zu bemerken, wo er sich befand. Es war eines von Alex' BDSM-Zimmern für Kunden, die es härter mochten oder wenigstens für eine Weile mit Schmerz und Hilflosigkeit liebäugeln wollten. Das Prunkstück in dem schwarzen Zimmer war – neben diversen Regalen mit Spielzeugen, Peitschen und Dildos – ein kunstvoll geschnitzter Stuhl, fast schon ein Thron. »Dann anders«, hörte sie Matt rau an ihrem Ohr sagen. Er führte sie zu diesem Thron und bedeutete ihr, sich darauf zu setzen. Elaine war sich immer noch nicht sicher, was genau er vorhatte, aber da war noch immer dieses völlig unbegründete, aber umso stärkere Gefühl von Geborgenheit in seiner Nähe. Sie schluckte, setzte sich auf den Thron und wartete.

»Zieh den Body aus.«

Das war neu, aber auch diesmal gehorchte sie. Der Ausschnitt des Spitzenbodys war zu tief, als dass sie einen BH hätte tragen können – als sie sich das enge Kleidungsstück endlich abgestreift hatte, trug sie nur noch ihre Pumps und einen engen String in Schwarz. Matt machte keinen Hehl daraus, dass er sie musterte. Elaine lief ein Schauer über den Rücken. Irgendetwas an Matts ganzer Haltung hatte sich verändert. Sonst war er ihr immer ein wenig reserviert vorgekommen, distanziert, zurückhaltend. Davon war nichts mehr übrig. Sie konnte noch immer nicht erraten, was ihm durch den Kopf ging, aber von Distanz oder Zurückhaltung war nichts mehr zu spüren. Im Gegenteil; zwischen ihnen gab es eine Verbindung. Wie tief sie ging oder wie stark sie war, konnte Elaine unmöglich sagen, und wenn sie ehrlich war, war es ihr auch scheißegal. Ein wohliges Ziehen wanderte durch ihren Körper, angefangen von ihren Zehen über die Schenkel bis hinauf unter ihre Kopfhaut. Sie hob den Blick und sah in seine Augen. »Und was jetzt?«

Matt drehte den Kopf zur Seite und verschwand kurz aus ihrem Blickfeld. Als er zurückkam, hielt er einen Ballknebel und eine Augenbinde in den Händen. Nervös schweiften ihre Blicke zwischen diesen beiden Gegenständen und Matts Gesicht hin und her. Er wartete ab, aber Elaine hatte nichts dagegen. Wenn er wollte, dass sie Nein sagte, musste er es schon sagen. Langsam kam er auf sie zu und legte ihr den Ballgag an. Er war ein wenig fahrig, aber seine Hände zitterten nicht. Auch nicht, als er ihr die Augenbinde umlegte. Elaines Nasenflügel weiteten sich, als sie tief einatmete. Der Geruch des Gummis stieg ihr in die Nase, vermischt mit seinem Duft. Sie schloss die Augen – viele versuchten, in der Dunkelheit der Augenbinde noch etwas zu sehen, und mussten die Session dann wegen Kopfschmerzen abbrechen, weil die Augen sich überanstrengt hatten. Sie konzentrierte sich auf ihre Sinne, so wie sie es auch mit Matt gemacht hatten, als sie ihn in den Raum der Sinne gelockt hatten. Sie lauschte auf jedes noch so kleine Geräusch, irgendeinen Laut, aber da war … nichts? Elaine hielt den Atem an und versuchte, ihr laut klopfendes Herz zu ignorieren. Matt musste sich doch irgendwo im Raum bewegen. Er hatte doch sicher etwas vor? Warum hörte sie dann nichts?

Nach einer Weile musste sie wieder einatmen, und suchend wandte sie den Kopf, um zu hören, ob er irgendwo war. Aber ihre Sinne begannen, ihr Streiche zu spielen. Sie glaubte, seinen Duft zu riechen, seinen Atem zu hören, aber sobald sie versuchte, sich darauf zu konzentrieren, war es wieder verschwunden. Elaine biss in den Ballgag. Wahrscheinlich wollte Matt ihr wirklich den kleinen Dreier mit Alex heimzahlen und hatte sie deshalb hier geknebelt und ihr die Sicht genommen. Aber warum machte er dann nichts? Wartete er darauf, dass sie irgendwann genug hatte, sich Ballknebel und Augenbinde abnahm und einfach hinausmarschierte? Oder hatte ihn der Mut verlassen? Elaine wusste es nicht zu sagen, aber ihr Stolz verbot ihr, einfach zu gehen. Sie würde erdulden, was auch immer er sich ausgedacht hatte.

Elaine lehnte sich gegen die Rückenlehne des Throns und schlug demonstrativ die Beine übereinander. Sie konnte warten. Nach einer Weile wurde ihr das Bein schwer, und sie wechselte es. Wie lange saß sie schon hier – zehn Minuten? Dreißig Minuten? Eine Stunde? Sie lauschte, aber nichts war zu hören. Hatte Matt sich etwa heimlich aus dem Staub gemacht? Aber dann hätte sie seine Schritte und die Tür gehört. Er musste noch irgendwo im Zimmer sein. Warum sagte er dann nichts? Insgeheim hatte Elaine damit gerechnet, dass er sie berühren, sie streicheln oder gar ihre Haut küssen würde. Aber nichts geschah. So langsam wurde selbst ihre Ausdauer strapaziert. Elaine rutschte auf dem Thron hin und her und wartete darauf, dass Matt etwas tat. Irgendetwas. Mittlerweile wäre sie sogar für den harten Biss einer Gerte oder einer Peitsche dankbar, Hauptsache, irgendetwas, damit diese Stille und das ewige Warten endlich ein Ende hatten.

»Ät?«, nuschelte sie durch den Ballgag hindurch.

Keine Antwort.

Sie kratzte unruhig mit den Fingernägeln über das Holz der Armlehnen und rutschte wieder unruhig hin und her. »Ät«, versuchte sie, herrischer seinen Namen zu sagen, aber nichts geschah. Sie drehte suchend den Kopf, krallte sich regelrecht ins Holz. Wieder wartete sie auf eine Reaktion von ihm, irgendein Zeichen, dass er noch bei ihr war, sie beobachtete, sie irgendwie wahrnahm. Noch einmal versuchte sie, seinen Namen zu sagen, und schrie leise auf, als sie seinen Atem an ihrem Ohr spürte. Etwas Kaltes drückte sich auf ihren Hals, und sie schrie wieder, diesmal sehr viel lauter. Matt lachte leise, dann spürte sie seine Lippen auf ihrer Haut, heiß gegen die Kälte. Sie erschauerte, legte aber den Kopf in den Nacken, um ihm mehr Zugang zu ihrem Hals zu gewähren. »Keine Spielchen mehr«, sagte er leise. »Kein sinnloses Gequatsche, keine Ratschläge mehr. Ich will dich einfach nur haben.« Seine Lippen verschwanden, aber bald spürte sie sie auf einer anderen Stelle ihres Körpers – Matt küsste ihren Bauch, der sich aufgeregt bewegte. Ein Schauder nach dem anderen jagte über ihren Rücken, und sie suchte Halt an den Armlehnen. Mit seinen Schultern schob Matt ihre Schenkel auseinander, um mehr Platz dazwischen zu haben, und sie zitterte vor Vorfreude – er hatte bereits mehr als einmal bewiesen, wie geschickt er mit der Zunge war. Sie wusste, dass es nur eine kurze Flucht aus der Realität war. Sie würde diesen Mann verraten, den Mann, von dem sie gesagt hatte, dass sie ihn liebte. Aber solche Gefühle hatten keine Zukunft, vor allem nicht zwischen ihnen. Nicht nach dem, was sie vorhatte.

Elaine presste die Augen noch fester zusammen. Solche Gedanken hatten hier keinen Platz. Nicht jetzt.

Matts Atem streifte heiß über ihren Venushügel und die weit geöffneten Lippen darunter. Sie hob ihr Becken an und versuchte, ihm entgegenzukommen. Der Stoff des Strings war längst durchtränkt und rieb sich aufreizend an ihrer Pussy und ihrer Klit. Das allein reichte schon fast, um sie kommen zu lassen. Das und die Vorstellung, wie Matt vor ihr kniete und sie fast, aber nur fast, küsste. Er ging aber nicht auf ihre Einladung ein, stattdessen streifte etwas – seine Lippen? Seine Zungenspitze? – die kleine Falte in der Leiste, zwischen Schenkel und Bauch. Sie zitterte, erwartete eine weitere Liebkosung, tiefer, an der Stelle, an der ihre Lust am hellsten brannte. Aber Matt entzog ihr diese winzige Berührung. Nur sein Atem blieb, ein hitziges Versprechen auf etwas, was sie sich sehnlichst wünschte.

Mit einem harten Ruck zog er ihr den String über die Hüfte und die Beine herab. Luft streichelte kühl ihre Haut.

Seine Zungenspitze fuhr die Leiste an der anderen Seite ihrer Hüfte nach, und er setzte einen Kuss auf ihren bebenden Venushügel, auf dem sich nur ein winziger Streifen Haar befand. Es dämpfte seine Berührung, trennte sie von ihrer Haut und nahm Elaine somit mehr von dieser köstlichen Liebkosung. Sie war kurz davor, seinen Kopf einfach tiefer zu drücken, zwischen ihre weit gespreizten Beine, damit er sie leckte, es ihr endlich mit seinem wunderbaren Mund besorgte, ihre Klit reizte, leckte, küsste und biss, bis sie endlich kam, aber Matt quälte sie. Sein Mund verschwand, sein Atem ebenso, und sie ließ einen Schrei der Frustration los. Zum ersten Mal fand sie Gefallen an dem Ballknebel, da sie ihre Zähne darin vergraben konnte, um die Frustration zumindest ein wenig zu dämpfen. Das Gummi schmeckte bitter – es passte zu ihren aufgewühlten Gefühlen.

Sie spreizte die Beine bis zum Äußersten und hob ihm noch einmal ihr Becken entgegen. Ihr Atem ging schwer, schnaufend durch die weit geöffneten Nasenlöcher, aber Matt quälte sie mit

Andeutungen, kleinen Gesten, Versprechungen. Elaine ertrug es nicht mehr. Sie riss sich die Augenbinde herunter und starrte auf Matt herab. Er kniete vor ihr und lächelte – er wusste, er hatte gewonnen. Sie hatte Schwäche gezeigt und war ihm ausgeliefert. Sie verfluchte sich selbst dafür, aber Matts Zunge, die sich tief in ihre Pussy schob, schwemmte all diese Gedanken wieder fort. Er ließ sie nicht mehr warten, er gab ihr endlich, was sie wollte. Seine Zungenspitze umkreiste ihre Klit, tupfte darauf, ein sanftes Streicheln, bevor er begann, an ihr zu saugen. Und dann intensivierte er den Reiz so sehr, dass Elaine dankbar für den Ballgag war – ansonsten hätte man ihren Schrei wahrscheinlich im gesamten *Sin* gehört. Sie suchte Halt an den Armlehnen. Der Anblick von Matt zwischen ihren Schenkeln war zu viel. Es erregte sie zu sehr. Sie biss hart auf den Knebel und legte den Kopf in den Nacken, um irgendwo Halt zu finden, die Augen fest zusammengekniffen. Matt leckte und verwöhnte sie, bremste das Tempo manchmal, nur um dann umso schneller weiterzumachen, so schnell und hart, dass ihr schwindelig wurde. Sie kam kaum dazu, Atem zu holen, sie hörte ihr eigenes Keuchen, ihr Ringen nach Luft, aber um nichts in der Welt hätte sie ihn jetzt gebeten aufzuhören. Sie liebte ihn, und sie liebte jede Berührung, die er ihr angedeihen ließ, seine Hände auf ihren nackten Oberschenkeln, seinen Atem auf ihrer Haut, seine Lippen auf ihrer Pussy. Jede einzelne Sekunde war ein Geschenk, das sie tief in sich bewahren würde.

Ihre Hände umklammerten die Armlehnen des Stuhls, sie warf den Kopf in den Nacken und kam. Der Höhepunkt schüttelte ihren hilflosen Körper hin und her, sie schrie durch den Ballgag hindurch und erschauerte, als die Ausläufer ihres Orgasmus Welle um Welle durch sie hindurchbrandeten.

Hastig öffnete sie die Augen und sah sich um. Aber sie war allein. Matt war gegangen.

Kapitel 23

Die Vorbereitungen für den Maskenball hatte Alex ganz allein geschultert, aber sie hatte eine beeindruckende Leistung vollbracht. Matt erkannte das *Sin* kaum mehr wieder – das Dunkle, Verruchte war zwar immer noch da, aber die violetten und dunkelblauen Stoffbahnen an den schwarzen Wänden milderten das ab. Sämtliche Blumen waren verschwunden und durch kleine Bäumchen in mit Schleifen verzierten großen Blumentöpfen und Vasen ersetzt worden. Stoffbahnen hingen auch von der Decke herab, verziert mit Blumengirlanden und Ketten aus Blättern. Die Lounge des *Sin* wirkte wie ein verwunschener Garten irgendwo zwischen Tag und Nacht. Die Masken der Angestellten und Gäste passten dazu – Matt sah Faune, gehörnte Götter, Ziegenböcke und Greifvögel vor den Gesichtern der Menschen um ihn herum. Sonst war es einfach, Gäste und Angestellte des Klubs voneinander zu unterscheiden, aber zu diesem besonderen Anlass hatte Alex keine Kleiderordnung vorgeschrieben, für niemanden. Die einzige Bedingung, die erfüllt werden musste, war, eine Maske zu tragen, und die bekam jeder, der den Klub betrat, ausgehändigt, egal durch welchen Eingang. Alex hatte ihm bereits eine Maske ins Hotel schicken lassen. Elaine würde ihre sicherlich in der Garderobe bekommen.

Wer es sich leisten konnte, trug nur spärliche Kleidung oder war ganz nackt. Das übliche Heer an maßgeschneiderten Anzügen und Abendkleidern blieb aus – zwar sah man noch einige davon in der Menge der tanzenden und sich drehenden Körper, aber die meisten hatten eher auf Fetischkleidung oder Adamskostüm gesetzt. Matt hatte sich auf Alex' Rat hin für eine einfache Hose aus schwarzem Leder entschieden und trug dazu derbe Stiefel. Sein Oberkörper war nackt und durch die Klimaanlage im *Sin* hatte sich bereits eine Gänsehaut auf seinem Körper gebildet. Er schob sich durch die Menge und war erleichtert zu sehen, dass er sich vor den meisten der halb nackten oder nackten Männer nicht zu verstecken brauchte.

Viele der Gäste schienen ganz in das Motto des Balls einzutauchen, Kellner mit altmodisch wirkenden dickbauchigen Kelchen liefen umher, und diverse Maskierte griffen danach und schütteten die rubinrote Flüssigkeit in sich hinein, ohne darauf zu achten, ob sie etwas verschütteten oder ob wirklich jeder Tropfen aus dem Kelch tatsächlich in ihrem Mund landete. Die leise, im Hintergrund laufende Musik wurde von lautem Gelächter und derben Scherzen übertönt, aber niemand wirkte aggressiv. Dass das so blieb, war mit Sicherheit Aufgabe der zusätzlich aufgestellten Türsteher an jedem Flur, die zwar nur mit einem Lendenschurz bekleidet waren, was sie aber umso bedrohlicher wirken ließ. Das Spiel ihrer melonengroßen Muskeln war dafür umso deutlicher zu sehen.

An der Stelle, an der sich sonst die Bar befand, hatte Alex ein Podium aufbauen lassen, auf dem gerade eine kleinere Orgie stattfand – mehrere Menschen mit Hirschmasken trieben es dort zu fünft oder sechst. Genau konnte er es auf den ersten Blick gar nicht sagen, zu sehr waren Körper und Gliedmaßen ineinander verschlungen. Matt nahm sich wie die anderen Gäste auch einen Kelch von dem Tablett eines vorbeieilenden Kellners und trank mehrere Schlucke Wein. Es war Teil seiner Tarnung, ebenso wie die Wolfsmaske, die die obere Hälfte seines Gesichts verdeckte, aber es half ihm auch, seine Nervosität ein wenig zu dämpfen. Matt war bereits bei Geiselnahmen dabei gewesen, Observationen von Serienkillern und Festnahmen von Terroristen, aber die Vorstellung mit einem Mann ... intim zu werden ... Verdammt, er brachte den Gedanken nicht einmal in seinem Kopf zu Ende.

Er leerte die Hälfte des Kelchs und sah sich möglichst unauffällig um. Aus den Augenwinkeln erkannte er Alex, die nicht in seine Richtung sah, aber er war sich sicher, dass sie ihn bereits beim Hereinkommen gesehen hatte. Sie trug die Maske eines Fuchses und war in einen eng anliegenden Anzug aus schwarzem Latex gehüllt. Man konnte fast glauben, dass er direkt auf ihren Körper gemalt war. Sie unterhielt sich mit einem Mann in Faunmaske und einem engen Stringtanga, der mehr zeigte als verhüllte. Von Elaine fehlte jede Spur. Sie sprach noch immer nicht mit ihm, aber diesmal konnte er es sogar verstehen. Nach ihrer letzten Begegnung im Klub ... er spürte, wie sein Schwanz begann, sich gegen seine Hose zu drücken, und versuchte, den Gedanken an Elaine auf dem Thron beiseitezuschieben. Es hatte keinen Sinn. Er und sie, nein, es gab kein er und sie. Nur einen ICD-Agenten, der den Fehler gemacht hatte, sich in die Frau zu verlieben, die er gejagt hatte. Mehr nicht.

Matt leerte den Kelch, und griff direkt nach einem weiteren. »Trink nicht zu viel, sonst hast du keinen klaren Kopf mehr.« Elaines Hand legte sich sanft auf seine Schulter. Er drehte sich um – sie war ein Pfau, zumindest der Maske nach. Die schillernden Federn dieses Vogels bedeckten ihre Halbmaske und schimmerten im Licht des Klubs. Auch auf ihrem Körper befanden sich Federn. Sie schmiegten sich an die Rundungen ihrer Hüften und die zarten Erhebungen ihrer Brüste. Eine Pfauenfeder lag direkt auf ihrem Venushügel und verbarg ihre Pussy wie ein mystisches Auge vor den Blicken der Öffentlichkeit. Zuerst dachte Matt, sie würde nur die Federn tragen, aber dann erkannte er, dass sie auf ein hauchdünnes Kleid aus durchsichtigem Stoff aufgenäht waren. Sie sah umwerfend aus, aber das hatte er schon vorher gewusst. Er bemühte sich, sie nicht anzustarren, und ließ seinen Blick über die Menschenmenge schweifen. »Ziemlich viel los – hast du unsere Ehrengäste schon gesehen?«, fragte er und bemühte sich um einen neutralen Ton.

Sie sah zur Seite. »Noch nicht«, erwiderte sie. »Aber ... oh nein.«

Matt folgte ihrem Blick und sah Stevens und Zayne hereinkommen. Die beiden hatten ihre Masken noch locker in der Hand. Sie hatten sich für ein ähnliches Outfit wie das der Türsteher entschieden und trugen nur helle, eng gebundene Lendenschurze. Mit einigem Grinsen und Gelächter setzten sie sich gegenseitig die Masken auf. Stevens hatte auch noch eine dritte Maske in der Hand, und er winkte einen Mann, der sich dicht hinter den beiden gehalten hatte, zu sich heran.

»Was ist los?«, raunte Matt Elaine zu.

»Das ist Kincaid«, erwiderte sie, ohne die Augen von dem schwarzen Hünen zu nehmen, der die anderen Besucher des Klubs um mindestens einen Kopf überragte. Er schäkerte mit Stevens und Zayne und setzte seine Maske auf. »Er gehört zu Brownings Stab und ist eng mit Stevens befreundet, soweit ich weiß.«

Matt stellte den Kelch in einen der Blumentöpfe, um die Hände frei zu haben. Das brachte ihre Pläne durcheinander. Sie hatten ausgemacht, dass Alex Zayne im Auge behalten und notfalls ablenken sollte, während Matt sich mit Elaines Hilfe um die Beschaffung des Codes an Stevens' Körper kümmern würde. Wenn es jetzt noch einen dritten Mann gab, der ihnen eventuell Schwierigkeiten machen konnte, würde das die Sache erschweren, wenn nicht gar unmöglich machen. Aber sie hatten zu wenig Zeit und waren schon zu weit gegangen, um jetzt noch abbrechen zu können. »Wir müssen improvisieren – kannst du diesen

Kincaid ablenken?« Elaine biss sich auf die Unterlippe und dachte kurz nach, dann nickte sie aber. »Und was wird aus Stevens? Und Zayne?«

»Um Stevens kümmere ich mich, und Alex bleibt wie besprochen direkt an Zayne dran.«

Elaine nahm die Maske ab und sah ihm in die Augen. Er spürte, wie seine Gedanken eine andere Richtung einschlugen, aber dafür hatten sie jetzt keine Zeit. »Schaffst du das? Ich meine, du warst nicht besonders scharf darauf, dich auf einen Mann einzulassen.«

Matt dachte an den Abend in Stevens' Suite zurück. »Wenn ich richtig liege, muss ich nicht aufs Ganze gehen«, beruhigte er sie und versuchte, aufmunternd zu lächeln. »Wir werden diesen Code bekommen, und du wirst Browning kriegen.« Er berührte ihre Wange und streichelte sie sanft. Ihre Haut war weich und glatt, wie Seide. Ein wundervolles Gefühl. »Ich habe es dir versprochen. Und das werde ich auch einhalten.«

Er drehte sich um und fing Alex' Blick auf. Sie wirkte ebenso überrascht über Kincaids Auftauchen wie Elaine. Matt hob die Hand in einer beiläufigen Geste, um ihr zu signalisieren, dass alles in Ordnung war, und entfernte sich von Elaine. Das Trio durchstreifte den Klub und bediente sich an den Weinkelchen. Alex ging zu ihnen hinüber und begrüßte die drei überschwänglich, während Matt so tat, als würde er das Büfett am anderen Ende der Lounge studieren. Aus dem Augenwinkel behielt er Alex und die drei Männer im Blick und sah dabei zu, wie die Klubbesitzerin Zayne unterhakte und in einen anderen Bereich des Klubs führte. Stevens und Kincaid schlenderten weiter durch die Lounge und unterhielten sich leise. Matt hob den Kopf und sah in ihre Richtung. Sein Blick streifte Stevens, und der erwiderte ihn etwas überrascht. Matts erste Reaktion wäre es gewesen, schnell wieder wegzusehen, aber er hielt Stevens' Blick fest und lächelte vorsichtig. Der schlanke Mann sah kurz zu Kincaid, der ihm etwas erzählte, aber während des Gesprächs wanderte sein Blick immer wieder in Matts Richtung. Der wandte sich ab und sah sich nach einem der Kellner um. »Wenn du durstig bist, kann ich dir auch gerne etwas von meinem Getränk abgeben.« Stevens' Stimme war überraschend tief für einen Mann seiner Statur. Er hielt Matt einladend seinen Kelch entgegen, und der nahm ihn ihm aus den Fingern, trank jedoch nicht daraus. »Wird deine Begleitung nicht eifersüchtig, wenn du deinen Kelch so großzügig mit dem ganzen Klub teilst?«, fragte er und deutete mit einem Nicken auf Kincaid, der ein wenig verloren nahe des Podiums stand. Aber nicht lange. Elaine tauchte an seiner Seite auf und sagte etwas zu ihm, was er mit lautem Lachen beantwortete.

»Der ist versorgt«, winkte Stevens ab. »Du kannst mir also gerne mehr über dich erzählen.«

Matt musste zugeben, dass Stevens' offensichtliches Interesse an ihm mehr als schmeichelhaft war. »Da gibt es nicht viel Interessantes. Andere Dinge an mir sind da vielleicht … spannender.« Er stellte den Kelch zur Seite und beugte sich zu dem etwas kleineren Mann hinunter. »Aber die solltest du selbst entdecken. Es wäre nicht halb so interessant, wenn ich es dir erzählen würde.«

»Du machst mich neugierig«, erwiderte Stevens und fuhr sich durch die hellen Haare. Er sah sich um, als ob sie jemand beobachten könnte, was angesichts der Orgie auf dem Podium und der ganzen nackten Menschen auf der Tanzfläche, die sich bereits küssten, streichelten und aneinander rieben, lächerlich war. Aber wenn es seinen Motor zum Laufen brachte, würde Matt sich nicht beschweren. »Ich habe auch ein paar interessante Seiten«, fuhr Stevens fort.

»Ich bin mir sicher, dass ich sie ›fesselnd‹ finden werde«, erwiderte Matt.

Stevens hob überrascht die Brauen, aber dann vertiefte sich sein Lächeln. »Ich glaube, wir verstehen uns.«

»Komm mit.« Matt ging einfach voraus und führte Stevens weg von der Menschenmenge in der Lounge und den neugierigen Blicken. »Du bist zum ersten Mal hier, oder?«, versuchte er etwas Small Talk zu betreiben, auch um seine eigene Nervosität zu übertünchen.

»Ja. Aber ich fange an, die Vorzüge zu sehen, die man mir angepriesen hat«, sagte Stevens, und Matt konnte seinen Blick förmlich im Rücken spüren. Er runzelte die Stirn. Zum Glück sah Stevens das nicht, sonst hätte er die Sache wahrscheinlich abgebrochen.

Matt nickte dem Türsteher zu, der am Zugang zum nächsten Flur stand, und bedeutete Stevens, ihm zu folgen. »Wo willst du hin?«, fragte er, aber Matt antwortete nicht. Ihnen kamen ein paar Leute entgegen, und in einigen dunklen Ecken erklangen eindeutige Geräusche, aber selbst die wenigen Anwesenden waren Matt noch zu viel. Er wollte mit Stevens allein sein. Schließlich glaubte er, weit genug von der Lounge weg zu sein. »Lässt du dir nicht gerne zusehen?«, fragte Stevens und grinste. Matt drückte ihn in eine der dunklen Ecken und küsste ihn hart auf den Mund. Stevens keuchte überrascht und schob die Finger in Matts Hosenbund, aber mehr, um nach Halt zu suchen, als ihn ausziehen zu wollen. Der Kuss fühlte sich anders an als jeder Kuss mit Elaine. Stevens Haut war rauer, kleine Stoppel kratzten über Matts Haut. Sein Partner war auch fordernder, direkter in seinem Kuss. Er drückte sich an Matt, und der konnte unter dem Lendenschurz deutlich spüren, wie erregt er bereits war. »Du gehst ran«, sagte er, und Stevens grinste wieder. »Ich bin neugierig auf deine … interessanteren Seiten«, antwortete er.

»So schnell schon? Gut, wie du meinst.« Matt hob den Arm und packte Stevens' Kehle. Er drückte nicht besonders fest zu, gerade genug, um Stevens ein bisschen zu erschrecken und ihm Schwierigkeiten beim Atmen zu verursachen. »Ich mag es, wenn dir ein bisschen die Luft wegbleibt.« Stevens hatte die Augen weit aufgerissen und starrte Matt an, aber kein Laut kam aus seiner Kehle. Aber die Beule, die sich unter seinem Lendenschurz abzeichnete, sprach Bände. Matt konnte unter dem hellen Stoff die Umrisse der schwarzen Tätowierungen auf Stevens' Haut erkennen. Das, was Matt schon in der Suite aufgefallen war. »Dachte ich es mir doch«, sagte er und brachte seinen Mund nah an den des Mannes vor ihm. »Du stehst auf Luftspielchen, nicht wahr? Das macht dich geil.«

Stevens versuchte zu schlucken – Matt konnte die Bewegung des Adamsapfels unter seiner Handfläche spüren –, aber der Druck auf seine Kehle hinderte ihn daran. Also nickte er nur. »Sehr gut«, murmelte Matt, und seine freie Hand wanderte unter den Lendenschurz. Der Schwanz eines anderen Mannes. Matt war dankbar, dass in diesem dunklen Flur nur wenig Licht herrschte, denn er konnte seine Mimik im Augenblick nur schwer unter Kontrolle behalten. Er fühlte Unwillen in sich, aber auch einen Anflug von Neugierde. Klar, in der Umkleide des Fitnessstudios sah man immer wieder mal den Schwanz eines anderen Mannes, aber der war nie hart, und nicht nur Matt war schon der Gedanke gekommen, ob seine Erektion wohl groß oder klein war. Verglichen mit dem, was er gerade in seiner Hand hielt, konnte er zufrieden sein.

Stevens zuckte und wand sich, als wollte er sich befreien. Matt drückte einmal nachdrücklicher zu, und sofort hielt der andere Mann still. »Ich will keine Widerrede und kein Zappeln«, herrschte er ihn an und ging vor ihm in die Hocke. »Lass mal sehen, was wir hier haben …« Er zog die Hand wieder unter dem Lendenschurz hervor und riss den Stofffetzen herunter. Kein Wunder, dass Stevens so unbekümmert seine tätowierte

Leiste und den mit Tinte geschmückten Schwanz zeigte. Es war kein Code, den er dort trug, sondern ein Gewinde aus Ranken und Efeublättern auf der Haut. Matt biss die Zähne zusammen, um nicht laut zu fluchen. Er war sich so sicher gewesen, den Code endlich gefunden zu haben! Wie hatte er sich so täuschen können?!

»Machst du nicht weiter?«, holte ihn Stevens zurück in die Wirklichkeit.

»Still«, knurrte Matt ihn einfach nur an. Er starrte auf den steifen Schwanz und die völlig glatt rasierte Haut, auf der sich das Tattoo abzeichnete. Aber kein Code. Scheiße.

In diesem Moment verschwand auch das wenige Licht im Flur. Matt lockerte unwillkürlich seinen Griff etwas und sah auf. Stevens tat es ihm nach. »Es geht los!«, rief jemand und lief an ihnen vorbei. Ihm folgten weitere – alle nackt. Dann klickte etwas, und auf einmal flammten seltsame Muster und Verzierungen auf den Körpern der Menschen auf, in allen möglichen Farben. Schwarzlicht. Alex hatte sich wohl noch ein kleines Highlight für ihren Ball ausgedacht und wahrscheinlich einigen der Angestellten Farbe in die Hand gedrückt, die mit dem UV-Licht reagierte und erst leuchtete, sobald das Schwarzlicht angeschaltet war. Die Muster, mit denen sie sich bemalt hatten, leuchteten grell auf ihrer Haut, der Rest lag im Dunkeln – ein ziemlich spektakulärer Effekt. Einige von ihnen hatten sich Pfeile auf den Schwanz gemalt, und sie jagten ihre Freunde mit diesen leuchtenden Pfeilen vor sich her. Einige Frauen hatte Kreise und Herzen um ihre Brüste und die Venushügel gemalt, und Matt konnte sehen, wie sich ein Pfeil in so ein Herz verirrte. Er musste schmunzeln, sah wieder auf Stevens – und erstarrte. Zwischen dessen Beinen, dort, wo sich bisher das Tattoo befunden hatte, leuchtete eine Zahlen- und Buchstabenkombination auf. Stevens wehrte sich, wollte sich losmachen, aber Matt hielt ihn fest. Diesmal war Stevens' Gegenwehr aber echt, er wollte loskommen. Das hatte nichts mehr mit einem Quickie zu tun. »Lass das«, keuchte Stevens, riss sich los und zog seinen Lendenschurz wieder zurecht. Matt konnte das Weiße in seinen Augen sehen. Für einen Moment schien es, als wollte er etwas sagen, aber dann wandte er sich einfach ab und verschwand. Aber es war bereits zu spät. Matt hatte sich die Kombination des Codes bereits eingeprägt.

Kapitel 24

Matt lief, so schnell er konnte, in die Lounge zurück und Alex direkt in die Arme. »Hat alles geklappt?«, fragte sie leise und zog ihn mit zu ihrem Büro. Er folgte ihr bereitwillig hinauf, froh, von den ganzen Menschen wegzukommen. »Stevens sah verdammt wütend aus, als er zurückkam und hat mir Zayne förmlich unter der Nase weggerissen.«

»Das glaube ich gerne – wie bist du auf die Idee mit dem Schwarzlicht gekommen?«

Alex sah verwundert aus, weil sie seine Frage nicht ganz einordnen konnte. »Es war eine spontane Idee. Ich habe ein paar meiner Angestellten gebeten, sich zu bemalen, damit es für die Gäste spannender wird. Sind dir ein paar über den Weg gelaufen?«

Matt musste lachen. »Das kann man wohl sagen. Einer von ihnen war aber eher unfreiwillig da.«

Sie verschränkte die Arme und lehnte sich mit dem Hintern gegen ihren Schreibtisch. »Du sprichst in Rätseln, Farmboy.«

Matt deutete auf seinen Schritt. »Stevens trägt den Code versteckt unter seinem Tattoo. Er hat ihn sich mit UV-Licht-sensitiver Farbe stechen lassen und hat wohl nicht damit gerechnet, dass sein Schwanz gerade nackt ist, während hier Schwarzlicht an ist.«

Alex warf den Kopf in den Nacken und lachte. »Genial – da haben wir Glück gehabt.« Sie reichte ihm einen Block und Stift, damit er den Code notieren konnte, ehe er ihn wieder vergaß. »Das heißt, wir haben alle Codes, bis auf Brownings.«

»Und Elaine kann sich Browning morgen vorknöpfen, und mein Auftrag hier ist endlich erledigt.« Matt war überrascht, wie niedergeschlagen er dabei klang. Er hatte gedacht, er hätte sich besser im Griff.

Alex war sein Tonfall nicht entgangen. »Ich dachte, ihr habt endlich miteinander geredet?«

Matt fuhr sich durch die Haare und begann, im Zimmer auf und ab zu laufen. »Worüber denn?«, fragte er und schnaubte frustriert. »Dass sie das Einzige ist, was im Augenblick mein Denken beherrscht? Dass ich fast wahnsinnig werde, weil sie mich einfach nicht an sich heranlässt? Ich sehe es schon vor mir, das ist genau das, was Elaine von mir hören will.«

Er hatte damit gerechnet, dass Alex ihn auslachen würde, aber sie schüttelte nur den Kopf. »Du bist ein ganz schöner Dickschädel.«

»Das höre ich öfter.«

Sie lachte. »Hübsch und stur – eine schlechte Kombination, gefährlich, würde ich sogar sagen. Kein Wunder, dass du ihr den Kopf verdreht hast.«

Matt brauchte einen Moment, um zu begreifen, was sie gerade sagte. »Meinst du Elaine?«, fragte er.

Alex verdrehte die Augen. »Das ist ja nicht zum Aushalten.« Sie seufzte und deutete auf die Treppe. »Komm mit. Ich will dir etwas zeigen.«

Matt folgte ihr nach unten, aber anstatt wieder in die Lounge zu gehen, führte sie ihn noch ein Stockwerk tiefer. Zu seiner Überraschung kamen sie in dem gläsernen Labyrinth raus, in dem er bereits einmal mit Elaine gewesen war. Die meisten Zimmer waren leer, alle Gäste waren oben in der Lounge, um den Ball zu genießen, aber in einem der Räume brannte Licht. Alex näherte sich ihm vorsichtig und bedeutete Matt, ihr zu folgen. Ein wenig abseits blieb sie stehen, und er ging weiter. Er hatte geahnt, was er sehen würde. Was sonst hätte Alex ihm auch hier zeigen können, aber es zu sehen, sorgte trotz allem dafür, dass ihm sich der Magen umdrehte. In dem Zimmer stand Elaine vor einer Wand. Sie war vornübergebeugt, das dünne Kleid bis auf den Rücken hochgeschoben und die flachen Hände an die Wand gedrückt. Kincaid stand hinter ihr und hielt eine Peitsche in der Hand – keine Bullenpeitsche. Mit solchen Peitschen kannte Matt sich aus. Nein, in Kincaids Hand befand sich eine neunschwänzige Peitsche, deren Abdrücke sich bereits deutlich auf Elaines hellem Fleisch abzeichneten. Ihr Gesicht war verzerrt, aber anders als bei der Session mit Alex, die Matt gesehen hatte, sprach aus ihrem Gesicht nur reiner Schmerz. Kincaid dagegen schien Spaß zu haben – er schlug immer wieder zu, ließ manchmal zur Abwechslung auch seine Hand auf das malträtierte Fleisch klatschen, was Elaine immer wieder zusammenzucken ließ. Aber etwas anderes störte Matt noch mehr. Er konnte nicht mehr zusehen. Die Grenze zwischen Lust und echter Qual war in seinen Augen schon längst überschritten, und selbst wenn es anders wäre – was er nicht mehr ertrug, war, Elaine mit einem anderen zu sehen. Zwischen ihnen war viel vorgefallen, sicher, und alles sprach gegen seine Gefühle, aber er konnte sie nicht einfach verleugnen oder ignorieren. Nicht einmal wenn er es noch gewollt hätte. Aber er wollte nicht mehr. Er ertastete die Tür neben dem Fenster mehr, als dass er sie sah, aber in seinem Zustand hätte er die Wand auch einfach eingerannt, ohne es zu bemerken. Er stieß die Tür auf und betrat das Zimmer.

Elaine gab einen weiteren Schrei von sich, und der Typ hinter ihr grinste breit, die Hand zum nächsten Schlag erhoben. Matt dachte nicht mehr nach. Mit einer fließenden Bewegung hielt er den herabsausenden Arm des Mannes fest, holte mit dem anderen Arm aus und verpasste dem Mistkerl einen Schlag mit der Faust. Der taumelte, wurde durch seinen eigenen Schwung von

Matt losgerissen und fiel regelrecht gegen die Wand. Matt beachtete ihn nicht weiter, griff nach Elaines Hand und zog sie aus dem Raum. In seinen Ohren rauschte es, er sah weder nach links oder nach rechts. In ihm gab es nur noch diesen einen urwüchsigen Instinkt – Elaine in Sicherheit bringen. So weit weg wie möglich.

Erst als sie den Dungeon verlassen hatten, spürte er, wie etwas an ihm zerrte. Er schüttelte den Kopf, um wieder klar denken zu können, da traf ihn auch schon ihre Hand ins Gesicht. Sein Kopf flog eher aus Überraschung zur Seite, und er starrte sie an. Elaine stand vor ihm, wie eine Rachegöttin aus einer alten Sage. Ihr Haar war zerzaust, das Make-up verschmiert, die Kleidung unordentlich. Aber in ihren Augen loderte ein Feuer, das Matt zu verbrennen drohte. »Was zum Teufel hast du dir dabei gedacht?!«, fauchte sie. »Du kannst nicht einfach so eine Session unterbrechen, noch dazu, wenn der Kunde dafür bezahlt hat.«

»Du bist keine Nutte!«, begehrte Matt auf.

»Im Moment bin ich das aber«, gab sie ebenso laut zurück. »Ganz abgesehen davon, dass Kincaid möglicherweise Verdacht schöpft oder sich offiziell bei Alex über mich beschwert – was sollte das?«

Matt fuhr sich unruhig mit gespreizten Fingern durch die Haare. »Ich … verdammt, ich weiß es nicht. Ich habe dich da gesehen, hab gesehen, wie er dich behandelt hat … verflucht, er hat dich geschlagen und …« Matt schloss den Mund, aber Elaine war noch lange nicht fertig mit ihm. »Und dann hast du beschlossen, dass du mich retten musst?!« Sie schnaubte abfällig. »Du bist wirklich ein Mistkerl, nein, du bist ein echter Ritter in weißer Rüstung. Du glaubst, Frauen sind alles hilflose verletzliche Wesen, die nur darauf warten, von dir aus einer Notlage gerettet zu werden, was?«

Ihre Worte trafen ihn wie Faustschläge. Das Schlimmste war, dass sie recht hatte. Fast genau diese Gedanken waren ihm durch den Kopf gegangen: Er wollte Elaine retten, wollte sie aus ihrem Leben als Diebin herausholen und mit ihr etwas ganz Neues anfangen. Jetzt kam er sich vor wie ein Idiot.

»Lass es mich ein für alle Mal klarstellen«, zischte Elaine, »ich brauche niemanden, der meinen Retter spielt. Ich muss nicht gerettet werden – der einzige Retter für mich bin ich selbst.« Sie wich zurück, als hätte sie sich an seiner bloßen Nähe verbrannt. Ihr Gesicht lag im Schatten, aber Matt sah etwas Glitzern. Weinte sie etwa?

»Elaine.«

Sie schüttelte wütend den Kopf, aber er hörte, wie schwer ihr Atem ging.

»Elaine«, wiederholte er sanfter. Er umfasste ihre Hand und zog sie zu sich. Anfangs wehrte sie sich noch, gab dann aber nach und ließ zu, dass er sie nah an sich zog. »Ich will dir nicht wehtun – ich wollte wirklich nur helfen. Als Freund«, sagte er. Als er ihr diesmal in die Augen sah, erkannte er eindeutig Tränen darin. »Das will ich aber nicht.« Ihre Stimme klang brüchig und war sehr leise. »Ich brauche nicht noch mehr Schuldgefühle. Ich kann das nicht noch einmal.«

Matt zog sie sacht in seine Arme und strich ihr über den Hinterkopf. Sie fühlte sich an wie ein Puppe aus Eis – hart, kalt und unnachgiebig. Aber sie schmolz. Er spürte ihr Gewicht, ihre Stirn, die sich an ihn lehnte. Sie ließ zu, dass er ihr Halt gab, sie stützte und dabei zusah, wie sie weinte. Matt ahnte, was sie ihm in diesem Moment schenkte. Behutsam führte er sie weg, fort aus dem öffentlichen Bereich des Klubs. Mittlerweile kannte er ein paar Wege und führte sie durch das Glaslabyrinth in den Gästeraum, in dem sie Davis kennengelernt hatten. Zum Glück war das Zimmer leer. Matt schloss ab, den Arm noch immer um Elaine gelegt. Er führte sie zu dem großen Sofa und setzte sich mit ihr hin. Sie hielt den Kopf noch immer gesenkt, hatte sich regelrecht an seiner Brust vergraben und schien nichts sehen oder hören zu wollen. Matt strich beruhigend über ihren bebenden Rücken, ihren Nacken und küsste ihre Stirn. Lange Zeit saßen sie einfach so beieinander, bis das Zittern aufhörte. Ohne ein Wort hob Elaine den Kopf, sah ihn an und küsste ihn. Es war eine unerwartete Berührung, leicht wie ein Schmetterling, aber um ein Vielfaches intensiver. Für Matt fühlte es sich wie ein Stromschlag an, der durch seinen ganzen Körper fuhr. Elaine sah zu ihm auf, in ihren Augen lag eine Frage, auf die er keine Antwort wusste. Stattdessen umfasste er ihren Nacken, zog ihr Gesicht näher zu sich und wiederholte den Kuss. Sie seufzte in seinen Mund, und der Effekt auf ihn war dramatisch – Matt spürte, wie sich seine Lenden zusammenzogen und sein Penis begann, sich gegen seinen Oberschenkel zu drücken. Er fuhr mit der Zungenspitze über ihre Lippen, neckte sie, damit sie sich für ihn öffneten, und sie gewährte ihm willig Zugang. Ihre Hände lagen auf seinen Schultern, aber eine stahl sich davon, vergrub sich in seinem Haar und suchte dort Halt. Es zog ein wenig, aber Matt war es egal. Seine Hände strichen beruhigend über Elaines Rücken, erkundeten sanft ihre Haut, wann immer er sie durch die Ausschnitte in ihrem Kleid berühren konnte. Sie schmiegte sich an ihn, flüsterte etwas, was er erst beim genaueren Hinhören verstand. »Mehr«, wisperte sie.

Er sah ihr in die Augen und versank darin. Wie hatte er jemals wieder den Blick von ihr lösen können, nachdem er sie einmal angesehen hatte? Elaine schaute ihn unsicher an, die großen dunklen Augen verhangen vor Lust und Unsicherheit. Noch immer klammerte sie sich an ihn, schien den Halt nicht verlieren zu wollen, aber ausgerechnet er war derjenige, der haltlos war, er brauchte einen Anker, einen Ort, an dem er sich festhalten konnte. Er würde für sie niemals Halt sein können, keine Zuflucht, keine Hilfe. Er fühlte sich selbst hilflos, aber die Option, aufzugeben und sie fallen zu lassen, existierte nicht. Er konnte sie nicht im Stich lassen. Und das würde er auch nicht.

Sie schmiegte sich an ihn, löste sich dann aber überraschend von ihm und stand auf. In einer einzigen geschmeidigen Bewegung streifte sie ihr Kleid ab und stand vor ihm, nackt, bis auf die hohen Schuhe. Es war nicht das erste Mal, dass er ihren Körper nackt zu sehen bekam, aber diesmal stand sie wirklich nackt und bloß vor ihm, wartend, ausgeliefert. Matt stand auf, zog sie in seine Arme, presste sie an sich. Ihre Münder fanden sich, um den Kuss wieder aufzunehmen, erforschten einander, suchten, kosteten, genossen. Seine Erektion wurde fest gegen ihren Bauch gedrückt, zuckte erregt und heiß, aber es schien ihr nichts auszumachen, im Gegenteil. Sie stöhnte in seinen Mund, presste sich noch fester an ihn und schien keinen Zentimeter Luft zwischen ihnen zuzulassen. Sie war erregender als jede andere Frau, mit der er jemals zuvor zusammen gewesen war. Matt konnte sich kaum noch zurückhalten. Er drückte sie rücklings auf die Couch, spreizte ihre Beine und kniete sich davor. »Bitte, ich will mehr«, flüsterte sie, und Matt gab ein unterdrücktes Knurren von sich. Diese Worte allein hätten beinahe ausgereicht, dass er sich auf sie stürzte. Aber noch nicht. Er beugte sich vor und hauchte einen Kuss auf das zarte Rosarot ihrer Schamlippen. Ihre Pussy war ein Kunstwerk – zartes Hellrosa, Weiß und dunkles Rosé mischten sich darin. Eine Statue aus Porzellan, fast unwirklich schön, wäre da nicht der feine, feucht glänzende Film auf ihrer Haut. Matt nahm die linke Lippe in seinen Mund und saugte daran. Elaine schrie auf und vergrub ihre Hände wieder in seinen Haaren; nicht, um ihn wegzudrücken, sondern um ihn näher zu ziehen. Aber er ließ sich Zeit. Es half ihm, seine eigene Erregung unter Kontrolle zu bekommen. Langsam entließ er die weiche Haut wieder aus seinem Mund und widmete sich der anderen Seite auf die gleiche Weise, leckte und küsste die Feuchtigkeit herunter und bedeckte sie mit neuer Nässe. Elaine wand sich auf dem Sofa, bog den Rücken wie einen Bogen durch und spreizte ihre Schenkel so weit, wie das Möbelstück es zuließ. Immer wieder keuchte sie seinen Namen, aber noch wollte er es hinauszögern. Er genoss jede Sekunde und versuchte, den Gedanken beiseitezuschieben, dass es bald enden würde. Und dann würde es wieder wie zuvor sein, ein Verwirrspiel aus Gefühlen und Pflichten. Jetzt waren sie nur sie selbst. Er würde es auskosten, solange es möglich war.

Elaine gab nur noch keuchende Laute von sich. Mit einem Mal rutschte sie von ihm weg und richtete sich auf. Überrascht sah er auf. »Stimmt etwas nicht?«

Elaine nahm seine Hand und zog ihn zu sich auf die Couch. Sie war nicht breit genug für sie beide, also lagen sie beide auf der Seite, Gesicht an Gesicht. »Ich will dich«, flüsterte sie, die Hände auf seine Brust gelegt. Diese winzige Berührung ließ seinen ganzen Körper erschauern. »Ich meine, nicht nur einen Orgasmus oder Lust, ich will ... dich.« Sie senkte den Blick, und ihre Stimme brach. Matt konnte nur ahnen, wie schwer ihr diese Worte gefallen waren. Er berührte ihre Wange, und überrascht sah Elaine ihn an. Er lächelte, wünschte sich, er wäre so zungenfertig wie Mia, um Elaine sagen zu können, was er empfand, aber die Worte wollten sich einfach nicht finden lassen.

Wortlos umfasste er Elaines Hüfte, drehte sich mit ihr, bis er auf dem Rücken lag und sie auf ihm. »Nimm dir, was immer du willst«, flüsterte er.

Für einen Moment wurde ihr Gesichtsausdruck wieder undeutbar für ihn, wie eine verdammte Sphinx, aber er verschwand rasch wieder. Sie riss sein Hemd auf. Einige Knöpfe sprangen ab und rollten unter den Tisch, aber Matt kümmerte es nicht. Elaine lächelte ihn an, aber zu seiner Überraschung beugte sie sich wieder vor, bis ihre Brüste über seinen bloßen Brustkorb glitten. Sie suchte seine Lippen, fand sie und rieb ihren Schoß an seinem Schritt, während sie sich küssten. »Elaine«, keuchte er in ihren Mund.

»Nein, ich bin dran«, erwiderte sie und biss ihn sanft in den Hals. Seine Hände verkrampften sich um ihren Po, und er stieß seine Hüften hoch. Elaine keuchte. Sie lachte leise, aber es verschwand schnell. Ihre Hand wanderte zwischen sie beide, öffnete seine Hose und führte seinen zitternden Schwanz zwischen ihre gespreizten Schenkel. Sie war ebenso ungeduldig wie er, vielleicht sogar noch etwas mehr als Matt. Sein Schwanz versank tief in ihr, noch nicht bis zum Anschlag, aber tief genug, um ihr ein tiefes, befriedigtes Stöhnen zu entlocken. »Matt«, sagte sie heiser und sah ihn an. Sie wollte sich bewegen, aber er hielt sie zurück. »Warte«, flüsterte er. Seine Hand im Nacken zog sie tiefer zu ihm, zu seinen Lippen, zu seinem Kuss. Er löste seine andere Hand von ihrem Po, schlang sie um ihren Rücken und drückte sie an sich. Er wollte sie mit jedem Millimeter Haut spüren, an jeder Faser seines Körpers. Sie schmiegte sich an ihn, ihr Körper passte perfekt an seinen. Langsam bewegte sie ihr Becken, er stieß ihr entgegen, und keiner von beiden wollte diesen intensiven Körperkontakt unterbrechen. Sie liebten sich, stunden- oder auch nur minutenlang – Matt hatte schon längst jedes Zeitgefühl verloren.

Sein Höhepunkt ließ sich aber nicht ewig aufhalten. Matt spürte, dass er kurz davorstand zu kommen. In diesem Moment richtete Elaine sich auf. Sie schien regelrecht auf seinem Schoß zu tanzen, ihr gesamter Körper bebte und bewegte sich. Ihr Blick war noch immer mit seinem verbunden, so wie ihre ineinander verschränkten Hände. Matt trank diesen Anblick, er nahm ihn in sich auf, wusste, dass er ihn nicht mehr vergessen würde. Und dann kam er, die Finger noch immer mit Elaines verschränkt und ihr Bild vor seinen Augen.

Kapitel 25

Jeff Stevens beobachtete ruhig, wie sich die Tür des Privatjets öffnete. Ein heißer Wind wehte von der Wüste herein und brachte Sand und den Geruch nach Dürre und Hitze mit sich. Er brachte sein Haar in Unordnung und zerrte an seiner Krawatte, aber Stevens hielt sie mit einem geübten Griff fest und wartete, bis die Tür sich vollständig geöffnet hatte. Browning trug ein einfaches Polohemd und graue Buntfaltenhosen. Sein Haar war so voller Gel, dass nicht einmal der Wind ihm etwas anhaben konnte – es saß wie festbetoniert.

Brownings Gesicht war unbewegt, nur eine steile Falte zwischen den Augenbrauen deutete darauf hin, dass Stevens' Arbeitgeber alles andere als erfreut über die Ankunft in Las Vegas war.

Als die Tür vollständig geöffnet und die Treppe heruntergeklappt war, brachte er die wenigen steilen Stufen mit zwei Schritten hinter sich und kam auf Stevens zu, der vor der Limousine stand, die seinen Boss zu seinem Apartment bringen sollte. Er kam ihm die letzten Meter entgegen und begrüßte ihn höflich. Browning erwiderte den Gruß mit einem knappen Nicken, wartete dann, bis Stevens ihm die hintere Wagentür aufhielt, und stieg ein. Der Pilot kam, Brownings Gepäck im Schlepptau, dazu, und gemeinsam luden die beiden Männer es in den Kofferraum, ehe Stevens sich hinter das Steuer der Limousine mit den getönten Scheiben setzte. Normalerweise hatte Browning einen eigenen Fahrer oder mietete sich jemanden für diesen Zweck, aber während Stevens alles für seine Ankunft in Las Vegas vorbereitete, hatte Browning ihm immer wieder eingebläut, dass er ihm jedes noch so kleine Detail der Vorbereitung seiner Unterbringung und seines Aufenthaltes anvertraut hatte. Also hatte Stevens all diese Aufgaben selbst übernommen. Er schmunzelte, während er den Wagen vom Flughafengelände lenkte, weil er es kaum erwarten konnte, Browning die Neuigkeiten zu übermitteln. Aber noch übte er sich in Geduld. Wenn er es richtig anstellte, könnte er sich durch diese Information noch wertvoller für Browning machen und seine Position stärken.

»Ist alles vorbereitet?« Brownings Stimme klang gepresst. Stevens' Lächeln schwand, und er runzelte die Stirn. Es war ungewöhnlich, dass die Stimmungstiefs seines Bosses so lange anhielten – wann immer er mit ihm in den letzten Tagen telefoniert hatte, hatte er genauso geklungen. »Ja«, erwiderte er. »Wenn ich mir die Bemerkung erlauben darf: hat Sie etwas verstimmt, Mr Browning?«

Er sah in den Rückspiegel. Zu der steilen Falte zwischen Brownings Augenbrauen waren ein paar weitere gekommen – sie zerfurchten die Haut und ließen ihn um Jahre älter wirken. Er erwiderte Stevens' Blick mit kalten Augen, und der sah rasch zur Seite. »Geht es um Ms DeLacroix?«, fragte er aber nach. Die Antwort war ein harter Tritt gegen die Rückwand des Beifahrersitzes. Stevens zuckte zusammen und gab versehentlich mehr Gas als gewollt. Er atmete tief ein, um sich wieder zu sammeln. »Ich habe vielleicht etwas im Zusammenhang mit Ms DeLacroix, das …«

»Was ist es?«, fiel Browning ihm scharf ins Wort. Stevens musste unwillkürlich wieder lächeln – die kalte Wut war vollständig aus der Stimme seines Bosses gewichen, und jetzt klangen Neugierde und eine Art düsteres Frohlocken darin. Browning war an den Rand der Sitzbank gerutscht, und es hätte Stevens nicht gewundert, wenn er sogar seinen Kopf durch die

Lücke zwischen dem Fahrer- und Beifahrersitz gesteckt hätte. »Reden Sie schon!«

Stevens fädelte sich in den Nachmittagsverkehr ein. »Ich bin Elaine DeLacroix gestern in einem ... Klub begegnet«, begann er. Der Kontakt zwischen Browning und der Detektei war über ihn gelaufen, was hieß, dass alle Unterlagen, Fotos und Videos, die während Elaine DeLacroix' Aufenthalt in Las Vegas gesammelt worden waren, zuerst auf seinem virtuellen Schreibtisch gelandet waren. Er hatte sie längst erkannt, als er sie im *Original Sin* gesehen hatte. Die Verkleidung als Showmädchen hätte ihn möglicherweise täuschen können, aber sie hatte sich in einem unbeobachteten Moment die Maske gerichtet, und er hatte ihr Gesicht gesehen. Das war eindeutig die Frau, die Ian Browning so verrückt machte, dass er offensichtlich nur noch an sie denken konnte. Er fragte sich, was zwischen den beiden vorgefallen war, aber nicht einmal seine hervorragenden Recherchefähigkeiten hatten ihm weitergeholfen.

Browning sagte nichts, aber sein Blick war deutlich. Stevens fuhr fort: »Es handelte sich um das *Original Sin*. Wie Sie wissen wurde sie mehrfach dabei beobachtet, wie sie diesen Klub betreten hat. Offensichtlich pflegt sie ein enges Verhältnis zur Besitzerin des Klubs, einer Frau namens Alex Ravine.«

»Das sind keine Neuigkeiten, das ist abgekühlte Scheiße«, zischte Browning. »Das alles weiß ich schon.«

Stevens nickte unwillkürlich. »Ich kann Ihnen aber endlich sagen, was DeLacroix vorhat.« Er wartete, baute eine künstliche Pause ein, um seine Enthüllung noch spannender zu machen, aber ein wütendes Knurren seines Vorgesetzten ließ diese Pause sehr kurz ausfallen. »Sie hat jemanden angeheuert, der mich verführen sollte. Ich war mir anfangs nicht sicher, aber nachdem er meinen Körper gezielt abgesucht hatte, wusste ich, dass er den Code finden wollte.«

Die Worte waren unspektakulär, aber Stevens wusste, dass Browning ihre Bedeutung kannte. »Bist du sicher?!«, fragte er aufgeregt.

»Ziemlich sicher.«

Brownings Blick wanderte hektisch von einer Seite des Autos zur anderen. »Sie weiß es«, sagte er mehr zu sich selbst. »Sie hat es herausgefunden. Diese miese kleine Schlampe. Aber was habe ich anderes erwartet? Sie weiß, dass ich komme, und sie will mich…« Er verstummte und starrte unbewegt nach draußen. Dann begann sich sein Gesicht zu verändern. Gerade war es noch voller Sorgenfalten, verzerrt und verzogen vor Wut und Ungeduld, aber all das verschwand mit einem Schlag, wie Kreideschrift auf einer Tafel, die mit einem schnellen Wischen des Schwamms ausgelöscht wurde. Und dann, langsam, beginnend bei seinen Mundwinkeln, erhellte es sich, Stück um Stück. Er lächelte auf eine ungute Weise, seine Lippen verzogen sich, entblößten die vom Zigarettenrauch vergilbten Schneidezähne. Seine Augen begannen zu funkeln, leuchteten regelrecht von innen heraus.

»Sie weiß, dass ich komme«, wiederholte er langsam und im Flüsterton. Er schien nachzudenken. »Sie weiß alles. Weil sie ein cleveres Mädchen ist. Sie hat einen Plan. Natürlich hat sie den. Und ich sollte sie dazu beglückwünschen. Immerhin hat sie so viel Mühe und Arbeit auf sich genommen. Es wäre nur höflich, diese Arbeit zu würdigen.« Stevens wagte es nicht, über die Schulter oder in den Rückspiegel zu sehen. Auf der Rückbank schien ein ganz anderer Mensch zu sitzen, als der, der ins Auto eingestiegen war. Er war wie ausgewechselt, und zum ersten Mal war sich Stevens nicht sicher, ob Browning nicht endgültig von der Seite des Genies auf die des Wahnsinns gewechselt war. »Was haben Sie vor?«, fragte er.

Browning lehnte sich gegen den ledernen Sitz. »Ich werde einer alten Freundin einen gebührenden Empfang bereiten.«

Kapitel 26

Sie verbrachten den Rest der Nacht in den Armen des anderen. Elaine hörte zwischendurch, wie einige der Ballgäste es vor der Tür taten oder einfach nur durch das gläserne Labyrinth liefen, aber es kümmerte sie nicht. Sie gab sich ganz dem Moment hin. Matt und sie liebten sich noch einmal weniger leidenschaftlich, aber dafür inniger, zärtlicher. Es war ... neu. Sie hatte sich noch nie einem Mann so hingegeben und gleichzeitig so viel geschenkt bekommen. Keiner von ihnen schien auch nur einen Augenblick den Körperkontakt unterbrechen zu wollen – wie es immer war, wenn sie miteinander schliefen. Sie waren wie zwei Magnete, kaum fähig, sich für lange Zeit voneinander zu lösen. Selbst als sie versucht hatte, sich von ihm fernzuhalten, war sie am Ende gegen die Anziehungskraft zwischen ihnen machtlos gewesen. Ebenso wie er. Jetzt, wo sie es sich endlich eingestanden und nachgegeben hatte, fühlte sie sich zufrieden. Nein, sie fühlte sich sogar glücklich. Zum ersten Mal seit ewig langer Zeit.

Durch das Fenster drang ein schwacher Lichtstrahl. Elaine blinzelte und zog die dünne Decke fester um sich, die ursprünglich auf der Couch gelegen hatte. Matts Füße lagen frei und er gab einen unwilligen Laut von sich. Der Arm um ihre Taille schlang sich fester um sie, und sie wurde an Matt gepresst. Elaine schmunzelte. »Hey, du erdrückst mich!« Sie lachte leise. »Noch kannst du doch genug Luft holen, um dich zu beschweren«, gab er dumpf zurück, ohne die Augen zu öffnen. Elaine knuffte ihn spielerisch in die Seite. »Lass schon locker, du Faulpelz.«

Matt schnaubte und presste sie noch fester an sich. Träge schlug er ein Auge auf und sah sie an. »Nein«, sagte er nur.

Skeptisch sah sie auf ihn herab. »Nein?«

»Nein«, bekräftigte er. »Ich lasse dich nicht mehr los. Nie mehr.«

Etwas in Elaine machte einen Satz und sie schluckte schwer. Ihre Kehle war trocken. »Das ist eine ziemlich lange Zeit«, sagte sie vorsichtig.

Matt seufzte und strich ihr beruhigend über die Wange. Eigentlich sollte sie das nicht, aber diese winzige Berührung ließ sie tatsächlich wieder ruhiger werden. »Das war ein unpassender Witz«, sagte er, auch wenn Elaine sich nicht sicher war, ob das stimmte. Aber selbst wenn er log, tat er es gerade nur, um sie zu beruhigen. Matt war wirklich ein Ritter in weißer Rüstung. Zu gut für seinen Job und die Welt, in der Elaine sich sonst bewegte, aber sie spürte, dass es genau das war, was ihr guttun würde. Mehr noch – vielleicht gab es für sie wirklich die Möglichkeit, auf seine Seite zu wechseln? Sie würde niemals ein weißer Ritter sein, aber was war so falsch daran, es einmal zu versuchen? Nach dieser Nacht schien nichts mehr unmöglich zu sein.

»Hey, ich wollte dich nicht wieder in Panik versetzen.« Matt musterte sie aufmerksam. Elaine hob erschrocken den Kopf. »Was? Oh nein, das hast du nicht, ich war nur in Gedanken.«

»Dann erzähl mal.« Er grinste.

Elaine vergrub ihre Wange an seiner Brust und seufzte leise. Sein Herzschlag war so ruhig und gleichmäßig, und seine Wärme lullte sie ein. »Was willst du wissen?«, fragte sie ein wenig ernster.

Matts Hand, die bisher ihren nackten Rücken gestreichelt hatte, wurde langsamer und hielt dann ganz inne. »Warum willst du Browning unbedingt drankriegen? Geht es dir wirklich nur um das Geld?«

Sie hatte geahnt, dass diese Frage kommen würde, und sich innerlich dafür gewappnet, aber offenbar hatte sie die Wirkung dieser Worte unterschätzt. Aber Matt hatte ihr das erste Mal seit langer Zeit eine Nacht voller Frieden geschenkt, und sie hatte das Gefühl, ihm die Antwort schuldig zu sein. Viel hatte sie ja nicht mehr zu verlieren. »Nein«, antwortete sie. »Es steckt ein bisschen mehr dahinter.«

Sie schmiegte sich enger an Matt, als könnte seine Wärme ihr dabei helfen, die richtigen Worte zu finden. »Ich war noch sehr jung, als ich Browning kennenlernte. Die Geschichte ist eigentlich nicht neu – junges, unerfahrenes Mädchen hat seine Eltern verloren und hat außer ihrem Halbbruder niemanden mehr. Sie trifft auf reichen, erfahrenen älteren Mann und verliebt sich. Sie beginnen eine Affäre, er überhäuft sie mit Geld und Geschenken und glaubt, sich damit das perfekte willenlose Püppchen erschaffen zu haben.«

Matt strich ihr eine Haarsträhne aus der Stirn, und seine Hand fuhr fort, ihren Rücken zu streicheln. Er schnaubte leise. »Fällt mir schwer, mir vorzustellen, wie du bei irgendjemandem willenlos bist.«

»Und was war das mit dir und gestern Nacht? Als du mich einfach auf alle viere gezwungen hast und ...«

»Schon gut. Also, du und Browning.«

Sie schloss die Augen und schlug sie dann wieder auf. »Ja, ich und Browning. Es ging etwa ein Jahr gut, aber dann erfuhr ich ... Dinge. Browning hatte mit dem Tod meiner Eltern zu tun. Ich konnte es ihm nicht beweisen, aber es gab Indizien, und mein Verdacht wurde immer stärker. Mittlerweile war ich aber schon so abhängig von ihm, dass ich kaum noch klar denken konnte. Er hatte sogar meinen Bruder Gerome in seinem Unternehmen untergebracht – damals hielt ich das noch für eine freundliche Geste von Browning, aber wie sich später herausstellte, war das nur eine weitere Masche, um mich an ihn zu binden. Mein ganzes Leben drehte sich nur noch um ihn. Es wurde mit jedem Tag unerträglicher, je sicherer ich mir war, dass er mit dem Autounfall meiner Eltern zu tun hatte. Aber ich schwieg. Schließlich …« Bilder stiegen vor ihrem inneren Auge auf, aber sie hatte begonnen zu erzählen. Jetzt konnte sie nicht mehr aufhören. »Schließlich begann er, mich zu schlagen«, fuhr sie leise fort. »Es passierte immer, wenn er mich in sein Bett gezerrt hatte. Anfangs hielt ich es noch für eine Spielerei, aber aus Klapsen wurden Ohrfeigen, Faustschläge, schließlich traktierte er mich sogar mit einer Bullenpeitsche. Ich lief weg. Browning begann daraufhin, mir das Leben zur Hölle zu machen. Ich hatte durch den Tod unserer … meiner Eltern ein großes Erbe erhalten und lebte davon. Leider hatte ich Browning davon erzählt. Er ist ein verdammt gerissener Bastard und hat es geschafft, mir sämtliche Aktien, Firmenanleihen und auch das nicht angelegte Geld abzunehmen. Ich hatte ihm damals vertraut, dumm, wie ich war. Ich wusste gar nicht, wie mir geschah, aber bald besaßen wir nichts mehr und …«

Ihre Stimme brach. Matt küsste sie auf den Scheitel. »Ihr – dein Bruder und du?«

Elaine atmete tief durch. »Gerome, ja. Er starb.«

»Wie?« Er fragte es leise, ohne jede Anklage oder übertriebene Neugierde. Elaine war ihm dankbar dafür.

»Browning reichte es nicht, einfach nur meine Existenz zu zerstören«, fuhr sie fort und musste jedes Wort aus ihrer Kehle zwingen. »Er gaukelte mir vor, mir helfen zu wollen, wenn ich wieder zu ihm zurückkäme. Er sprach auch ohne mein Wissen meinen Bruder an und bot ihm an, in seinen alten Job wieder zurückkehren zu können, den er verloren hatte, nachdem ich weggelaufen war. Gerome war verzweifelt und nahm an. Er arbeitete in Brownings Security-Firma, aber ich blieb misstrauisch. Wie es aussah, auch zu Recht. Es gab einen ›Zwischenfall‹, und Gerome wurde angeschossen. Es war … er hat es nicht überlebt.« Elaine brach ab. Noch ein weiteres Wort, und sie hätte die Tränen nicht mehr unter Kontrolle gehabt.

Matt fragte nicht, ob sie sicher war, dass Browning etwas mit Geromes Tod zu tun hatte, und er verurteilte sie auch nicht für ihr Misstrauen. Als sie aufsah, glaubte sie, in seinem Gesicht sogar Schuldbewusstsein zu sehen, tat es aber ab, denn weswegen sollte Matt sich schuldig fühlen? Er sagte nichts und hielt sie im Arm. Elaine hielt sich an ihm fest, schmiegte sich in seine Arme und ließ zu, dass sie zum ersten Mal um Gerome weinen konnte. Und die ganze Zeit hielt Matt sie im Arm und streichelte ihren Rücken.

Die Fahrt zum Hotel fühlte sich ewig und doch viel zu kurz an. Kaum dass sie das *Sin* verlassen hatten, hatte die Realität sie wieder eingeholt. Aber Matts Hand, die ihre umfasst hielt, war eine Erinnerung an die kurze Flucht aus dieser Realität. Aber musste wirklich alles vorbei sein?

»Wie ist es denn so, bei der ICD?«, fragte sie vorsichtig, während sie die Strecke zwischen *Sin* und Hotel hinter sich brachten.

Überrascht und auch mit einem Anflug von Freude sah er zu ihr hinüber auf den Beifahrersitz. »Mir gefällt es«, sagte er.

»Ich habe gehört, die Männer dort sollen ziemlich gut aussehen«, zog sie ihn auf.

Matt grinste und sah wieder auf die Straße. »Keine Ahnung, auf so was achte ich nicht. Ich werde sowieso jeden rauswerfen, der dich zu lange ansieht«, erwiderte er todernst.

»Dann ist die ICD aber bald leer«, gab sie feixend zurück.

»Deswegen brauchen wir ja neue Talente wie dich.« Er sah sie wieder an, und diesmal war kein Schalk in seinen Augen. Sein

Blick war liebevoll, fast zärtlich, und Elaine musste den Blick senken, um nicht rot zu werden. Verdammt, sie benahm sich wie ein verliebtes Schulmädchen. Aber sie konnte einfach nicht anders.

Matt lenkte den Impala auf den Parkplatz des Hotels. »Was hältst du von Frühstück, bevor wir uns an den Schlachtplan setzen?«, fragte er und stieg aus. Elaine schob die Wagentür des Imapala auf und stützte sich auf dem Dach ab. Eine Bewegung aus den Augenwinkeln erregte ihre Aufmerksamkeit. Eine Frau, hochgewachsen, mit rötlichem Haar und in einem Kostüm, das regelrecht »Behörde« schrie, näherte sich ihnen. In ihrer Begleitung befanden sich zwei Männer, ebenfalls in Anzügen. Sie steuerten direkt auf Elaine zu. Noch bevor sie den Impala erreicht hatten, hob einer der Männer eine Marke und rief: »Elaine DeLacroix, bleiben Sie, wo Sie sind. Sie sind im Namen der ICD verhaftet.«

Elaines Gedanken überschlugen sich. Sie sah zu Matt, der zwischen ihr und den drei Neuankömmlingen hin- und hersah. »War das der Plan? Die kleine Kriminelle noch einmal durchvögeln, bevor du die Kavallerie rufst und mich einsperren lässt?«

Matt öffnete den Mund, aber der übereifrige ICD-Agent setzte zu einem Sprint an, um sie nicht entkommen zu lassen. Elaine handelte nur noch instinktiv. Sie glitt zurück in den Wagen, rutschte auf den Fahrersitz und zog die Beifahrertür mit dem Fuß zu. Zum Glück hatte Matt die Schlüssel stecken lassen. Sie ließ den Motor an, rammte den Gang in die Schaltung und hielt den Impala direkt auf die Frau und die beiden Männer zu. Matt sprang erschrocken vom Wagen weg, und auch die anderen ICD-Agenten brachten sich vor dem wütend aufheulenden Wagen in Sicherheit. Elaine fuhr, so schnell sie konnte. Nur weg von Matts Verrat.

Kapitel 27

»Was zum Teufel fällt euch ein?!« Matt hätte am liebsten den Vollidioten, der auf Elaine losgegangen war, aus dem Fenster geworfen und seinen Kollegen gleich hinterher. Er war so wütend, dass ihn nicht einmal Mias überraschender Besuch beruhigen konnte.

Die beiden unterstützenden ICD-Agenten standen etwas ratlos in der Ecke des Konferenzzimmers des Hotels herum, während Mia, die Arme verschränkt, abwartete, bis Matt genug herumgeschrien hatte. »Wir sind hier im Auftrag von Emilia«, sagte sie ruhig. »Du hast dich nicht gemeldet oder über Fortschritte berichtet, daher war sie der Überzeugung, etwas läuft hier schief, und sie hat uns geschickt, damit wir Elaine nach Deutschland bringen.«

Matt ballte die Hände zu Fäusten. »Raus!«, schnauzte er die beiden Agenten an, die sich beeilten, das Zimmer schnellstens zu verlassen. »Und du«, knurrte Matt Mia an, als die beiden weg waren, »du wusstest, was hier vor sich ging. Ich hätte nur noch einen Tag gebraucht und dann hättet ihr Elaine auf dem Silbertablett bekommen.«

Mia presste die Lippen zusammen und sah zu Boden. »Ich konnte Emilia nicht mehr länger hinhalten«, gab sie zu. »Sie hat nicht mehr auf mich gehört und egal, was ich gesagt habe, sie wollte endlich Ergebnisse sehen.« Sie sah zerknirscht aus. »Matt, ich habe dir immer wieder gesagt, dass du Emilia Bericht erstatten musst. Du bist nicht der Einzige, der unter Druck steht – Emilia musste handeln, sonst hätten ihr Washington und Beijing den Fall entzogen und sich selbst darum gekümmert. Und weder die Chinesen noch die Amerikaner wären besonders zimperlich mit Elaine umgegangen, um die Informationen zu bekommen, die sie haben wollten, bevor sie sie für immer ins tiefste dunkle Loch stecken. Ihr blieb keine andere Wahl, sie musste handeln. Also schickte sie mich.« Mia atmete tief ein. »Das gerade ist schiefgelaufen, und es tut mir leid. Die beiden Agenten sind noch recht neu. Ich dachte, zumindest Mayer hätte sich besser im Griff, aber ich habe mich getäuscht.«

»Mia, du verstehst nicht, was hier los ist. Ich hatte Elaine tatsächlich so weit, dass sie zur ICD gekommen wäre. Und ich bin mir sicher, dass Emilia recht hat – Elaine ist eine wertvolle Informationsquelle, sie ist klug, hat Erfahrung und wäre der ICD von großem Nutzen. Wenn ihr nicht wie die Bluthunde auf sie losgegangen wärt, wäre die Sache jetzt erledigt und wir hätten heute Abend schon wieder heimfliegen können.«

Mia stützte sich mit den Händen am Rand des Tisches ab, gegen den sie sich lehnte. »Das ist nicht gesagt«, warf sie leise ein. »Es kann genauso gut sein, dass sie nicht …«

»Nein.« Matt unterbrach sie schärfer als gewollt. »Das ist ausnahmsweise einmal etwas, wovon du keine Ahnung hast, Mia. Elaine wäre zur ICD gekommen. Und ihr habt es versaut.«

Sie legte den Kopf in den Nacken und rieb sich über die Augen. »Okay«, gab sie zu. »Es war ein Fehler und ist noch dazu schiefgelaufen. Aber ich konnte nicht anders handeln, versteh das bitte.«

»Nein, mir reicht es. Emilia ist zu weit gegangen. Ich muss Elaine suchen, und ihr werdet eure Füße gefälligst stillhalten, bis ich sie gefunden habe.«

»Matt …«

»Es ist mein Ernst, Mia. Ihr bleibt hier.«

Matt drehte sich auf dem Absatz um und ging hinaus. Er hatte sich vorher rasch ein T-Shirt übergestreift und lief direkt zum Parkplatz, bis ihm einfiel, dass sein Impala im Augenblick bei Elaine war. Er fluchte und schlug mit der Faust gegen einen Mülleimer. Seine Frustration und Wut steckten ihm wie Klumpen im Hals, und er wurde das Gefühl nicht los, dass er mehr verloren hatte als nur die Chance, Elaine nach Deutschland zu holen. Am liebsten hätte er einfach aufgeschrien, hätte um sich geschlagen, aber das würde ihm auch nicht dabei helfen, Elaine zu finden. Im Gegenteil.

Er fuhr sich mit den gespreizten Fingern durch die Haare und versuchte, einen Weg zu finden, aus der Misere rauszukommen. Als er Mia sah, die aus dem Hotel gelaufen kam, verdüsterte sich seine Miene und auch seine Laune noch mehr. »Was willst du?«, fragte er sie, als sie nah genug heran war.

»Okay, du kannst aufhören, mich anzublaffen. Ich habe es verstanden – ich habe Mist gebaut. Und deswegen bin ich hier. Du brauchst ein Auto. Also nimm meins.«

Matt sah sie verdutzt an. Mia zuckte mit den Schultern und hielt ihm einen Autoschlüssel hin. »Deine Freundin ist mit deinem Auto weg, und du kannst sie ja schlecht zu Fuß suchen.«

»Okay, gib schon her«, murmelte er, nahm ihr den Schlüssel ab und ging zu dem Wagen, auf den sie zeigte. Kurz bevor er die Tür aufschloss, drehte er sich noch einmal um. »Danke«, sagte er leise. Mia lächelte. »Du hast noch mehr bei mir gut – und jetzt such sie. Ich versuche, Emilia noch so lange aufzuhalten, wie ich kann.«

Matt nickte ihr zu, stieg in das Auto und fuhr los.

Seine erste Station war das *Original Sin*, aber es war verschlossen, und auch von Alex war weit und breit nichts zu sehen. Anschließend versuchte Matt es bei Elaines ehemaliger Wohnung, aber auch hier fand er keine Hinweise. Irgendwann begann er einfach, ziellos durch die Stadt zu fahren auf der Suche nach Elaine, aber nirgendwo entdeckte er eine Spur von ihr oder dem Impala. Wahrscheinlich war Elaine schon längst nicht mehr in der Stadt. Mia hatte sicherlich Männer am Flughafen, am Bahnhof und an den Highways postiert, aber Elaine hatte einen großen Vorsprung.

Wahrscheinlich war sie schon im nächsten Bundesstaat.

Wahrscheinlich war er auch einfach nur ein Idiot, der ziellos durch die Stadt fuhr, weil er einen Fehler gemacht hatte.

Die Nacht brach herein. Es wurde kühler, und das Adrenalin verschwand langsam aus Matts Körper. Er fror allmählich, war müde und konnte sich nicht mehr konzentrieren. Er bereute jeden verdammten Schritt, der ihn hierhergeführt hatte, bereute es, Mia von seinen Gefühlen für Elaine erzählt zu haben, bereute es, diesen Fall angenommen zu haben, Herrgott, er bereute es, jemals Teil der ICD geworden zu sein! Aber hätte es wirklich etwas geändert? Er wäre Elaine nicht begegnet, wenn es nicht für die ICD gewesen wäre, auch wenn sie bereits kriminell gewesen war, und wenn er darüber nachdachte, musste er Browning fast dankbar sein, dass er ... Er trat abrupt auf die Bremse und wendete den Wagen.

Er fuhr an den Rand der Stadt in einen der einfacheren Vororte. Niemand wäre auf die Idee gekommen, dass sich hier ein Ölmogul aufhielt, der noch dazu unter Paranoia litt, aber Elaine hatte ihm mehrmals versichert, dass genau das Teil der Tarnung war. Browning besaß hier ein Haus, das sich von außen kaum von den anderen Wohnhäusern unterschied, aber im Innern glich es einer teuren Festung. Matt hatte das kaum glauben können, als Elaine es ihm erzählt hatte, aber als er den Wagen in der Einbahnstraße parkte, begann er doch an Elaines Theorie zu glauben. Er sah sich um, ob er irgendwo noch jemanden sah, aber bis auf ein kleines Mädchen, das ihren Hund auf seinem Abendspaziergang Gassi führte, sah er niemanden. So unauffällig wie möglich ging er zur Eingangstür. Sie besaß ein Schloss, das sich bei genauerem Hinsehen aber als falsch entpuppte. Man konnte es zur Seite schieben, und darunter befand sich ein Zahlenschloss. Matt zog einen Chip aus der Hosentasche und klemmte ihn an den Rand des Schlosses. Mehrere Pieptöne erfolgten, und der Chip leuchtete kurz auf. Tatsächlich ertönte kurz darauf ein leises Klicken, und die Tür sprang auf. Matt runzelte die Stirn. Der Chip gehörte zur Grundausrüstung der ICD und konnte die meisten einfachen Zahlenschlösser hacken. Aber nach dem, was Elaine ihm über Browning und seine Sicherheitsparanoia erzählt hatte, hatte er mit etwas … Komplizierterem gerechnet.

Er verschloss die Tür hinter sich wieder und ging vorsichtig weiter. Das Haus war kein Haus – es war ein weitläufiger Bungalow. Dicke Teppiche dämpften seine Schritte, und überall roch es nach Putzmittel mit Zitronenduft. Das Wohnzimmer, in dem er stand, wirkte ebenso unauffällig wie das Haus – der Raum war allerdings kleiner, als er gedacht hatte, was an den dicken Wänden lag. Stahlverstärkt, wie er vermutete. Vorsichtig ging er weiter. Im Bungalow war es verdächtig still – Matt befürchtete schon, dass Browning noch gar nicht eingetroffen war, aber als er das Schlafzimmer betrat, lagen dort geöffnete Koffer, die erst halb ausgepackt waren. Er wollte schon weitergehen, als ihm einige Akten auffielen, die halb unter den Kleidungsstücken vergraben waren, ganz so, als hätte jemand abrupt den gesamten Inhalt des Koffers fallen lassen. Er nahm eine der Akten und blätterte sie durch. Matt runzelte die Stirn. Er war kein Experte, wenn es um Zahlen ging, aber das war zu viel und zu groß für einen einzelnen Mann. Wenn er die Akten richtig verstand, ging es um das Verschieben von Geldern auf verschiedene Konten. Als er die Namen las, für die das Geld verschoben und angelegt werden sollte, hätte er fast durch die Zähne gepfiffen – die meisten Namen kannte er aus den Akten der ICD: Mafia, Yakuza, Triaden ... Diese Akte allein hätte ausgereicht, um Browning festnehmen zu lassen, und er hatte hier fünf davon, alle mit einem ähnlichen Inhalt wie die erste.

Matt ließ die Akte wieder in den Koffer fallen und ging weiter auf der Suche nach Browning oder Elaine. Er musste nicht mehr lange suchen – als er den Keller betrat, fand er dort eine Tür mit einem ähnlichen Schloss wie an der Haustür. Es blinkte abwechselnd in Rot- und Grüntönen. Jemand hatte es bereits deaktiviert, und die dazugehörige Tür stand weit offen. Sie war aus massivem Stahl gefertigt, doppelt so dick wie sein Arm. Matt hörte leises Murmeln, dann ein Knallen, einen Schrei, aber all das klang blechern und elektronisch. Wie eine Aufnahme oder ein Video. Er verfluchte sich, weil er zu überhastet losgefahren war und nicht einmal eine Waffe dabeihatte, aber jetzt war es zu spät, sich darüber Gedanken zu machen. Er sah sich nach einer Waffe um und fand ein altes Eisenrohr, das wohl mal Teil des Rohrsystems im Panikraum im Keller gewesen war. Es fühlte sich schwer in seiner Hand an, massiv. Es musste reichen. Vorsichtig näherte er sich der offenen Tür und sah durch den Spalt. Er hatte damit gerechnet, Browning vorzufinden, aber in der Mitte des kahlen Kellerraums kniete Elaine. Er konnte ihr Gesicht nicht sehen, aber das blonde, zerzauste Haar und die zierlichen Schultern erkannte er auf den ersten Blick. Sie hielt den Kopf gesenkt und die Arme um etwas geschlungen, das von ihrem Körper verdeckt wurde. Jetzt erkannte er auch das leise Geräusch im Hintergrund, das er anfangs nicht einmal bewusst wahrgenommen hatte. Es war ein Schluchzen. Elaine weinte. Das Rohr entglitt Matts Fingern und knallte scheppernd auf den Betonboden. Sie zuckte zusammen, riss den Kopf hoch und sah ihn an. Ihr Gesicht war eine einzige Maske der Qual, Tränen strömten über ihre Haut, und es brach ihm das Herz, sie so zu sehen. Der Hass auf ihn, auf den vermeintlichen Verrat, den er an ihr begangen haben sollte, war verschwunden. Sie war hilflos. »Matt«, sagte sie leise, und jetzt erkannte er auch endlich, was sie in ihren Armen hielt. Es war ein Tablet-PC, schwarz glänzend im Licht des Panikraums. »Es war umsonst«, murmelte sie. »Die Codes ... es war ein Trick. Er hat gewusst, dass ich ihn kriegen will. Es war alles eine Finte. Und jetzt hat er ... er ...«

Er brachte die Entfernung zwischen ihnen mit wenigen Schritten hinter sich und kniete sich zu ihr auf den Boden. Aus einem Instinkt heraus nahm er sie in seine Arme. »Was ist das?«

Sie sah ihn immer noch an und hielt ihm das Tablet hin. Er sah hin – ein Video lief darauf ab oder eine Liveübertragung. Er konnte es nicht genau sagen. Aber die Person, die in dem Video gezeigt wurde, kannte er nur zu gut. Sie hing an einem Andreaskreuz, vollkommen nackt, einen Knebel im Mund. Auch ihr Gesicht war nass, aber nicht von Tränen, sondern von Schweiß und verzerrt vor Angst und Schmerzen. Ein Mann stand vor ihr. Matt hatte ihn zuvor noch nie gesehen, aber er musste nicht erst fragen, um zu wissen, um wen es sich dabei handelte. Browning stand vor der nackten, gefesselten Frau, und in seiner Hand hielt er eine lange Bullenpeitsche, an deren Ende ein Nagel eingeflochten war, der mittlerweile blutverschmiert war.

Matt spürte, wie es ihm eiskalt über den Rücken lief, als er den gelben Haftzettel las, der an der unteren Ecke des Tablets klebte. »Hol sie dir«, stand in einfachen Druckbuchstaben darauf.

Elaine sah ihn an. »Er hat Alex«, flüsterte sie mit gebrochener Stimme. »Er hat sie geholt.«

Matt warf das Tablet zur Seite. »Dann werden wir sie uns jetzt zurückholen.«

Kapitel 28

Elaine saß neben Matt im Wagen und sie hörte, dass er etwas sagte, aber es klang für sie nach Worten ohne jeden Sinn, als würde er in einer ihr fremden Sprache sprechen. Vor ihrem inneren Auge sah sie die Bilder, immer wieder und wieder: Alex, wie sie an diesem verdammten Kreuz hing, Alex, wie sie schrie, Alex, die versuchte, dem Biss der Peitsche zu entkommen, sich wegzudrehen, aber es war zwecklos. Elaine wusste genau, ganz genau, wie sie sich in diesem Moment fühlen musste. Sie hatte selbst an so einem Kreuz gehangen, hatte unter Browning leiden müssen.

Nein, sie lag falsch, sie wusste nicht genau, wie Alex sich fühlte. Elaine war damals durch ihre eigene Dummheit in diese Situation geraten, und auch wenn sie mindestens ebenso von dieser Qual überwältigt gewesen war wie Alex jetzt, war Elaine doch niemals von ihrer besten Freundin verraten worden. Es war Elaines Schuld, das alles und noch mehr war nur ihre Schuld. Sie hatte Gerome nicht aufgehalten, als er Brownings Angebot annehmen wollte, sie war überhaupt erst der Grund gewesen, warum dieser Stalker beschlossen hatte, ihre Eltern aus dem Weg zu räumen, und jetzt würde sie auch noch ihre beste Freundin verlieren, weil sie unvorsichtig gewesen war und ihn auf ihre Fährte geführt hatte. Sie hatte es versaut, nach allen Regeln der Kunst. Aber sie würde ihre Fehler wiedergutmachen. Jeden einzelnen davon. Browning würde büßen müssen.

»Elaine.« Matts Stimme klang ungeduldig, und endlich gelang

es ihm, sie aus ihren Gedanken zu reißen. Irritiert blinzelte sie und sah auf. »Was?«, fragte sie verwirrt.

Er musterte sie. »Ich habe dich gefragt, ob du weißt, wo sich dieser Dungeon mit dem Kreuz befindet?«

Wieder blinzelte sie. »Es … der Dungeon ist im *Original Sin*. Ich war einmal mit Alex dort.«

»Also wartet er im *Sin* auf dich«, murmelte er. Sein Blick wurde streng, als er sie wieder ansah, diesmal wesentlich intensiver als noch zuvor. »Lass das«, sagte er schließlich trocken.

»Was meinst du damit?«

»Du machst dir Vorwürfe. Wälzt Anschuldigungen, damit du dich schuldig fühlen kannst.« Es war kein Vorwurf, sondern eine sachliche Feststellung aus seinem Mund. Elaine blinzelte wieder. »Was für ein …«

»Hör auf damit. Ich habe die Schnauze voll von Lügen, Schuldgefühlen und diesem ganzen Selbstbetrug. Du bist nicht schuld an dem, was Alex gerade geschieht, und du bist auch nicht schuld an dem Tod deines Bruders. Es gibt einen einzigen Schuldigen an all dem, und den werden wir zur Strecke bringen. Gemeinsam. Wir holen Alex da raus. Aber dafür musst du bei klarem Verstand sein. Konzentrier dich, Elaine. Für Alex. Okay?«

Elaine spürte, wie es ihr die Kehle zuschnürte, und sie musste zum dritten Mal blinzeln, diesmal aber, weil sie spürte, wie ihr Tränen in die Augen stiegen. Sie nickte hastig und wartete, bis Matt den Wagen zurück zum Hotel gelenkt hatte. Auf dem Weg hinauf in ihre Etage umfasste sie seine Hand und verflocht ihre Finger mit seinen. Er wirkte einen winzigen Moment lang überrascht, dann erwiderte er den Druck ihrer Finger, und sie gingen in sein Zimmer.

Die hochgewachsene Agentin, die Elaine hatte festnehmen wollen, saß auf dem Stuhl vor dem Schreibtisch. Ihre beiden

Gehilfen waren nirgendwo zu sehen, und sie wirkte auch nicht so, als wollte sie Elaine gleich Handschellen anlegen. Dennoch blieb sie misstrauisch und nahe an der Tür stehen. Matt schob sich mit einem einzigen Schritt vor Elaine, sodass sie vor der Frau geschützt war. »Was willst du hier, Mia?«

Sie hob die Hand, als wollte sie ihn beschwichtigen, wie ein wildes Tier.

Sie war hübsch, auf eine Model-Art, auch wenn sie, bis auf die Haarfarbe, genau das Gegenteil von Elaine war: lange Beine, eine schmale Silhouette, kleine Brüste und schlanke Hüften. Ihr Haar reichte ihr knapp bis zur Schulter, und sie trug das elegante Designerkostüm wie eine zweite Haut. »Ich bin nicht in Emilias Auftrag hier«, sagte sie und sah erst Matt und dann Elaine an, ehe ihr Blick zu Matt zurückwanderte. »Sie weiß nicht, dass ich hier bin. Oder er.«

Weder Matt noch Elaine hatten den Mann bemerkt, der sich bisher in der entlegensten Ecke des Zimmers aufgehalten hatte. Er stand nah am Fenster, vor den zugezogenen Vorhängen und musterte die beiden Neuankömmlinge ruhig. Er war groß, in etwa so groß wie Matt, aber etwas schlanker und fast ebenso blond wie Elaine. Seine Bewegungen hatten etwas von einem lauernden Raubtier. Wenn Matt Elaine an einen Wolf erinnerte, wirkte dieser Mann auf sie wie ein Panther, der seine Beute beobachtete und sich noch nicht entschieden hatte, ob er sie fressen oder verschonen sollte. Sie hatte solche Männer früher schon oft gesehen; er war ein Killer, jemand, der das Töten als Handwerk kennengelernt und es perfektioniert hatte. Wenn dieser Mann zur ICD gehörte, würde Elaine einen Besen fressen.

Matt entspannte sich in diesem Moment aber sichtbar, sie konnte es sogar an seiner Hand in ihrer fühlen. Ein wenig ratlos sah sie zu ihm auf. Er nickte leicht, küsste sie auf die Stirn und flüsterte: »Es ist in Ordnung. Vertrau mir.«

Vertrau mir. Zwei kleine Worte, aber für Elaine bedeuteten sie, dass sie völlig gegen ihre Überzeugung handeln musste. Aber sie vertraute Matt – die Überzeugung war da, so klar und einfach, wie das Wissen um ihren Namen. Und er vertraute dieser Frau namens Mia und ihrem Freund. Elaine blieb nichts anderes übrig, als ihnen auch zu vertrauen. Alex' Leben hing davon ab.

Matt ließ ihre Finger so behutsam wie möglich los und nickte dem Mann zu. »Hallo, Ryan. Wie hat sie dich hierher bekommen?«

Der blonde Mann trat vor und schlug in Matts ausgestreckte Hand ein. »Mia hatte so eine Ahnung, dass das hier aus dem Ruder laufen könnte, und hat mich zur Sicherheit mitgenommen.«

»Du solltest mich im Notfall in Schach halten«, sagte Matt, aber es klang, als würde er raten. Ryan antwortete nicht. Wahrscheinlich hatte Matt ins Schwarze getroffen.

»Irgendetwas geht hier vor sich, etwas, was dich beschäftigt, und es hat mit ...« Mia sah Elaine an.

»Es hat mit mir zu tun«, vollendete die den Satz. Es war eine Bestätigung für die Vermutungen, die Mia auf der Stirn geschrieben standen. Elaine setzte sich auf das Bett. »Erzähl es ihr«, forderte sie Matt ohne jede Bitterkeit auf. Er vertraute diesen Menschen, und wenn sie deren Hilfe wollten – und die konnten sie mehr als gut gebrauchen –, mussten sie ihnen auch einen Grund geben, ihnen zu vertrauen.

Matt räusperte sich und begann, von Browning zu erzählen. Er erzählte ihnen von Akten, die er in Brownings Bungalow gefunden hatte, die ihn in Verbindung mit mehreren Organisationen des organisierten Verbrechens brachten, er erzählte von seinem Deal, den sie beide eingegangen waren und, nach einem versichernden Blick zu Elaine, die nur nickte, erzählte er auch von dem, was Browning ihr angetan hatte. »Jetzt hat er Alex«, schloss er. »Ich weiß, Emilia sitzt ebenfalls in der Klemme, weil ihr die anderen ICD-Büros im Nacken sitzen, aber wir können das Büro da nicht mit hineinziehen.«

Mia schwieg und sah zu Ryan, der einfach mit unbewegter Miene an der Wand lehnte. Dann stand sie auf und ging zu Matt hinüber. »Okay, was für einen Plan habt ihr?«

Elaine musste zugeben, dass die Effizienz der beiden ICD-Agenten sie beeindruckte. Matt und Mia sprachen die Möglichkeiten, an Handfeuerwaffen und Munition zu kommen, durch, während Elaine mit Ryans Hilfe einen groben Plan des *Original Sin* zeichnete, so wie sie sich daran erinnerte. Sie hatten auch Blaupausen aus dem Internet gefunden, die den Klub aber nur in einer Zeit zeigten, als Alex ihn noch nicht nach ihren Wünschen umgestaltet hatte. Also war vieles offen, und es gab ein paar blinde Flecken.

»Interessant, mal zu sehen, wie es die Guten machen, was?«, fragte Ryan sie. Er hatte ihren Blick zu den beiden anderen wahrscheinlich bemerkt. Sie lächelte schief. »Gehörst du denn nicht dazu?«

»Ebenso wenig wie du. Zumindest früher nicht. Ich war bei der japanischen Mafia.«

»Was hat dich von dort fortgeholt?«

Er deutete mit dem Kinn auf Mia, die noch immer in ihr Gespräch mit Matt vertieft war. »Diese kleine Wildkatze. Sie war mein Auftrag, aber dann hat sie es irgendwie geschafft, mich davon zu überzeugen, alles wegzuwerfen und neu anzufangen. Na ja, fast neu.«

Diese Enthüllung überraschte Elaine – sie hatte zwar geahnt, dass Ryan aus der gleichen Riege kam wie sie selbst, aber dass er so offen zugab, die Seiten gewechselt zu haben ... Dennoch wirkte er glücklich. Elaine sah es an der Art, wie er Mia ansah, wann immer er glaubte, sie sähe es nicht – seine Blicke sprachen Bände. Sie wollte ihn fragen, wie das funktionierte, wie sie gemeinsam glücklich sein konnten, aber in diesem Moment setzten sich Matt und Mia zu ihnen. »Seid ihr so weit?«, fragte Matt.

Elaine deutete auf den Plan vor ihnen auf dem Schreibtisch. »Browning erwartet mich. Er wird wahrscheinlich direkt bei Alex sein und damit rechnen, dass ich mich auf irgendeine Weise an ihn anschleichen werde. Er wird nicht damit rechnen, dass ich mich direkt auf ihn zubewege. Das heißt, wir gehen alle ins *Sin*, aber auf verschiedenen Wegen. Ich werde versuchen, Browning abzulenken. Ihr müsst mir dabei den Rücken freihalten. Er wird Wachen und Bodyguards im Klub postiert haben, die mich nicht erwischen dürfen. Den meisten werde ich wahrscheinlich ausweichen können, aber gerade in den schmalen Korridoren und Fluren wird das schwierig sein. Da brauche ich eure Hilfe. Und wir brauchen Waffen.«

»Darum kümmern wir uns«, schaltete Mia sich ein. »Sag uns einfach, wo wir sein müssen.«

Kapitel 29

Matt lehnte in der Dunkelheit an der Außenwand des *Sin* und beobachtete die bewaffnete Wache, die vor dem Seiteneingang auf und ab lief. Die Szene hätte aus einem 90er-Jahre-Film stammen können – die Wache war ein untersetzter Mann, dessen Körperbau entweder wahnsinnig dick oder wahnsinnig muskulös war: Er war so kompakt, dass Matt das nur schwer ausmachen konnte.

Aus seinem Versteck suchte Matt das Dach des *Sin* ab. Sie hatten besprochen, dass Mia, Ryan und er durch einen Seiteneingang hineingehen würden. Elaine würde übers Dach in Alex' Büro klettern und sich von dort aus auf die Suche nach ihnen machen. Ihm wäre es lieber gewesen, wenn sie dabei durch Funkmikrofone in Verbindung gewesen wären, aber die Frequenzen waren für die ICD frei zugänglich und das Risiko, abgehört und aufgehalten zu werden, war zu groß. So mussten sie sich auf die altmodische Weise treffen – Ryan und Elaine hatten eine Route durch den Klub ausgemacht, die Elaine durch die größeren Räume und Säle führte, in denen sie genug Unterschlupf-Möglichkeiten hatte. Sie drei würden sich die engeren Korridore und Flure vornehmen, die in die abgelegenen Räume und in das gläserne Labyrinth führten. Wenn alles glattging, würden sie beide Wege zu dem Raum führen, in dem Elaine Browning und Alex vermutete.

Matt war nicht begeistert von der Idee gewesen, dass Elaine alleine durch den Klub schleichen musste, aber sie hatte entschieden protestiert, als er gesagt hatte, er wollte sie begleiten. »Allein bin ich schneller und sicherer«, hatte sie gesagt, aber wenigstens die kleine Glock angenommen, die Mia ihr gegeben hatte.

Er zog sich weiter in die Dunkelheit zurück, als er die Silhouette auf dem Dach bemerkte. Sie war kaum zu sehen, wenn man nicht wusste, wo man hinsehen sollte, aber Matt hatte die ganze Zeit darauf gewartet, dass sie erschien: eine schmale Silhouette vor der Wüstennacht, nur minimal dunkler als der schwarze, sternlose Himmel. Sie bückte sich, machte sich an dem Dach zu schaffen und öffnete schließlich eine Luke gerade weit genug, dass sie sich mit einer eleganten Drehung hindurchschieben konnte. Das war das Zeichen für Matt, die anderen zu alarmieren. Es ging los.

Ryan war ein ausgezeichneter Schütze, auch wenn er sich über die Art ihrer Munition beschwerte, als sie die bewusstlose Wache in das Innere des Klubs schleiften. »Ein einfacher Schuss in die Schläfe hätte es auch getan, und wir hätten nicht das Risiko, dass er wieder aufwacht und Alarm schlägt«, knurrte er, während er und Matt den untersetzten Mann in eine dunkle Nische schleiften. Er war schwerer, als er aussah, und das Ganze ohne zu laute Geräusche zu bewerkstelligen, stellte sich als echte Herausforderung heraus.

»Gummigeschosse machen aber weniger Blut, und falls du doch hier geschnappt wirst, will ich nicht, dass du mit einem Mord in Verbindung gebracht wirst. Und wir wollen so wenig Tote riskieren wie möglich«, leierte Mia die gleichen Argumente herunter, die sie auch schon im Hotel vorgebracht hatte. Ryan wirkte noch immer nicht überzeugt, aber zumindest beschwerte er sich nicht mehr.

»Ihr beiden Turteltauben solltet das Geplänkel wirklich auf einen anderen Zeitpunkt verschieben«, murmelte Matt. »Elaine muss hier ganz allein durch, und mir wäre wohler, wenn wir sie eher früher als später einholen.«

Ryan schlich weiter. Mia klopfte Matt im Vorbeigehen sacht auf den Rücken. »Keine Sorge«, schmunzelte sie und entsicherte ihre eigene Glock. »Wir werden deine Prinzessin heil nach Hause bringen.«

Das Innere des *Sin* hatte sich seit Matts letztem Besuch dramatisch verändert – es war weniger das Äußere als die Atmosphäre. Nur wenige Lampen waren angeschaltet, ohne die übliche sorgfältige Abstimmung aufeinander. Das Ergebnis waren sinnlose Lichtinseln, die ihrerseits aber harte Schatten quer durch den Raum warfen. Die Pflanzen in ihren Vasen wirkten nicht mehr anmutig, sondern gespenstisch, ebenso wie die Lounge, die sie gerade durchquerten.

Bisher hatte er beim Betreten des *Sin* meist eine freudige Erregung gespürt, aber das, was er jetzt empfand, war reine Sorge. Mias Hand legte sich wieder auf seinen Rücken, warm und beruhigend. »Du bist ihr keine Hilfe, wenn du dich ablenken lässt«, flüsterte sie.

Er nickte, dankbar, dass sie ihn daran erinnerte, warum sie hier waren. Eine Bewegung aus den Augenwinkeln erregte seine Aufmerksamkeit. Der Lauf eines Maschinengewehrs blitzte auf. Matt hob den Arm, stabilisierte mit der anderen Hand die Waffe, zielte und traf den Mann mit einer Gummikugel direkt zwischen die Augen. Der gab ein ersticktes Röcheln von sich und brach zusammen. Ryan und Mia liefen hinüber, um ihn aus dem Lichtkegel in den Schatten zu ziehen. So ging es immer weiter – sie folgten der Route, die Elaine und Ryan ausgearbeitet hatten, immer auf der Suche nach weiteren bewaffneten Männern und Frauen, die in Brownings Auftrag im *Original Sin* patrouillierten.

Sie hatten Glück – die meisten konnten sie außer Gefecht setzen, bevor sie sie auch nur bemerkten, und auch die, die sie sahen, konnten sie mit einem Schuss oder nach einem kurzen Handgemenge schlafen legen. Matt merkte aber, wie seine Nervosität anstieg, je näher sie dem Dungeon-Bereich kamen. Er konnte seine Gedanken einfach nicht von Elaine lösen. Außerdem hatte er das Gefühl, dass er sich nicht nur Sorgen machte. Irgendein Gedanke beschäftigte ihn, ganz nahe an seinem Unterbewusstsein, wie ein Hund, der an einer Tür kratzte, aber Matt konnte einfach nicht den Finger darauf legen.

Sie gingen weiter, kamen der Tür immer näher, und Matt verlor für den Bruchteil einer Sekunde die Konzentration. Zu lange.

Ein Schuss knallte, kein Gummigeschoss, keine ungefährliche Munition, die niemanden tötete, sondern eine Kugel aus Blei. Er konnte sie schon fast fühlen, sie summte an seinem Ohr, ein überdimensionaler tödlicher Moskito. Aber sie traf nicht ihn. Mia stieß Matt im letzten Moment zur Seite. Die Kugel traf nicht ihr ursprüngliches Ziel, sondern bohrte sich in Mias Schulter. Matt riss den Arm hoch, zog die scharfe Waffe aus dem Holster und schoss. Der Schütze hatte sich in einem dunklen Korridor verborgen, aber Matts Schuss traf ihn in den Hals. Der Mann röchelte und ließ das Gewehr fallen, ehe er selbst hart auf den Boden aufschlug.

»Mia!«, zischte Matt und drehte sich um. Ryan hatte sie bereits aufgefangen und untersuchte die Wunde. »Die Kugel steckt noch im Fleisch, aber sie scheint keine Arterie getroffen zu haben«, sagte er heiser. Matt ahnte, dass er nur Mia zuliebe so ruhig war, aber er kannte das Gefühl der Hilflosigkeit und der Angst, wenn der Frau, die man liebte, etwas zustieß.

Matt kniete sich zu den beiden. Mia hatte die Lippen so fest zusammengepresst, dass sie nur noch zwei weiße Striche bildeten. »Hey«, sagte Matt heiser.

Sie lächelte schief, begann aber zu zittern. Der Schock setzte ein. Nicht gut. »Hey.«

Matt sah Ryan an. Sie beide wussten, dass Mia hier rausmusste. Sie war vielleicht nicht lebensbedrohlich verletzt, aber wenn sie einen Schock erlitten hatte, konnte es übel ausgehen. »Bring sie raus – ich erledige den Rest.«

Ryan nickte nur und hob Mia hoch, die leise protestierte. »Wir können dich hier nicht allein lassen«, sagte sie an Matt gewandt, der ebenfalls aufgestanden war. Sie hätten ein perfektes Ziel abgegeben, so wie sie gut sichtbar herumstanden, aber Matt war sich ziemlich sicher, dass sie den Großteil der Wachen ausgeschaltet hatten. »Du hast dir für mich eine Kugel eingefangen«, belehrte er sie leise. »Deine Pflicht als Partner ist hiermit offiziell erfüllt – jetzt sieh zu, dass du hier rauskommst.«

Mia protestierte noch weiter, aber Matt ignorierte sie und sah Ryan an. »Sie muss ins Krankenhaus. Gib dich dort als Elijah Mirren aus – sie werden dann keine Fragen stellen.«

Es war ein ICD-Geheimnis, das Matt diesem ehemaligen Kriminellen gegenüber ausplauderte, aber Ryan hatte oft genug bewiesen, dass er nichts tun würde, was Mia schaden konnte. Er würde nichts verraten.

Ryan drückte Mia an sich. Das Blut aus ihrer Wunde hatte mittlerweile ihre ganze linke Seite durchtränkt und die weiße Bluse rot gefärbt. Es begann, sich bereits auf Ryans Arm auszubreiten. Der sah für einen Moment so aus, als wollte er noch etwas sagen, dann aber nickte er nur. »Viel Glück«, murmelte er und verschwand mit Mia in der Dunkelheit.

Matt schob die Waffe mit den Gummigeschossen zurück ins Holster und legte beide Hände um den Griff der scharfen Pistole. Er hatte den Dungeon fast erreicht und lauschte, ob er irgendetwas hörte. Aber das *Original Sin* war totenstill. Nirgendwo war auch nur das leiseste Geräusch zu hören, nur das Blut rauschte

Matt in den Ohren. Das Gefühl, etwas übersehen zu haben, wurde stärker. Er kniff die Augen zusammen, versuchte, endlich benennen zu können, was ihn störte, aber es entzog sich ihm immer wieder.

Elaine. Browning. Etwas, was sie gesagt hatte, oder, was sie angedeutet …

Die Erkenntnis sickerte langsam in sein Gehirn. Wie konnte er nur so blöd sein? Elaine hatte dafür ihre Freiheit aufgegeben, sie war sogar bereit gewesen, ein doppeltes Spiel mit ihm zu spielen, nur um die Chance zu bekommen, Browning zu stellen. So etwas machte man nicht, wenn man jemanden nur um ein paar Millionen Dollar prellen wollte. Sie wollte ihn leiden sehen, ja, aber dann sollte er endgültig aus ihrem Leben verschwinden. Und das konnte sie nur bewerkstelligen, indem sie ihn tötete. Elaine wollte Browning umbringen.

Er fluchte und wusste, dass er keine Zeit mehr zu verlieren hatte. Ohne darauf zu achten, wer ihn hören konnte, rannte er zur Tür des Dungeons und stieß sie krachend auf. Elaine stand in der Mitte des schwarz gestrichenen Raums. Sie hielt Mias Glock in den Händen und zielte auf Browning, der mit erhobenen Händen vor ihr stand.

Alex lag auf dem Boden, ob sie tot oder nur bewusstlos war, konnte Matt auf den ersten Blick nicht sagen. Sie blutete an mehreren Stellen, hing aber zumindest nicht mehr am Andreaskreuz.

Browning machte auf Matt nicht den Eindruck, als würde er sich besonders vor Elaines Waffe fürchten. Als er Matt hörte, drehte er sich um, und auch Elaine wurde für einen Moment abgelenkt. Beide starrten ihn überrascht an, aber Browning erholte sich schneller von seiner Überraschung. Er wirbelte herum, trat Matt mit voller Wucht in die Knie und riss eine Pistole aus einem Holster unter seiner Kleidung. Matt war darauf nicht vorbereitet und ging zu Boden. Als er sich aufrichten wollte, spürte er den Lauf einer Waffe an seiner Schläfe. »Langsam auf die Knie«, befahl Browning leise und wartete, bis Matt sich aufgerichtet hatte. Die Waffe drückte sich noch immer kalt und nach Öl stinkend gegen seinen Kopf. Elaine hatte sich mittlerweile wieder gefangen und hielt ihre Waffe auf Browning gerichtet. Aber ihr Blick sprang unsicher zwischen ihm und Matt hin und her. »Nimm die Waffe runter«, sagte Matt mit sanfter Stimme. »Es hilft niemandem, wenn du ihn jetzt umbringst.«

Elaines Stimme zitterte, aber ihre Hand war völlig ruhig. Ihr Make-up war verschmiert, und auf ihren Wangen glitzerten Tränen. »Er hat Gerome getötet«, sagte sie. Sie ließ Browning nicht einen Moment aus den Augen, aber ihre Worte richtete sie allein an Matt. »Er hat ihn mir einfach weggenommen, so wie alles andere. Er hat Alex gequält und meine Eltern getötet.«

»Ich weiß«, fuhr Matt fort und versuchte, den Lauf der Waffe auszublenden. »Aber es ist jetzt vorbei. Wir haben genug belastendes Material, um Browning für immer hinter Gitter zu bringen. Er wird büßen für das, was er getan hat. Aber du wirst auch büßen müssen, wenn du jetzt zur Mörderin wirst. Das wirst du dir nie verzeihen, Elaine, und ich werde das auch nicht können.«

»Was sollte mich das kümmern?«, sagte sie. »Du hast mich im Stich gelassen.«

»Elaine, du weißt, dass ich das niemals tun würde. Es war ein Fehler, aber was ich dir gesagt, was wir getan haben ... das war echt. Bitte, komm mit mir nach Deutschland. Lass uns neu anfangen.«

»Genau, fang neu an, Elaine«, höhnte Browning hinter ihnen. »Wechsle zur guten Seite der Macht und werde endlich ein Unschuldsengel, wie du es dir immer gewünscht hast.« Er lachte, aber Matt versuchte, Elaines Aufmerksamkeit auf sich zu fokussieren. »Elaine, sieh mich an«, sagte er. »Du bist besser als das. Nimm die Chance an, die ich dir biete. Du musst so nicht weitermachen. Du hast die Möglichkeit, etwas ganz anderes aus deinem Leben zu machen.«

Ihr innerer Kampf zeichnete sich deutlich in ihrem Gesicht ab. Elaines Hand zuckte, und mehrmals senkte sich die Waffe, nur um dann doch wieder auf Brownings Gesicht zu zielen. Der hielt die Waffe noch immer unvermindert fest an Matts Schläfe gedrückt. Matt atmete tief durch.

»Es tut mir leid«, flüsterte Elaine, und da wusste er es – er hatte sie verloren, in dem Moment, als die Agenten vor dem Hotel aufgetaucht waren. Sie hob den Kopf, straffte den Rücken, hielt die Waffe aber noch immer auf Browning gerichtet. Der wich zurück, schien vor dem Schuss flüchten zu wollen, aber da sagte Elaine laut und deutlich: »Ian Browning, ich verhafte Sie im Namen der ICD.«

Matt handelte, ohne bewusst darüber nachzudenken – Browning war noch immer mitten in der Bewegung und versuchte, vor Elaines Schuss, der nie kam, zu flüchten. Matt schwang den Arm, drehte sich halb und schlug Browning die Beine unter dem Leib weg. Der kleinere Mann strauchelte, konnte das Gleichgewicht nicht halten und fiel der Länge nach hin. Matt sprang auf, stürzte sich auf ihn und drehte ihm die Arme auf den Rücken. »Was soll das?«, schrie Browning.

»Genau das, was sie gesagt hat«, keuchte Matt und drückte seinen Arm noch ein Stück höher. »Sie sind festgenommen, im Namen der ICD.«

Kapitel 30

Einige Monate später

»Steh schon auf.«

Elaine umklammerte das Kissen und grub das Gesicht hinein. »Ich will nicht«, nuschelte sie dumpf und kniff die Augen so fest zusammen, dass sie Sterne sah.

Matt beugte sich zu ihr hinüber und zog ihr die Decke weg. »Komm schon, aufstehen.« Er grinste.

Elaine verzog das Gesicht und versuchte, die Decke festzuhalten und sich gleichzeitig tiefer darin zu vergraben. Es gelang ihr nur halb. Das frühe Aufstehen war etwas, woran sie sich niemals gewöhnen würde. Mit den engen Kostümchen, den Außeneinsätzen und dem schlechten Kaffee hätte sie sich ja noch arrangieren können, aber das frühe Aufstehen – das war die Hölle. Matt kannte sie nach den Wochen ihres Zusammenlebens mittlerweile gut genug, um einen großen Becher schwarzen Kaffee dabeizuhaben, wenn er sie weckte. Aber das half auch nicht immer. So wie heute.

»Wach auf, Kratzbürste«, sagte er mit dieser tiefen, unwiderstehlichen Stimme, von der sie wusste, dass er sie nur anschlug, wenn er sie verführen wollte. Vorsichtig schlug Elaine ihre Decke zurück und richtete sich auf. »Kratzbürste? Den Kosenamen habe ich ja schon lange nicht mehr gehört«, schnurrte sie und nahm dankbar die Tasse, die er ihr entgegenhielt. Sie trank etwas von dem heißen, köstlichen Gebräu und musterte Matt. Er saß bequem auf dem Bettrand, nur mit einer leichten Pyjamahose bekleidet, und sah ihr dabei zu, wie sie ihren Kaffee trank. Er war frühmorgens schon fit und schaffte es sogar, sein tägliches Training zu absolvieren, während Elaine noch versuchte, wach zu werden.

Sie nahm noch einen Schluck und wunderte sich, wie sich ihr Leben binnen weniger Wochen so rasant hatte ändern können. Nachdem die ICD-Agenten sie überrascht hatten, hatte sie nicht geglaubt, Matt jemals wieder vertrauen zu können. Aber sie hatte auch geglaubt, dass sie Browning töten würde. Sie war von diesem Gedanke geradezu besessen gewesen, alles was sie getan oder geplant hatte, hatte nur ein Ziel: Browning eine Kugel zwischen die Augen zu jagen.

Was hatte diesen Hass verschwinden lassen? Die Antwort lag auf der Hand, aber sie hatte lange gebraucht, um sie sehen zu können: Matt. Er hatte ihr eine Zukunft gezeigt, ohne Blut an den Händen. Die ganze Zeit hatte sie das nicht begriffen, war zu sehr gefangen gewesen in ihrer Vergangenheit und all dem Hass. Sie hätte alles dafür weggeworfen, wenn sie dafür nur eine Sekunde lang die Genugtuung gehabt hätte, Browning sterben zu sehen. Sie hatte nicht ahnen können, wie befriedigend der Gedanke sein konnte, dass Browning lebte, abgeschnitten von seinem Geld, seiner Macht, seinem verdammten verkommenen Leben. Und Elaine besuchte ihn regelmäßig, um ihn daran zu erinnern. Er sollte niemals die Gelegenheit bekommen, es zu vergessen.

»Du lächelst schon wieder so hinterhältig«, zog Matt sie auf, und Elaine blinzelte. Sie grinste. »Das kann nicht sein.«

»Oh doch«, erwiderte Matt. »Hast du wieder an Browning gedacht?«

Sie musste leise lachen – es war befreit, das Lachen einer Frau, die nichts dahinter verstecken musste.

Matt nahm ihr den Kaffeebecher aus der Hand. »Es fängt an zu nerven, dass du mehr an diesen Typen denkst als an mich. Immerhin bin ich derjenige, der dich hierhergeschleift hat.«

»Nur unter Protest«, grinste sie, auch wenn das gelogen war. Nachdem sie wie ein Häufchen Elend zusammengesackt war, nachdem Mias ICD-Agenten Browning abgeholt hatten, hatte Matt sie festgehalten. Er hatte nichts gefragt, sich auch nicht entschuldigt oder ihr Vorwürfe gemacht. Er hatte nicht einmal versucht zu erklären, was da gerade geschehen war. Alles, was er getan hatte, war, sie im Arm zu halten und ihr das Gefühl von Geborgenheit zu geben. Elaine wusste nicht, wie er es machte, aber seitdem war es immer so, wenn er sie berührte. Er gab ihr das Gefühl von Heimat. Sie musste nicht mehr weglaufen. Sie war angekommen.

»Lassen wir das Geplänkel«, murmelte er, stellte den Kaffeebecher auf den Nachttisch und packte ihre dichten langen Haare, um sie zu sich heranzuziehen. Elaine gab der Bewegung willig nach und wurde an seine nackte Brust gedrückt. »Wenn du dich ohnehin nicht aus dem Bett bewegen willst, sorgen wir dafür, dass es sich zumindest lohnt.«

Elaine spürte einen wohligen Schauer ihren Rücken entlangrieseln, stärker noch, als Matt sein Bein zwischen ihre Schenkel schob und sie seine harte Erregung an ihrem Bauch fühlte. »Na endlich wirst du vernünftig«, seufzte sie leise und schloss die Augen. Matts Hand in ihren Haaren zog herrisch ihren Kopf zurück und entblößte damit ihren Hals. Sie erschauerte und stöhnte erregt, als er die empfindliche Haut dort küsste und mit den Zähnen darüberfuhr. »Matt«, flüsterte sie heiser. Er hielt nicht inne, fragte aber ebenso leise: »Was ist?«

»Ich liebe dich.«

Matt drückte sie fester an sich, zog sie noch tiefer in seine

Umarmung, gab ihr mehr von seiner Nähe und dem Gefühl von Geborgenheit. Davon konnte sie nie genug bekommen.

»Ich liebe dich auch, Elaine.«

Nein, niemals genug.